� | F J B

JULIE HEILAND

BANN WALD

Roman

⊠ | FJB

Erschienen bei FISCHER FJB

Dieses Werk wurde vermittelt durch die Literaturagentur Kai Gathemann
© S. Fischer Verlag GmbH, Frankfurt am Main 2015
Satz: Pinkuin Satz und Datentechnik, Berlin
Druck und Bindung: CPI books GmbH, Leck
Printed in Germany
ISBN 978-3-8414-2108-1

JAGD

Ich hasse den Wald. Ich hasse ihn aus tiefstem Herzen. Er tut so, als wäre er mein Zuhause. Aber das ist er nicht. Er ist mein Gefängnis. Ein Ort ständiger Angst, in den kein einziger Lichtstrahl fällt. Dabei hätte ich ihn gerne als Zuhause. Seine saftig grünen Bäume, die weiche, dunkelgrüne Moosschicht über der Erde und die verspielten Wurzeln, die so vielen Tieren Unterschlupf bieten. Ein Kunstwerk, das ich hassen muss.

Natürlich kann er nichts dafür, dass wir gefangen gehalten werden. Wir sind Gefangene der Tauren. Wir, meine Familie. Der Stamm der Leonen. Vordergründig sind wir frei. Wir leben in einer kleinen Siedlung mitten im Wald.

Die Regeln hier sind einfach. Bereits als Kind werden sie einem von den Ältesten so oft eingetrichtert, dass man sie im Schlaf herunterbeten kann. Ohne deren Sinn wirklich zu verstehen. Dann wächst man heran und begreift irgendwann, was diese Regeln tatsächlich für einen bedeuten.

Regel Nummer eins: Wir, der Stamm der Leonen, sind immer minderwertig. Wir haben keine Rechte und schulden unseren Herrschern, dem Stamm der Tauren, bedingungslosen Gehorsam.

Wie es dazu gekommen ist? Wie es immer zu so etwas kommt. Die Starken wittern die Macht und bezwingen die

Schwachen. Wir, der Stamm der Leonen, sind Anhänger der weißen Magie. Die Magie der Natur. Wir heilen, wir erschaffen, wir tun Gutes. Unsere Kraft ist nicht stark, wir sind keine großen Zauberer. Aber wir sind die Guten. Die anderen, der Stamm der Tauren, haben sich der schwarzen Magie verschworen. Sie herrschen kaltblütig, sie vernichten, sie töten. Einfach so, ohne mit der Wimper zu zucken. Uns bleibt nichts anderes übrig, als uns zu fügen.

Regel Nummer zwei: Am Ende einer jeden Woche sind wir verpflichtet, Abgaben zu leisten. Und das, wo wir doch selbst kaum das Nötigste zum Überleben haben. Gemüse, Beeren, Kräuter. Manchmal auch ein junges Mädchen, das sie sich zur Hure machen.

Regel Nummer drei: Wir dürfen unser Gebiet niemals verlassen. Gerade einmal zur Schule oder in die Stadt, um zu arbeiten. Doch das auch nur zu vorgegebenen Zeiten. Überschreiten wir die Grenze ohne Erlaubnis, droht uns die Todesstrafe.

Die Tage, an denen wir zum Arbeiten und Lernen in die Stadt dürfen, werden von den Tauren willkürlich bestimmt. Meistens jedoch einmal in der Woche. Natürlich gehört die Schule den Tauren. Lernen kann man dort also nur, wie minderwertig wir und wie herrschaftlich sie sind. An einem weiteren Tag im Monat dürfen wir zudem noch für wenige Stunden in die Stadt, um lebensnotwendige Dinge zu besorgen. Dann gibt es noch zwei Abende für die jungen Leute, damit diese ausgehen und in einer Bar etwas trinken können. Dieses zweifelhafte

Angebot wird jedoch kaum in Anspruch genommen. Denn die Stadt wird gänzlich von den Tauren beherrscht. Selbst die Menschen, die darin leben, werden von ihnen dominiert und merken es nicht einmal. An jeder Ecke trifft man auf Tauren. Sie demonstrieren ihre Macht, jagen einen wie der Fuchs den Hasen. Zwar dürfen sie uns dort nichts tun, aber mein Opa starb an Herzversagen. Mitten in der Stadt. In einer engen Seitengasse. Weiß der Himmel, was sie dort mit ihm angestellt haben.

Wir sind ihnen ausgeliefert. Die Liste der Regeln geht noch weiter, ungefähr fünfzig sind es. Deswegen hasse ich diesen Wald. Ich will fort von hier. Raus, einfach woandershin. Aber dafür muss ich über die Grenze, und spätestens dort würden sie mich töten. Ich weiß ja nicht einmal, was dahinter kommt. Ich kenne nur unser Gebiet und die Stadt. Mehr dürfen meine Augen nicht sehen. Ein Gefängnis.

Über meinem Kopf bewegt sich etwas. Blätter rascheln. Ganz langsam ziehe ich mein Wurfmesser aus der Gürtelscheide. Ich habe immer drei Messer dabei, ein besonders scharfes, ein leichtes und das Wurfmesser. Es ist perfekt geformt und liegt anders in der Hand als die beiden anderen Waffen. Perfekt ausbalanciert, der Schwerpunkt in der Mitte, spitzer. Mein Körper spannt sich, ich hole aus und schleudere das Messer durch die Luft. Im nächsten Moment fällt schon der leblose Körper einer Wildtaube vor meine Füße. In ihrer Brust steckt mein Messer, sauber gezielt, so dass man es herausziehen kann, ohne den halben Körper der Taube zu zerfetzen.

»Robin?! Was machst du denn? Wo bist du?«

Laurin. Wir wurden von unserem Stammesvater losgeschickt, um Beeren für die wöchentliche Abgabe zu sammeln. Laurin sammelt, ich reagiere meinen Frust ab. Seit Stunden stapfe ich ziellos durch den Wald, müde und erschöpft, dennoch mit jedem Sinn darauf bedacht, nicht die Grenze zu überschreiten. Ich atme tief ein, rieche die nasse Erde und den würzigen Duft der Kräuter. Die Süße der Blüten und das bittere Harz. Schnell hebe ich die Taube auf, ziehe das Messer aus ihrer Brust und verstaue es wieder an meinem Gürtel. Das Tier hänge ich mit einem Haken an meine Hose, wo es bei jedem Schritt baumelt. Meine Füße, eingepackt in robuste Lederstiefel, federn über das weiche Moosbett. Jeden Zweig kenne ich hier, jedes Blatt, jede Wurzel. Ich laufe schneller, damit Laurin mich nicht entdeckt. Soll er doch alleine Beeren sammeln. Er ist ohnehin viel zu nett, viel zu lieb. Wenn wir am Abend zurück in unsere Siedlung kommen, wird er ganz selbstverständlich behaupten, dass ich die ganze Zeit an seiner Seite war. Vermutlich sogar noch, dass ich den größeren Teil Beeren gesammelt habe.

»Robin! Jetzt mache ich mir langsam Sorgen ...«

Ich laufe noch schneller. Die Taube schlägt im Takt meiner Schritte gegen mein Bein. Auf einmal knackt etwas. Die Zweige eines Busches rascheln. Alles geht viel zu schnell.

Ein Eber prescht zwischen den Ästen hervor, die gebogenen Eckzähne wie zwei Klingen gegen mich erhoben. Fast schon hat er mich erreicht, als es mir endlich gelingt, mich aus der

Schockstarre zu lösen. Die hohen, grunzenden Laute sind so dicht hinter mir, dass ich beinahe schon den heißen Atem des Tieres auf meinem Rücken spüre. Für seinen ungelenken Körper ist er verdammt schnell.

Ich springe über Wurzeln, federe vor umgefallenen Baumstämmen ab und springe ohne zu straucheln darüber. Weiche in letzter Sekunde Bäumen und Ästen aus, ohne auch nur einen einzigen Kratzer davonzutragen. Alles in mir ist nur darauf ausgerichtet, das hier zu überleben. Ich kalkuliere meine Möglichkeiten. Von den Messern an meinem Gürtel kommt nur das scharfe für den Zweikampf in Frage. Ich bin schnell – aber nicht schnell genug, um es aus meinem Gürtel zu ziehen, stehen zu bleiben und es dem Tier in seinen wuchtigen Körper zu rammen, ohne dabei selbst verletzt zu werden.

»Robin! Rooobin! Was ist los?« Wieder Laurin.

Bleib weg!, flehe ich ihn in Gedanken an. Er kann nicht einmal einer Fliege etwas zuleide tun, geschweige denn ein größeres Tier töten. Wie sollte er es dann mit einem Eber aufnehmen?

Wieder ein wuterfülltes Quieken, diesmal weiter weg. Ich springe erneut über einen Baumstamm, entdecke die Felswand vor mir. Mit wenigen Zügen hangle ich mich die grauen Steine empor, reiße mir dabei meine Hände auf und schürfe meine Knie blutig. Hier hinauf kann mir der Eber so schnell nicht folgen.

Ich ziehe mich die restlichen Meter hinauf, bis ich wieder eben stehe. Mein Herz rast, das Blut schießt durch meinen überhitzten Körper. So wütend bin ich auf mich selbst, dass ich nicht aufgepasst habe! Meine Gedanken haben mich unaufmerksam gemacht. Ich hätte den Eber früher bemerken müssen. Dann hätte ich mich hinter einem Busch versteckt, in Ruhe mein Wurfmesser gezückt und es in seinen borstigen Körper geschmettert.

Jetzt bin ich aufmerksam. So aufmerksam, dass ich die Veränderung merke. Es ist ruhig in diesem Waldstück. Verdammt ruhig. Kein einziger Vogel singt. Nicht einmal die Blätter rascheln im Wind. Das Licht, das sonst so wundervoll zwischen dem dichten Baumdach hindurchbricht, ist verschwunden. Es ist dunkel hier. Fast so, als wäre es Nacht. Gänsehaut überzieht meine Arme. Ich weiß, wo ich bin, oder besser gesagt, ich ahne es. Im verbotenen Bereich. Hier kenne ich mich nicht aus. Ich weiß nicht einmal, in welche Richtung ich laufen muss, um von hier wieder fortzukommen. In unser Gebiet. Dorthin, wo ich sicher bin.

Mein Atem geht so schnell, dass mir schwindelig wird. Wenn ich die Wahl hätte, würde ich jetzt doch den Eber bevorzugen. Die Stille überreizt meine Nerven endgültig. Das hier ist nicht natürlich. Selbst den Wald haben sie ihrer Macht unterworfen.

Ich weiß nicht, wie sie es tun werden. Ob sie mich gleich töten oder mich erst gefangen nehmen. Mich erhängen oder mir die Kehle aufschlitzen. Mein Stamm wird nichts davon mitbekommen. Sie werden nur merken, dass ich nicht mehr nach Hause komme.

Reiß dich zusammen!, ermahne ich mich. Vielleicht haben

sie noch gar nicht gemerkt, dass ich die Grenze überschritten habe. Wie auch? Ich atme einmal tief ein, drehe mich um meine eigene Achse. Keine Ahnung, wo ich mich im Wald befinde. Ich könnte in die Richtung zurücklaufen, aus der ich gekommen bin, und runterklettern. Aber dort laufe ich Gefahr, dem Eber ein zweites Mal zu begegnen. Dafür fehlen mir die Kraft und die Konzentration. Eine andere Richtung einzuschlagen ist aber noch gefährlicher. Am Ende lande ich direkt in ihrer Siedlung.

Meine Beine sind schwer wie Blei, meine Muskeln zittern vor Anstrengung. Wie zur Hölle soll ich so einen klaren Kopf behalten?

Ein Ast knackt. Nicht ich habe das verursacht, denn ich stehe ganz still. Ein Quieken, das ich inzwischen nur zu gut kenne. Diesmal reagiere ich nicht. Meine Füße wollen sich nicht vom Boden lösen, sind wie festgewachsen. Ich stehe einfach nur da und sehe, wie der Eber auf mich zustürmt. Er muss einen Weg nach hier oben gefunden haben.

Ich spüre bereits, wie er seine Zähne in mein Fleisch gräbt. Ich sehe mich schon fallen. Ich sehe meinen Stamm, wie sie alle weinen und denken, dass ich von den Tauren getötet worden bin. Niemand wird auch nur ansatzweise daran zweifeln, dass sie es gewesen sind. Dabei werde ich Opfer eines Ebers. Was für ein erbärmlicher Tod!

Ich schließe meine Augen. Der Eber stößt ein hohes, kreischendes Quieken aus. Unnatürlich. Dann ist es still. Nichts rührt sich. Mein Körper ist unversehrt.

Ich blinzle, frage mich schon, ob ich gestorben bin. Aber ich stehe im Wald. Ich zwinge mich, meine Augen zu öffnen. Gegen meinen Willen. Vor mir eine dunkle Gestalt. Jetzt ist es also so weit. Sie haben mich gefunden.

Er ist erstaunlich jung. Vielleicht gerade ein Jahr älter als ich. Markante Wangenknochen, schmale Lippen. Schwarzes, kurzes Haar. Schicken sie jetzt also schon den Nachwuchs zum Töten, denke ich verächtlich.

»Was machst du hier?«, herrscht er mich an. Seine Haut ist braungebrannt.

»Spazieren gehen. Oder wonach sieht's denn aus?«, gebe ich eiskalt zurück.

»Du weißt, was ich jetzt machen muss, oder?«

Die Distanz zwischen uns ist viel zu gering. Ich kann seinen warmen Atem auf meiner Haut spüren. Dennoch bleibe ich mit gestrafften Schultern stehen. Keine Schwäche zeigen.

»Mich töten«, entgegne ich schlicht und schaue ihm dabei direkt in die Augen. Grün. Ein tiefes Grün. Gnadenlos.

»Ja. Und zwar ohne mit der Wimper zu zucken.«

Ein Windhauch fährt durch den Wald und bringt die Blätter der Bäume zum Rascheln. Eine Haarsträhne löst sich aus meinem locker geflochtenen Zopf und wird mir ins Gesicht geweht. Irrwitzigerweise fällt mir in diesem Moment auf, dass ich die Wildtaube verloren habe.

»Macht dir das Spaß?«, frage ich. Solange ich rede, bin ich nicht nervös.

»Was? Das Töten?«

Ich schweige, nicke nicht einmal.

Es dauert eine Weile, bis er schließlich antwortet. »Ja. Schon.«

Einzelne Sonnenstrahlen dringen durch das dichte Blätterdach, werden gebrochen und teilen sich in zarte Bahnen auf. Strahlen sein Gesicht von der Seite an, das schwarze Achselshirt und die trainierten Arme. In Anbetracht dieser Muskeln sind die Männer unseres Stammes alle Mädchen.

Er verzieht seinen Mund zu einem Grinsen. Weiße, blitzende Zähne. Ich schüttle fassungslos meinen Kopf. Er will mich einschüchtern, mit mir spielen. Aber das lasse ich nicht zu. Meine Lederstiefel quietschen auf dem nassen Moos, als ich mich umdrehe und betont gelassen davonmarschiere. Vorbei an dem toten Eber. Kein einziges Anzeichen einer Wunde. Weit aufgerissene Augen, ansonsten ein unversehrter Körper. Ein kalter Schauer rinnt mir den Rücken hinab. Mal eben ein Leben ausgelöscht. Ohne die kleinste Anstrengung.

»Wohin wollen wir denn?« Er überholt mich mit wenigen Schritten, lehnt sich lässig vor mir an einen Baumstamm, ein Bein angewinkelt.

Seine übertrieben selbstsichere Art macht mich wütend. Wenn ich wütend bin, werde ich unvorsichtig. Ich atme tief ein, laufe an ihm vorbei. Flüchtig prüfe ich meine Chancen, entkommen zu können. Zu meiner Linken befindet sich die Felswand, die ich vorhin hochgeklettert bin. Zu meiner Rechten ebener Wald. Wenn ich mich für diese Richtung entscheide, renne ich mit großer Wahrscheinlichkeit jedoch nur in das Wespennest. Also bleibt nur die Felswand. Wenn ich Glück habe, schaffe ich es, ihn abzuhängen. Mein Körper ist kleiner, nicht so schwer. Wendiger.

»Du redest nicht gern, was?«

Ich bleibe abrupt stehen, drehe mich zu ihm um. Meine Hand auf dem Haken an meinem Hosenbund. Wenn er mich jetzt angreift, ramme ich ihm den Haken ins Gesicht. Am besten in ein Auge. An meine Messer werde ich nicht kommen. Dafür sind seine Reaktionen sicher zu schnell.

»Ich rede nicht gern mit jemandem, der mich töten will.«

Er verzieht seinen Mund zu einem amüsierten Grinsen. »Ach, sei doch nicht so streng mit mir!«

Er macht sich lustig über mich! Nur mit viel Selbstbeherrschung kann ich mich zurückhalten, ihn nicht anzugreifen. Das wäre mein sicherer Tod. Meine Augen suchen unauffällig nach der Stelle, wo der Abstieg am leichtesten ist. Ein paar Meter vor mir sind besonders viele Vorsprünge in der Felswand. Dort lässt es sich gut klettern. Die Wand fällt zwar weiter unten ziemlich steil ab, aber ich könnte rutschen. So wie es mir Almaras beigebracht hat ...

»Vergiss es. Genau an dieser Stelle ist ein weiterer Auslöser. Wenn du da drüberläufst, kommen noch ein paar meiner Freunde. Wenn überhaupt, dann dort.« Er zeigt auf ein ziemlich steiles Stück Felswand. Mir würde nur übrig bleiben zu springen. Vielleicht, wenn ich Glück habe, komme ich einigermaßen auf, ohne mir alles zu brechen, und kann rennen. Ich bin sicher schneller als er. Oder auch nicht. Die Tauren sind anders. Maschinen. Darauf aus zu töten.

»Ich gebe nicht kampflos auf«, keife ich ihn an.

Sein Blick wird ernster, verliert jedoch nicht an Spott. »Das habe ich auch nicht erwartet.«

Ein Käuzchen ruft. Für ein paar Sekunden ist er abgelenkt. Meine Chance. Ich schieße an ihm vorbei, meine Füße fliegen über den dunkelgrünen Boden. Kommen auf, federn wieder ab. Schritte hinter mir, viel zu dicht. Keine Möglichkeit auszuweichen. Dann der Abgrund. Ohne nachzudenken, hebe ich ab, verliere den Boden unter den Füßen. Ich fliege. Wie Blitze tauchen Almaras' Ratschläge in meinem Kopf auf. Wenn du fällst, dann zieh deinen Körper zusammen. Werd eine Kugel, roll dich so am Boden ab. Zu spät. Ich pralle auf. Mein Arm knackt. Meine Brust fühlt sich an, als würde sie zerreißen. Das Moos ist nicht weich wie sonst immer. Ein Brett, das meine Knochen in tausend Splitter geschlagen hat.

Er landet geschickt neben mir. Elegant. Ich will mich aufrappeln. Meine Rippen sind bohrende Messer. Er schlingt einen Arm um mich, presst mich zurück auf den Boden. Dunkelgrüne Augen. Nur eine Handbreit ist er von mir entfernt. Er keucht. Ganz unversehrt ist er also auch nicht. Sein warmer Atem streicht über meinen Hals. Ich warte darauf, dass er mir mit einer einzigen Bewegung das Genick bricht. Wie ein vor Angst erstarrtes Kaninchen liege ich unter ihm. Sein Gewicht wiegt schwer auf meinem schmerzenden Körper.

Er sieht mich an. Ein Blick, der das Blut in meinen Adern gefrieren lässt. Dann geschieht es. Sein Arm lockert sich. Für ein paar Sekunden nur.

Ich nutze die Chance, versetze ihm einen Tritt in den Bauch, beiße in seinen Arm. Er lässt ganz von mir ab. Ich richte mich auf, renne. Renne um mein Leben. Keine Schritte hinter mir. Erst als ich mir ganz sicher bin, dass ich unser Gebiet erreicht habe, werde ich langsamer. Ich keuche. Mein Körper ist ein einziger Schmerz.

Ich drehe mich um. Niemand.

Ich bin ihm entkommen.

FEUER

»Mein Gott, Kind! Wo warst du denn so lange?«

Donia stürzt auf mich zu, ihre beiden Arme ausgebreitet wie Flügel, bereit zum Abheben. Sie reißt mich an sich und drückt mich so fest, dass mir die Luft wegbleibt. Mein Arm pocht vor Schmerz. Ich versinke fast ganz in ihrem weichen, runden Körper, den sie immer versucht, mit engen Kleidern zusammenzuschnüren.

Ich winde mich aus ihrer Umarmung, zwinge mich zu lächeln. Auch wenn meine Beine immer noch zittern wie bei einem Erdbeben. »Ich hab mich unter einen Baum gelegt und bin eingeschlafen«, lüge ich und fühle mich nicht einmal schlecht dabei. Immer noch besser als die Wahrheit.

Jetzt kommt auch Laurin aus einem der Lehmhäuser herbeigeeilt. Seine schulterlangen, hellbraunen Haare wehen hinter ihm her, so schnell läuft er. Zwei Kinder folgen ihm, Minna und Flora. Die Töchter von Marla, die nun auch aus ihrem Haus kommt und sich an die Wand lehnt. Die Arme vor der Brust verschränkt, verschmitztes Grinsen. Sie weiß nur zu gut, dass ich lüge.

Die zwei Mädchen erreichen mich noch vor Laurin. Beide schlingen sie ihre Arme um meine Hüfte. Flora, die noch so klein ist und sich noch um nichts Sorgen zu machen braucht.

Minna, die inzwischen schon mehr an Jungs und diesem ganzen Mädchenkram interessiert ist, als ich es jemals war. Meine zwei kleinen Schwestern, die ich niemals hatte.

»Wo warst du denn?« Flora schaut mich mit weit aufgerissenen Augen von unten an. »Alle hier haben sich Sorgen gemacht.«

Ich streiche über ihr weiches Haar. »Tut mir leid. Ich war unten am Fluss und habe mich da in den Schatten gelegt.«

Jetzt lächelt sie zufrieden, so dass ihre Zahnlücke zum Vorschein kommt, in die sie sich so gerne ganze Maiskörner oder Erbsen schiebt. »Warum hast du mich nicht mitgenommen?«

»Weil sie eigentlich mit mir Beeren sammeln sollte«, kommt mir Laurin zuvor. Er legt mir freundschaftlich seine Hand auf die Schulter. Durch meinen Arm fährt ein stechender Schmerz. Ich zucke zusammen.

»O nein, o nein, o nein! Verdammter Mist!«, flucht Donia auf einmal. »Der Fisch!«

Ein verbrannter Geruch liegt in der Luft. Die zwei Mädchen fangen augenblicklich an zu kichern, als Donia an ihnen vorbeistürmt, direkt auf das Kochhaus zu.

»Ich würde mal sagen, das Essen ist fertig«, scherzt Laurin und legt jetzt seinen Arm um meine Schultern. Er ist ein ganzes Stück größer als ich und ziemlich schlaksig gebaut. Mein bester Freund.

Er zieht mich enger an sich, so dass seine Lippen direkt an meinem Ohr sind. »Das mit dem Fluss und dem Schatten kannst du den anderen erzählen.«

Er küsst mich auf mein Haar. Als würde er mir damit all meine Last nehmen wollen, öffnet er seitlich an meiner Hüfte den Verschluss meines Messergürtels und hängt ihn sich selbst über die Schulter. Dann löst er sich von mir und geht gemeinsam mit den beiden Mädchen Donia nach. Für einen kurzen Augenblick scheint es, als hätten mich alle schon wieder vergessen.

Ich versuche ruhig zu atmen, doch es gelingt mir immer noch nicht wirklich. Fast hätte ich all das hier verloren. Es nie wiedergesehen. All die Mitglieder unseres Stammes, meine übergroße Familie, die sich auf dem Platz tummelt wie in einem Ameisennest. Die schlichten kleinen Lehmhäuser mit den Dächern aus getrocknetem Schilf. Jede Familie hat ihr eigenes Lehmhaus. Sobald ich achtzehn bin, bekomme ich eines zugeteilt – für mich ganz alleine. Diesen Tag erwarte ich sehnlichst. Aber es dauert noch eine ganze Weile. Leider.

Das Kochhaus, aus dessen Schornstein und Eingang nun grauer Dampf quillt. Jeder darf es benutzen. Ein Gebäude, mit mehreren Kochstellen. Doch meistens zaubert Donia gleich etwas für den gesamten Stamm. Also für über hundert Leute. Das meiste wird bei uns mit Feuer gemacht. So etwas wie Strom gibt es bei uns nicht.

Ähnlich ist es mit dem Waschhaus. Ein großes Haus mit mehreren Duschen und Waschbecken. Ein Bereich für Frauen, der andere für Männer. So modern sind wir schon. Ansonsten ist alles wie im Mittelalter. Das Wasser kommt aus Tanks, die von den Männern täglich am Fluss aufgefüllt werden. Die meisten Häuser sind nur mit dem Notwendigsten eingerichtet. Bett, Tisch, ein paar Schränke. Für unsere Versammlungen haben wir ein eigenes Haus, das jedoch höchstens zweimal im Jahr richtig genutzt wird. Das meiste wird abends am Feuer diskutiert. Thema Nummer eins: die Abgaben. Thema Nummer zwei: wie wir die nächste Zeit überleben können. Danach, wenn es schon dunkel ist, die kleinen Kinder im Bett sind und der Großteil der Männer sich dem Beerenwein hingibt, kommen die Gespräche auf das, was wir nie sehen werden. Darauf, was es in dieser Welt wohl alles gibt. Wir träumen einfach ins Blaue hinein, erzählen den anderen von unseren Vorstellungen. Fragen uns gegenseitig, ob es überall Wald gibt oder vielleicht auch ganz andere Regionen, ohne einen einzigen Baum. Wohin der Fluss führen mag, der durch unser Gebiet fließt. Ob es nur uns Sternenwesen und die Menschen gibt oder vielleicht sogar noch ganz andere Geschöpfe. Ich habe nicht einmal eine vage Vorstellung davon, wie groß die Welt wohl sein mag. Wir wissen von der Existenz anderer Sternenstämme, die über die ganze Welt verteilt sein müssen. Aber ich habe keine Ahnung, wo das sein soll.

»Kommst du, Robin?«, ruft mir Laurin zu. »Wir sollen Donia beim Essenraustragen helfen.«

»Gleich«, antworte ich. Erst muss ich einen Abstecher zu unserer Heilerin machen.

Es stellt sich heraus, dass zu meinem Glück nichts gebrochen ist. Nur geprellt. Mit ein wenig Magie ist alles wieder so wie vorher. Ich muss nicht einmal eine Behandlung mit irgendwelchen Kräuterpasten oder Wurzeltränken über mich ergehen lassen.

Langsam schlendere ich auf das Kochhaus zu. Das helle Blau des Himmels weicht allmählich einem Dunkelblau, vermischt mit einem golden schimmernden Rot. Sonnenuntergang. Unsere Siedlung ist mitten auf einer Lichtung gebaut. Wenn das Wetter schön ist, dann ist es traumhaft, den Himmel betrachten zu können. Wenn es regnet, dann vermissen wir alle das schützende Dach des Waldes.

Laurin drückt mir eine Schüssel mit Rübensalat in die Hand und nickt in Richtung Feuerstelle. Immer noch betrachten mich seine nussbraunen Augen mit übertriebener Aufmerksamkeit. Als würde ich jeden Moment wieder fortlaufen.

Die Feuerstelle ist umgeben von vier langen, schmalen Tischen, die zusammen ein großes Quadrat bilden. In ihrer Mitte lodert bereits ein Feuer, aus dem leise die wärmenden Flammen züngeln. Um den Platz herum stehen ausgehöhlte Baumstämme, in denen ebenfalls kleine Feuer knistern. Feuer, allein aus Gedankenkraft geschaffen.

Das ist unsere Magie. Wir arbeiten mit der Natur, bringen sie in Einklang, nutzen sie für uns. Die schöne Magie.

Ich stelle die Schüssel auf einen der Tische. Nach und nach kommen alle Leonen aus ihren Häusern, versammeln sich um das Feuer, reden lautstark miteinander. Vereinzelt klopft mir jemand auf den Rücken oder ruft mir etwas zu. Die Leute mögen mich, hier mag man jeden. Aber wirklich beliebt bin ich hier nicht. Ich gelte als verschlossen, wenig gesprächig, stur.

Ich trotte zurück in Richtung Kochhaus, doch Marla fängt mich schon nach wenigen Schritten ab. »Robin!«, ruft sie mich zu sich herüber. An ihrer Stimme kann ich erkennen, dass sie mit irgendetwas gar nicht zufrieden ist. Marla, meine Ersatzmutter.

»Ich kann dir das erklären ...«, setze ich bereits an, doch sie winkt mit der Hand ab.

»Ich will, um ehrlich zu sein, gar nicht wissen, was du tatsächlich gemacht hast. Ich will nur, dass du vorsichtig bist. Deine Mutter hat ...«

»Jaja«, unterbreche ich sie. »Meine Mutter hat dir vor ihrem Tod das Versprechen abgenommen, dass du mich hütest wie deinen Augapfel. Ich weiß.«

Diesen Vortrag musste ich mir schon Tausende Male anhören. Schon, als ich noch in dem Alter war, in dem ich nur auf Bäume geklettert bin. Meine Mutter scheint wirklich große Angst um mich gehabt zu haben.

Ich habe sie nie kennenlernen dürfen. Kurz nachdem ich geboren worden bin, haben sie mir meine Mutter genommen. Getötet. Einfach so. Die Tauren. Marla ist die beste Freundin meiner Mutter gewesen. Sie hat sich damals meiner angenommen, mich zu ihrer dritten Tochter gemacht.

»Ich will nur, dass du vorsichtig bist«, verteidigt sie sich.

»Wo ist Almaras?«, lenke ich ab. Almaras, mein Ersatzvater, Marlas Ehemann und Anführer unseres Stammes.

»Er musste fort. Die Tauren waren unzufrieden mit unseren letzten Abgaben.«

Wie jedes Mal muss Marla um das Leben ihres Mannes fürchten. Nie kann man sagen, ob Almaras zurückkommen wird. Wenn die Tauren gnädig sind, dann schon. Wenn sie Lust zu töten haben, dann nicht. Wir sind wie Ungeziefer, das sie mit dem Fuß zertreten.

Ich nicke. »Hast du Hunger?«, frage ich sie.

Sie schüttelt den Kopf, dass ihre Haare hin und her fliegen. »Nicht wirklich.«

»Ich auch nicht. Aber ich werde mich trotzdem mal dazugesellen.«

Das Essen ist eine reine Folter für mich. Die Kleinen hängen an mir wie zwei Äffchen, Laurin lässt mich keine Sekunde aus den Augen. Almaras taucht nicht auf. Nicht einmal, als sich die Ersten bereits aufmachen, um sich schlafen zu legen.

Die Nacht ist wie ein Geschenk. Als nur noch das warme Feuer und die wenigen Glühwürmchen, die durch die Luft sausen, Licht spenden, mache auch ich mich auf. Kühle Luft, die mich umfängt. Ein perfekter schwarzer Himmel, geschmückt mit Tausenden von Sternen. Das silbern schillernde, plattgetretene Gras unter meinen Füßen ist noch nass vom Regen heute Morgen. Ich bin froh, endlich aus meiner engen, schwarzen Stoffhose schlüpfen zu dürfen und meine Stiefel in die Ecke werfen zu können.

Da Marla und Almaras als meine Ersatzeltern gelten, wohne ich bei ihnen. Eigentlich ist es viel zu eng für uns fünf, zumal die zwei Mädchen sich mit ihrem Hab und Gut im ganzen Haus ausbreiten. Doch so sehen es die Stammesregeln nun einmal vor. Erst wenn ich volljährig bin, steht mir ein eigenes Haus zu.

Auch jetzt habe ich es geschafft, mich abzuseilen. Hinter dem Haus habe ich mir zwischen zwei Tannen eine Hängematte befestigt, von der aus ich direkt den Himmel betrachten kann. Mein Rückzugsort, wenn mir alles zu viel wird. Fast jede Nacht verbringe ich dort, wenn es nicht gerade regnet.

Ich lasse mich in die Hängematte fallen, schaukle müde vor mich hin. In ungefähr einer Stunde ist das Waschhaus leer, dann werde ich mich duschen. Den Schmutz und die Angst abwaschen.

»Wusste ich doch, dass du hier bist.«

Ich habe Laurin gar nicht gehört, so sehr war ich in meine Gedanken versunken. Ich richte mich auf, betrachte seine dunkle Gestalt in der Nacht. Er lehnt an der Hauswand, ein Bein angewinkelt, das andere fest in den Boden gestemmt. Wie der Taurer heute. Nur, dass Laurin dabei viel harmloser aussieht.

»Willst du mir erzählen, was passiert ist?«, fragt er, obwohl er vermutlich bereits weiß, dass ich das nicht tun werde.

Ich lasse mich wieder in meine Hängematte zurückfallen und suche die Himmelswesen, die Almaras mir alle als Kind gezeigt hat. Den großen Bären, den fliegenden Fisch, den Löwen. Suche meine Mutter. »Nein. Nicht wirklich.«

»Dachte ich mir schon«, sagt Laurin. Er klingt nicht beleidigt, vielleicht etwas enttäuscht.

Er vertraut sich mir immer an, erzählt mir jedes noch so

kleine Detail aus seinem Leben. Ich schweige immer alles aus. In der Ferne stimmt ein Uhu sein nächtliches Lied an. Aus dem Waschhaus dringt das ausgelassene Gelächter der Frauen. Zu meinem Glück muss ich nicht mit dabei sein.

Ich wende Laurin mein Gesicht zu, betrachte die dunkle Gestalt, die an der Hauswand lehnt. »Ich mag es nicht, wenn du so im Dunkeln stehst.«

Er lacht. »Hast du Angst vor mir?«

»Wie könnte ich? Du bist der Einzige, vor dem ich keine Angst habe. Du bist mein Freund! Ich mag es einfach nur lieber, wenn ich dein Gesicht sehen kann.«

Er gibt einen tiefen Seufzer von sich, ehe er seine Hand ausstreckt und leise vor sich hin murmelt. Beschwörungsformeln, die jeder von uns Leonen im Herzen trägt. Sie sind immer da, bei Schritt und Tritt. Man muss nicht über sie nachdenken, oft weiß man nicht einmal genau, was man da sagt oder tut. Man tut es einfach, weil die Natur es einem einflüstert. Sie schickt ihre Kraft durch den Boden, durch die Wurzeln, durch die Luft, durch ihren Geruch und die Geräusche, die hier im Wald sind. Man kann sie spüren.

Langsam erscheint auf Laurins Handfläche ein tanzendes Licht. Unruhig hüpft es hin und her. Es glimmt bläulich, und das kugelförmige Leuchten franst am Rand aus wie gelber Nebel.

»Bist du nervös?«, necke ich ihn und weiß, dass ich damit genau ins Schwarze treffe.

»Das ist gar nicht so einfach!«, verteidigt er sich. »Dir fällt das nun mal viel leichter.«

Er löst sich von der Wand und lässt sich neben meiner Hängematte im Schneidersitz auf dem Boden nieder. Die Lichtkugel schwankt nun so stark, dass sie ihm fast aus den Händen rollt. Drinnen im Haus geht nun ebenfalls das Licht an. Eine strahlende, goldene, selbstsichere Kugel, die bis nach draußen scheint.

»Auch gut.« Laurin zuckt mit den Schultern, und das Licht verschwindet von seiner Handfläche. Die Röte auf seinen Wangen ist nicht zu übersehen.

Eine Weile lang schweigen wir. Drinnen streitet Minna mit Marla. Anscheinend will das pubertierende Etwas noch mit einem Jungen unseres Stammes ein bisschen durch den Wald streifen. Ich muss schon fast lachen, so irrwitzig ist die Situation!

»Nicht weit. Nur ein bisschen«, verteidigt sich Minna mit quiekend hoher Stimme. Sie ist kurz davor zu weinen. »Titus meint, dass da irgendwo ein Dachsbau ist, den er mir gerne zeigen will!«

Titus. Er wohnt am anderen Ende unserer Siedlung. Vielleicht der hübscheste junge Mann unseres Stammes, aber definitiv zu alt für Minna. Mit seinen neunzehn Jahren wohnt er schon alleine. Er hat bereits mit so ziemlich jedem jungen Mädchen geflirtet. Mit allen, außer mit mir, nachdem ich ihm einmal als Kind fast die Nase gebrochen hätte.

Das Problem ist nur, dass Minna für ihr junges Alter die falschen Signale setzt. Sie ist vierzehn, hat aber den Körper einer Achtzehnjährigen. Wallendes, blondes Haar. Weiche Kurven.

Doppelt so viel Oberweite wie ich, und sie trägt Kleider mit tiefem Ausschnitt und bunten Farben, die das Ganze noch unterstreichen.

»Keine Diskussion! Du wirst dich nicht mit diesem jungen Mann treffen! Ich glaube sowieso, dass ich mit ihm einmal ein Wörtchen reden sollte! Was denkt der denn überhaupt, wie alt du bist?!«

Wenn Minna jetzt mit einer Tür knallen könnte, würde sie es tun. Aber so etwas gibt es bei uns Leonen leider nicht. Stattdessen fegt sie eine Tasse oder eine Tonschale vom Tisch, die klirrend auf dem Boden zerbricht. Dann kehrt Ruhe ein.

Ein Glühwürmchen saust vor meiner Nasenspitze durch die Luft, schwirrt an Laurins Kopf vorbei und verschwindet über dem Strohdach unseres Hauses.

Laurin pfeift erstaunt durch die Zähne. »Eigenwilliges Ding. Von wem Minna das wohl hat?«

Ich gehe nicht darauf ein. Etwas anderes spukt in meinem Kopf herum. »Glaubst du, Almaras wird auch dieses Mal zurückkehren?«

Laurin schweigt lange, ehe er antwortet. »Ich weiß nicht. Das, was ich weiß, ist, dass wir alle Abgaben rechtzeitig bei ihnen abgeliefert haben. Was die Tauren machen, ist reine Willkür. Du kennst sie. Wenn sie ihn umbringen wollen, dann bringen sie ihn um. Was ich aber nicht annehme. Denn sie wissen, dass Almaras ein guter Anführer ist. Er hält uns alle ruhig und kriegt es hin, dass wir uns halbwegs mit unserer Situation abfinden. Sie wären dumm, ihn umzubringen.«

Laurin hat recht. Ich begnüge mich mit seiner Antwort und entscheide mich dafür, die Nacht einfach abzuwarten. Im Waschhaus sind die Geräusche nun endgültig verstummt. Zeit, mich bettfertig zu machen. Oder eher hängemattenfertig.

»Marla mag es nicht, wenn wir so spät noch Besuch haben. Du solltest jetzt gehen«, schwindle ich. Ich muss allein sein.

Laurin weiß zwar, dass Marla ihn mag und er sogar spät in der Nacht noch hier aufkreuzen könnte, aber er sagt nichts. Er kennt mich. Er erhebt sich von seinem Platz am Boden und streicht mir liebevoll über die Wange. »Gute Nacht, mein kleines Löwenherz.«

In dieser Nacht mache ich kein Auge zu. Ich könnte einen Marathon laufen, so wach bin ich. Immer wieder tauchen diese grünen Augen vor mir auf. Ich bin entkommen!, hallt es durch meinen Kopf. Ich habe ihn abgehängt!

Mein Herz rast wie wild. Dieses komische Gefühl in meinem Bauch sagt mir jedoch, dass ich unrecht habe.

Ich bin nicht entkommen.

Er hat mich laufenlassen.

SCHWARZ

Er sieht aus dem Fenster. Die Dämmerung setzt bereits ein. Er liebt die Dämmerung. Das Rot. Als würde der Himmel bluten. Sein Kopf schmerzt. Immer dieses Pochen! Als wäre sein Herz in den Kopf gefahren und würde dort nun pulsieren.

Welches Herz?, denkt er und muss lächeln. Hinter ihm steht sein treuer Berater. Das weiß er. Doch er ignoriert ihn. Es gibt Probleme. Und Probleme hasst er. Das, was er liebt, ist Kontrolle. Und Blut.

Im Raum ist es warm. Stickig. Sein schwarzer Mantel liegt viel zu schwer auf seinen Schultern. Sein Körper schwitzt unter dem schwarzen Leder seiner Hose und dem dunkelroten Hemd. Schwarz und Rot. Das sind seine Farben.

»Wie sollen wir weiter verfahren?«, fragt Vincente.

Langsam dreht er sich um. Betrachtet seinen Berater wie eine lästige Fliege. So lächerlich steht er da! Die Hände unsicher vor dem Bauch verschränkt, starr wie eine Statue, den Rücken krumm. Eine dürre Gestalt. Ein Frettchengesicht.

»Soll ich raten, wovon du sprichst, oder willst du es mir einfach sagen?«, antwortet er und genießt die Welle der Unsicherheit, die Vincente augenblicklich erfasst.

»Ich spreche von Almaras, mein Herr. Gegegedenkt Ihr ihn zu tttöten oder wwwollt Ihr ihn am Leben lassen?«

Zur Hölle! Jetzt stammelt er auch noch! Nur leider ist Vincente ein guter, umsichtiger Berater. Wenn nicht, würden sich schon längst die Würmer durch seinen leblosen Körper fressen.

»Wir zeigen ihnen nur, wo sich der Anfang befindet. Das Ende können sie sich dann selber denken.« Er lächelt, genießt seine Macht.

Die Kerze auf dem rustikalen Holztisch flackert, als er sich wieder zum Fenster wendet. Alles hier ist dunkel. Die steinige Felswand, in die sein Hauptsitz gebaut ist. Die Möbel schwarz lackiert oder aus dunklem Holz. Selbst die Fenster sind aus dunkelblauem Glas.

Er muss nicht einmal seine Hand bewegen, um die Kerze zu löschen. Nun brennt nur noch das Licht in dem schweren Käfig aus dunklem Eisen, der von der Decke baumelt und als Lampe dient. So fühlt er sich wohl.

»Mein Herr, wie lange wird es noch dauern?«

Soll er ihn nicht doch einfach umbringen? Es gibt genügend andere, die alles dafür geben würden, sein Berater zu sein. Aber Vincente ist gut. »Mich stört dieses Ratespiel. Wovon sprichst du?«

»Verzeiht, mein Herr. Von *ihr*.«

»Es passiert, wenn sie dafür reif ist.«

Er betrachtet die Kette um seinen Hals, lässt sie durch seine Finger gleiten. Den golden schimmernden Stein. Purer Bernstein. Allein eine Haarsträhne darin.

»Und was gedenkt Ihr dann zu tun?«

Jetzt lacht er. Ein wahrhaft fröhliches Lachen. »Ihr alles zu nehmen, das ihr etwas bedeutet. Und sie dann mit offenen Armen empfangen.«

MACHT

Das einzige Licht spenden nun die Sterne. Selbst die Glühwürmchen haben sich dem Schlaf hingegeben. Flora murmelt im Traum, ich kann sie bis hierher hören. Der Wald ist nachts so friedlich. Ewig könnte ich hier liegen und einfach nur in den Himmel starren.

Ein Ast knackt. Leises Rascheln, wie wenn Leder aneinandergerieben wird. Kommen sie nun doch, um mich zu holen? Um die offene Rechnung zu begleichen? Mitten in der Nacht? Schritte auf der weichen Wiese unserer Siedlung. Ruhige, müde Schritte. Jemand atmet schwer, räuspert sich.

Mein Herzschlag wird langsamer. Mein Atem beruhigt sich. Die Schritte halten direkt vor unserem Haus. Ich springe aus meiner Hängematte und stürze um das Lehmgebäude herum. Dort steht er, in fast vollkommener Dunkelheit. Allein seine linke Gesichtshälfte wird schwach von dem spärlichen Licht der Sterne angestrahlt.

»Almaras!«, hauche ich und schlinge meine Arme um ihn.

Er taumelt, lacht dabei jedoch leise und streicht mir väterlich über mein Haar. »Du bist noch wach?«

»Kein Auge habe ich zugemacht! Wo warst du nur so lange?«

Drinnen im Haus geht das Licht an. Kurz darauf eilt Marla

heraus, um ihren schlanken Körper nur einen kurzen Morgenmantel aus Wolle geschlungen. »Almaras«, flüstert sie.

Almaras dreht sich ihr entgegen. Das Licht strahlt sein Gesicht an, erhellt die Seite, die eben noch im Schatten lag. Ich keuche. Beiße meine Zähne zusammen, um nicht zu wimmern wie ein kleines Kind.

Eine leere Höhle ist nun dort, wo bisher sein rechtes Auge war. Sie haben es ihm herausgerissen. Einfach so. Um uns ihre Macht zu beweisen. Traurig sieht er uns mit seinem blauen Auge an. Darin spiegeln sich all der Schmerz und die Folter, die er die letzten Tage durchstehen musste.

»Was haben sie dir angetan?«, haucht Marla. Sie presst sich eine Hand vor den Mund, um das Zittern ihrer Lippen zu verbergen. Es ist kalt geworden. Eiskalt.

»Ich bin vermutlich noch ganz gut weggekommen. Sie wollten ihre Macht demonstrieren. Das hätte noch viel schlimmer ausgehen können. Ich bin dankbar dafür, dass ich wieder hier sein darf. Bei euch.«

Er legt eine Hand auf meine Schulter, die andere auf Marlas, die sich sofort an ihn schmiegt und an seiner Brust zu weinen anfängt. Ihr Körper schüttelt sich vor innerer Verzweiflung. Jetzt wünsche ich mir, dass Laurin bei mir wäre. Er würde die richtigen Worte finden, um mich zu trösten. Mich zu beschwichtigen. Mich zu beruhigen, damit ich nicht meine Messer schnappe und vor lauter Hass die Siedlung der Tauren stürme.

»Mama?« Eines der Mädchen ruft nach Marla. Vermutlich

ist es Flora. Minna ist bereits aus dem Alter raus, sich nachts an ihre Mutter zu kuscheln.

Erschrocken blickt Marla erst ihren Mann, dann mich an. Ihre Augen sind tränengefüllt, ihre Wangen von nassen Bahnen überzogen.

»Ich kümmere mich darum«, sage ich und nicke den beiden zu.

»Danke«, flüstert Almaras. »Wir müssen uns irgendetwas einfallen lassen, was wir der Kleinen sagen können. Sie würde die Wahrheit nicht verkraften.«

Als ich in das Haus schlüpfe, sitzt Flora kerzengerade in ihrem Bett, das Kissen vor den Bauch gepresst und die blonden Haare zerzaust wie nach einem Sturm. »Mir hat noch niemand eine Gutenachtgeschichte vorgelesen.«

»Und das fällt dir mitten in der Nacht ein?« Ich stupse sie mit meinem Zeigefinger auf die Nase und setze mich neben sie auf die Bettkante.

Sie nickt ganz aufgebracht. Ich lese ihr fast eine ganze Stunde lang vor, bis sie endlich eingeschlafen ist. Marla und Almaras sitzen auf der kleinen Holzbank vor unserem Haus und reden leise miteinander. Der Morgen naht bereits. Die ersten Vögel zwitschern, die Dunkelheit weicht langsam zurück.

Wie selbstverständlich schleiche ich mich zu Laurins Haus. Seit seinem achtzehnten Geburtstag vor vier Wochen hat er das Glück, alleine wohnen zu dürfen. Er erschrickt nicht einmal, als sich unangekündigt jemand neben ihn in sein Bett legt. Er kennt es schon so, dass ich mich manchmal, wenn mir alles zu viel wird, zu ihm schleiche. Ohne zu zögern, rollt er sich auf die andere Seite und schlingt seinen Arm um meinen Bauch.

Es dauert nicht lange, und ich bin eingeschlafen.

Am nächsten Morgen ist Laurin schon nicht mehr in seinem Haus, als ich aufwache. Es liegt eine merkwürdige Stimmung über der Siedlung. Die Nachricht hat sich also bereits herumgesprochen. Almaras, der geliebte Anführer der Leonen, wurde von den Tauren verunstaltet. Ein Zeichen ihrer Macht. Ein Zeichen unserer Schwäche. Nur kurz kann ich einen Blick auf Almaras werfen, wie er auf dem großen Platz mit ein paar Männern zusammensteht und diskutiert. Seine blonden, langen Haare fallen bis zur Mitte seines Rückens herab. Beim Reden streicht er sich über seinen Dreitagebart. Sein rechtes Auge hat er unter einem schwarzen Tuch versteckt.

Ich halte das nicht mehr aus und verlasse, ohne irgendjemandem Bescheid zu sagen, unsere Siedlung. Meine Füße bringen mich wie selbstverständlich zum Fluss. Der Boden vibriert ganz leise unter meinen Schritten. Die Art des Waldes, mir zu sagen, dass es bald regnen wird. Der Himmel ist mit grauen Wolken bedeckt. Finster ist es hier, selbst am Fluss. Ich lehne mich gegen eine alte Trauerweide, lasse mich an ihrem Stamm hinuntergleiten, betrachte das vorbeirauschende Wasser. Ein Kunstwerk der Natur. Alles um mich herum so saftig grün. Die großen Steine moosbewachsen, so dass sie sich kaum vom Boden abheben. Verspielte Wurzeln, alte Baumstämme, dichter unberührter Wald. Nester von Wasservögeln und Staudämme von Bibern. Das Wasser bricht sich an den großen Steinen, die im Flussbett liegen, bildet kleine Strudel und winzige Wasserfälle. Es fließt so schnell, dass es nicht klar ist, sondern schaumig weiß.

Ich weiß nicht, wie lange ich hier so sitze und einfach nur schaue. Eine Ewigkeit. Währenddessen ruft Laurin immer wieder meinen Namen, doch er kann mich nicht finden. Die langen, herabhängenden Äste der Trauerweide sind wie ein schützender Vorhang.

Als ich in die Siedlung zurückkehre, wartet Minna schon sehnsüchtig auf mich. Ungeduldig sitzt sie auf der Bank vor unserem Haus, zupft an ihrem blonden gewellten Haar herum. Es ist nichts los in unserer Siedlung. Nur ein paar Frauen hängen an den von Tanne zu Tanne gespannten Seilen ihre Wäsche auf, die bei diesem Wetter ohnehin heute nicht mehr trocknen wird. Die Männer sind im Wald, schlagen Holz für Feuer oder reparieren den Staudamm am oberen Teil des Flusses, der uns als Badestelle dient.

»Da bist du ja endlich!«, ruft Minna, als sie mich entdeckt. »Ich muss dich etwas fragen.«

Misstrauisch ziehe ich eine Augenbraue hoch. Wenn Minna schon so anfängt, will ich es meistens gar nicht hören.

»Heute ist doch Ausgehtag ...«, setzt sie an.

Ja. Der Tag, an dem die Tauren uns gestatten, abends in die Stadt auszugehen. Uns in eine Bar zu setzen und etwas zu trinken, ohne dass wir damit rechnen müssen, in der nächsten Sekunde umgebracht zu werden.

»Nein, Minna! Wirklich nicht! Alles andere sofort, aber nicht in die Stadt!«

»Mensch, du bist eine Spielverderberin! Ich durfte noch nie in die Stadt! Marla lässt mich nicht ohne dich gehen, und ich würde doch so gerne! Einfach nur in einer Bar sitzen und etwas trinken! Von mir aus nur eine Cola oder ein Wasser, ist mir egal! Aber einfach mal was anderes sehen!«

Mist! Ich kann ihr den Gefallen nicht abschlagen. Für sie muss es schrecklich sein, ihren Vater so zu sehen. Sie weiß, was wirklich passiert ist. Nicht so wie Flora, die glaubt, dass ihr Vater mit einem Wolf gekämpft hat.

Ich schnaufe laut aus, schließe meine Augen. »Gut. Aber nur für eine Stunde. Und du bleibst an meiner Seite, als wärest du festgekettet! Verstanden?«

Sie legt ihre Hand auf ihr Herz, strafft den Rücken und versucht vergeblich, das breite Grinsen zu unterdrücken. »Hoch und heilig.«

»Weiß Marla überhaupt schon davon?«

Sie weiß noch nichts davon. Aber sie ist mit ihren Gedanken ganz woanders und erlaubt uns tatsächlich, abends in die Stadt zu gehen.

Als die Dämmerung einsetzt, beginnt für mich die Tortur. Ich lehne mich neben Minna an das Waschbecken im Waschhaus und beobachte sie beim Schminken. Ein Waschbecken, bestehend aus einem ausgehöhlten Baumstamm. So lang, dass mindestens zehn Leute nebeneinanderstehen können. Sorgsam zieht Minna die Mascara, die ich ihr bei meinem letzten

Besuch in der Stadt kaufen musste, durch ihre hellen Wimpern. Sie hat eines ihrer besten Kleider ausgewählt. Ein rosafarbenes, tailliert und von Marla mit Stickereien verziert. Viel Kleidung besitzen wir nicht. Jeder hat vielleicht eine oder zwei Hosen und genauso viele T-Shirts. Bei Minna sind es Kleider.

»Wen erwartest du denn in der Stadt zu treffen?«, frage ich vorsichtig und verschränke meine Arme vor der Brust. »Titus?«

Auf einen Schlag laufen ihre Wangen rot an. »Überhaupt nicht!«

Ich verkneife mir ein Lachen und schaue zu, wie sie die Wimperntusche wieder in ihrem Beutel verstaut und einmal probehalber mit den Wimpern klimpert.

Eine alte Frau stürmt ins Waschhaus. Salomé, unsere Heilkundige. Sie war es, die mir gestern meinen Arm geheilt hat und mir versprechen musste, niemandem auch nur ein Sterbenswörtchen zu sagen. Im ersten Moment ist sie verwirrt, jemanden um diese Zeit hier vorzufinden. Um sieben Uhr abends waschen sich hier höchstens mal die kleinen Kinder, um dann früh ins Bett zu verschwinden. Sie hastet auf die Toiletten zu, verschwindet in einer Kabine und stößt einen erleichterten Seufzer aus.

Minna und ich können uns kaum zurückhalten, Minna noch weniger als ich. Sie presst ihre geballte Faust vor den Mund und wischt sich mit der anderen Hand eine Lachträne aus dem Augenwinkel.

»Was gibt's da zu lachen?«, brüllt Salomé aus der Kabine.

Ohnehin ist sie bekannt für ihre eher ruppige Art. »Ich hab was Falsches gegessen. Na und? Kann vorkommen.«

Ich presse den Zeigefinger auf meinen Mund, um Minna zu bedeuten, dass wir uns besser etwas zusammenreißen sollten. »Du siehst hübsch aus«, sage ich, um von Salomé abzulenken. »Titus wird Augen machen.«

»Ich weiß doch gar nicht, ob er da ist. Möchtest du dich nicht auch ein bisschen schminken?«, fragt Minna hoffnungsvoll.

Ich halte nicht viel von Make-up. Das weiß sie. Ich bevorzuge es schlicht. Jeans oder bequeme Stoffhosen, manchmal auch meine Wildlederhose. Dazu ein weißes Tanktop. Höchstens noch die Kette, die mir Laurin einmal geschenkt hat. Ein dunkelbraunes Lederband mit einem aus Holz geschnitzten Herzen daran. Die meiste Kleidung nähen wir uns selbst. Wir nutzen jedes alte Laken und jedes Stück Stoff, um daraus ein Hemd oder eine Hose anzufertigen. Meine Wildlederhose stammt noch von meinem Großvater. Marla hat sie mir ein wenig gekürzt und enger gemacht. Ganz selten kaufen wir etwas zum Anziehen in der Stadt. Nur, wenn einmal genug Geld in der Gemeinschaftskasse und der letzte Fetzen Stoff verbraucht ist.

Ich betrachte mich im Spiegel. »Muss das sein?«

Die Toilettentür geht auf, und Salomé kommt aus der Kabine heraus. Ihr faltiges Gesicht wirkt nun um einiges entspannter.

Das Licht flackert. Eine einzige, tanzende Lichtkugel an der Decke des Waschhauses. Minna hat sie gemacht. Sanft puste ich in die Richtung der Kugel, und sie beruhigt sich augenblicklich.

»Ob mit oder ohne Schminke – ihr zwei könntet Schwestern sein, so ähnlich, wie ihr euch seht«, sagt Salomé und verlässt das Waschhaus.

Ich betrachte mein Spiegelbild. Das sagen sie uns oft. Meistens aber nur, damit ich mich nicht ausgestoßen fühle. Almaras und Marla sind meine Eltern geworden, ich ihr Kind. Minna ist kleiner als ich, und sie wird auch vermutlich nicht mehr viel wachsen. Nicht nur wegen ihrer großen Oberweite ist ihr Körper viel weiblicher als meiner. Meiner ist vom Wald gezeichnet. Stramm, braungebrannt, übersät von Kratzern. Eine kleine Narbe über meiner rechten Augenbraue. Als kleines Mädchen bin ich in eine von Almaras Hasenfallen getappt, die normalerweise jeder von uns Leonen erkennt. Ein ausgehobenes Erdloch, versteckt unter einer Schicht tarnendem Laub, mit einem Netz darin. Gekennzeichnet durch einen roten Punkt an einem benachbarten Baum. Aber ich war so in meine Gedanken versunken gewesen, dass ich nicht darauf geachtet hatte und prompt in der Falle gelandet war. Den ganzen Tag hatten sie nach mir gesucht. Seitdem sind solche Fallen bei uns verboten. Amaras hatte noch am selben Tag alle zuschütten lassen.

Minnas Haar ist blonder als meines. Hellblond. Meines ist dunkler und von braunen Strähnen durchzogen. Lang wellt es sich bis zur Mitte meiner Wirbelsäule hinab. Minna hat wie Almaras blaue Augen, ich habe braune. Minnas Haut ist blass und milchig, meine selbst im Winter gebräunt. Nein, sonderlich ähnlich sehen wir uns nicht.

»Nur ein bisschen Wimperntusche!«, bettelt Minna.

Nur weil heute mein gnädiger Tag ist, gebe ich nach und pinsle mich ein wenig an.

Als wir endlich unsere Siedlung verlassen, dämmert es schon. Noch ausreichend hell, um unbesorgt durch den Wald zu gehen, aber schon dunkel genug, dass ich auf meiner Handfläche eine Lichtkugel vor uns hertrage. Der Weg in die Stadt ist das Einzige im Wald, das wir nicht der Natur überlassen. Fast jede Woche arbeiten die Männer unseres Stammes daran, den Weg ohne Probleme passierbar zu halten. Bäume fällen, Unkraut oder umgestürzte Stämme beseitigen. Mitten durch den Wald führt er, zu Fuß vielleicht zwanzig Minuten bis in die Stadt.

Als die ersten Lichter auftauchen, atmet Minna erleichtert aus. »Ich mag es nicht, so spät durch den Wald zu laufen.«

»Ich bin ja bei dir«, beruhige ich sie. Ich weiß jedoch – falls etwas wäre, könnte ich sie nicht beschützen. Ohne meine Messer bin ich machtlos.

Die Stadt ist eine hässliche Aneinanderreihung von großen Firmengebäuden und grauen Wohnblocks, in denen gewöhnliche, nichtsahnende Menschen wohnen. Menschen, die nicht wissen, dass zwei Sternenstämme im Wald leben – die Tauren und die Leonen. Menschen, die stupide und monoton in dieser hässlichen Stadt vor sich hin vegetieren. Nichts hinterfragen. Nichts wahrnehmen.

Es ist die Technik, die die Menschen immer mehr von der Natur entfernt. Sie haben Angst vor dem Wald, weil sie ihn und das, was er beherbergt, nicht kennen. Sie betrachten ihn als ihren Feind – vielleicht das Einzige, was ich mit den Menschen gemeinsam habe. Die Menschen lassen sich von ihren Computern sagen, was und wie viel sie essen sollen, sie bewegen sich kaum mehr selbst, sondern fahren mit Maschinen umher. Es gibt keine Tiere zwischen den trostlosen Fassaden der Stadt. Sie wurden ersetzt durch Roboter in allen Formen und Größen, die nichts fressen, keinen Dreck machen und keinen Laut von sich geben.

Das ist die Stadt. Ein lebloses Gebilde aus kalten Mauern und stumpfen Lebewesen. Ich kenne es nur so. Ich weiß nicht, ob es woanders noch weitere Städte und Menschen gibt. Und wenn ja, ob die Menschen überall so sind wie hier. Ob die Menschen an einem anderen Ort vielleicht sogar etwas von uns Sternenstämmen wissen. Hier ahnen sie jedenfalls nichts von unserer Existenz. Sie sind für die Tauren gefügige Arbeitskräfte, die nichts hinterfragen und es vermutlich auch nie tun werden.

Zwar erstreckt sich die Macht der Tauren nur auf die Stadt und den Wald, doch das genügt schon. Jede Fabrik oder Firma gehört ihnen. Eigentlich gehört ihnen so ziemlich alles. Weiß der Teufel, wie die Tauren das machen. Ich vermag nicht einmal zu erahnen, wie sie es anstellen, dass nie einer von den Menschen in den Wald kommt. Aber sollte doch einmal jemand wissen wollen, was und wer hinter dem Ganzen steckt, dann wird er sofort getötet. Natürlich. Tauren zögern nicht.

Die Straßenbeleuchtung ist spärlich, alle Geschäfte sind mit

Eisengittern verriegelt. Irgendwie wirkt die Stadt wie ausgestorben. Enge, finstere Gassen, die meinen Instinkt Alarm schlagen lassen. Auf der Hauptstraße gibt es ein Café und eine Bar, direkt nebeneinandergelegen. Das Café hat um diese Uhrzeit schon geschlossen. Die Bar ist geöffnet. Ein rotblinkendes Schild hängt über dem Eingang. »Kapitän Hook« steht darauf. Jedes Mal denke ich mir, was das für ein bescheuerter Name ist.

Ein paar Leute sitzen an den Tischen vor der Bar. Ich kann nur hoffen, dass es Leonen sind. Die Enttäuschung in Minnas Gesicht ist nicht zu übersehen. »Das hier ist die Stadt?«

Ich nicke. Bisher hatte Marla es zu verhindern gewusst, dass ihre Tochter in diese Zone gerät. In die Zone, in der es nur so von Tauren wimmelt. Alles, was in Minnas Besitz ist, haben entweder Marla oder ich ihr mitgebracht.

»Möchtest du wieder nach Hause gehen?«

Minna schüttelt entschieden den Kopf. »Wenn ich jetzt schon einmal hier bin. Wir setzen uns einfach, trinken was und quatschen.«

Entschlossen geht sie vor, widerwillig folge ich ihr. Nur zwei Tische sind besetzt. Eine Gruppe von Männern aus unserer Siedlung, die wir freundlich grüßen, und eine Gruppe von jungen Tauren, die ich mit meinen Augen meide. Nur nicht provozieren! Ihre Blicke gleiten an Minna hinunter und wieder hinauf. Sie merkt es nicht einmal, aber mir wird schlecht. Wie konnte ich nur so dumm sein und zulassen, dass sie sich in solch eine Gefahr begibt!

Ich suche uns den am weitesten entfernt stehenden Tisch aus. Immer noch spüre ich das Starren der Taurer in meinem Rücken. Der Kellner kommt raus und zu uns an den Tisch. Einer dieser ahnungslosen Menschen, die in einem der scheußlichen Wohnblocks leben. »Was darf's sein?«, brummt er und zückt einen weißen Block aus seiner Schürzentasche.

»Zwei Bier«, bestellt Minna, und ich hebe sofort abwehrend die Hand.

»Eine Cola und ein Bier.«

Der Kellner schreibt sich unsere Bestellung nicht einmal auf und verschwindet schlurfend wieder im Innern der Bar. Die Leonen erheben sich von ihren Stühlen. Einer von ihnen klopft mir im Vorbeigehen zum Gruß auf die Schulter, murmelt irgendetwas Aufmunterndes bezüglich Almaras, das ich jedoch nicht verstehe. Dann verschwinden sie die Straße hinab in Richtung Wald. Ich bin fassungslos, wie sie uns hier so alleine sitzen lassen können. In ihrer Anwesenheit habe ich mich sicher gefühlt. Auch wenn das im Prinzip natürlich Schwachsinn ist. Immerhin ist das hier friedliche Zone. Und wenn die Taurer uns etwas antun wollten, dann würden sie nicht warten, bis die Männer aus unserem Stamm gegangen wären.

»Bestellst du immer für andere?«, fragt einer von ihnen. Er spricht nicht einmal besonders laut, dennoch kommen seine Worte klar und deutlich bei mir an. Als hätte ich nur darauf gewartet, dass sie etwas zu mir sagen.

Jetzt zwinge ich mich dazu, zu ihnen hinüberzusehen. Er sitzt mir direkt gegenüber. Sein Blick starr auf mich gerichtet. Auf seine Beute von gestern. Die grünen Augen und die schwarzen Haare perfekt betont durch das schwarze Achsel-shirt, das er trägt. Ich beginne zu schwitzen. Mein Herz rast wie wild. Warum habe ich ihn nicht gesehen? Nicht wahr-genommen? Ich bin schuld, wenn er uns etwas antut.

Ich atme tief ein, um meine Stimme zu beruhigen. »Ich halte nur das ein, was ich ihrer Mutter versprochen habe.«

Ein breites Grinsen stiehlt sich auf sein Gesicht. Die mus-kulösen Arme hat er lässig auf die benachbarten Stuhllehnen gelegt. Vor ihm steht ein großes Bier. Je zwei Tauren sitzen zu beiden Seiten. Alles durchtrainierte junge Kerle. Stumpfe Blicke. Zum Morden geschaffen. Sie lachen, können ihre Augen aus Blutgier nicht von uns lassen.

»Du stehst auf Kontrolle«, sagt er, als würde er mich schon seit Jahren kennen.

Ich koche vor Wut und Angst. »Wenn du das sagst, wird es wohl so sein«, gebe ich spitz zurück.

Seine Freunde lachen. Nicht über meine Schlagfertigkeit, sondern weil sie die Angst in meiner Stimme hören. Sie wittern sie wie Wölfe, bereit zum Zupacken. Der Kellner kommt mit einem Tablett heraus und stellt vor Minna die Cola, vor mich das Bier. Als würde er die aggressive Stimmung spüren, die in der Luft knistert, flüchtet er sich schnell wieder nach drinnen.

»Vielleicht mag sich die Kleine ja zu uns rübersetzen«, sagt einer der Tauren. Hohe Stirn, kurzgeschorenes Haar. Muskeln, als würde er seit seiner Geburt Gewichte heben.

Die naive Minna nickt freundlich, spürt nichts von dem, was

mir einen Schauer über den Rücken jagt. Manchmal könnte ich sie schlagen für ihr bedingungsloses, dummes Vertrauen.

»*Die Kleine*«, sage ich verächtlich, »hat kein Interesse.«

Minna tritt unter dem Tisch nach mir, doch ich weiche ihr aus. Also versucht sie es auf andere Weise. Sie lehnt sich zu mir herüber, ganz nah, so dass ihre Lippen direkt an meinem Ohr sind. »Die sehen doch voll gut aus!«, flüstert sie.

Ich bin kurz davor, völlig durchzudrehen. Wie dumm war ich nur, mich auf das hier einzulassen!

»Das soll sie selbst entscheiden«, sagt ein anderer. Blondgefärbtes, längeres Haar. Spitzes Gesicht, den Arm voller Lederarmbänder. Sein Blick so verächtlich, dass ich aus Reflex nach Minnas Hand greife und sie festhalte. Einfach nur, um mich selbst zu beruhigen.

»Merkt ihr nicht, dass sie fast noch ein Kind ist, oder machen euch kleine Mädchen einfach nur an?« Ich lege selbstsicher meinen Kopf schief, funkle einen nach dem anderen verächtlich an. Alles nur Show.

Ihre Blicke verfinstern sich. Nur *er* lächelt. Der Kerl mit der hohen Stirn schwingt sich von seinem Stuhl auf, so dass dieser nach hinten umkippt. Mit ein paar Schritten ist er bei uns. Eine Hand presst er gegen meine Schulter, mit der anderen stützt er sich auf der Stuhllehne ab. Er riecht, als hätte er schon mehrere Bier getrunken.

»Du solltest dir besser überlegen, was du sagst.«

»Lass gut sein, Korfus!«, versucht *er* seinen Freund zu beruhigen. Vergebens.

Korfus löst die Hand von meiner Schulter, greift mein Kinn. »Wir mögen nicht, wenn man uns provoziert. Mit einer einzigen Bewegung kann ich dir dein Genick brechen. Das weißt du doch, oder?«

Jetzt steht *er* auf. Sein Stuhl quietscht auf dem Boden. Er kommt zu uns herüber, legt seinem Freund beruhigend einen Arm auf die Schulter. »Friedliche Zone, Korfus. Schon vergessen? Den Ärger ist sie nicht wert.«

Es dauert ein paar Sekunden, bis Korfus sich fängt. Nur widerwillig löst er sich von mir, sein Blick frisst sich immer noch wie Säure durch meine Haut. Minna keucht neben mir vor Angst.

»Ihr solltet euch in Acht nehmen. Der Wald ist finster.« Korfus spuckt auf den Boden, direkt vor meine Füße. Dann dreht er sich um und geht an seinen Tisch zurück. *Er* folgt ihm, ohne uns eines weiteren Blickes zu würdigen.

Ich überlege nicht lange, schnappe nach Minnas Hand und ziehe sie von ihrem Stuhl hoch. Ich schiebe sie zwischen den Tischen hindurch auf die Straße. Egal, ob wir gezahlt haben oder nicht. Ich zwinge mich dazu, nicht zu rennen. Ruhig zu bleiben. Erst als wir den Wald erreichen, sprinten wir beide los. Noch nie war ich so schnell zurück in unserer Siedlung.

In dieser Nacht lasse ich Minna bei mir in meinem Bett schlafen. Drinnen, nicht draußen in der Hängematte. Aus Angst, dass die Lust der Tauren zu töten doch größer ist als ihre Vernunft. Mit Tränen in den Augen schläft Minna schließlich ein.

TOT

»Und, wie war's gestern?«, fragt mich Laurin. Er lehnt im Eingang unseres Hauses und beobachtet mit einem schiefen Lächeln, wie ich meine Füße wutentbrannt in meine Stiefel stopfe.

»Frag nicht«, antworte ich und beiße meine Zähne zusammen, weil meine Stiefel über Nacht irgendwie kleiner geworden zu sein scheinen.

Mit einem Mal verschwindet das Lächeln aus Laurins Gesicht. »Hat euch jemand bedrängt? Die Tauren?«

Mit einem hohen, spitzen Schrei packe ich einen Stiefel und donnere ihn gegen die nächstgelegene Wand. Laurin tritt einen Schritt zur Seite, auch wenn er ein paar Meter von der Wand entfernt steht, bringt er sich lieber in Sicherheit.

Ich lehne mich nach vorne, stütze meine Arme auf die Knie. Der kleine Holzhocker unter mir zittert, als würde ich Tonnen wiegen. Ich muss meine Energie besser kontrollieren. »Sie haben sich nur über uns lustig gemacht. Mehr nicht.«

Laurin runzelt seine Stirn. Er glaubt mir nicht, zu Recht. Wie gut er mich doch kennt. »Und deswegen bist du so aufgebracht? Du kennst doch ihre dummen Witze.«

»Jajaja!«, rufe ich und springe von dem Hocker auf. »Aber ich hatte gestern Minna dabei! Ich hätte sie niemals in solch eine Gefahr bringen dürfen!«

Zum Glück sind heute Morgen alle bereits weg. Almaras ist mit den anderen Männern beim Holzhacken. Marla, Minna und Flora waschen am Fluss die Wäsche. Ihre Frühstückstassen stehen noch auf dem Tisch. Ich könnte sie alle nacheinander an die Wand werfen.

»Es war also doch gefährlich. Haben sie nicht nur blöde Witze gemacht?«, bohrt Laurin weiter und bringt mich damit fast zur Weißglut.

Ich schnappe mir den Stiefel, den ich eben noch gegen die Wand geschleudert habe, und versuche wieder, ihn anzuziehen. Irgendwie gelingt es mir diesmal. Ich schnüre ihn bis oben zu, schnappe mir den zweiten. »Sie haben uns provoziert. Und ich habe mich provozieren lassen. Das ist alles.«

Meine Wildlederhose quietscht, als ich mich aufrichte, ebenso wie meine Stiefel auf dem Boden. Ich werfe einen Blick auf meinen Messergürtel. Aber den brauche ich heute nicht. Nicht für stupide Waldarbeit.

»Wenn man darüber redet, wird's meistens leichter«, lässt Laurin nicht locker.

Auch wenn ich ihn wirklich gerne mag, aber in diesem Moment könnte ich ihm den Hals umdrehen. Ich atme tief ein, schließe zur inneren Beruhigung meine Augen. »Ich will aber nicht darüber reden.«

»Reden hilft aber. Ich bin dein Freund!«

»Ich will jetzt aber nur noch in diesen verdammten Wald und dieses verdammte Holz hacken!«, motze ich ihn an. Viel zu schneidend sind meine Worte, härter, als Laurin es verdient.

Beschämt weichen meine Augen auf den Strauß Wildblumen auf der Kommode aus, den Flora gestern gepflückt hat. Mit einem Mal verdorren sie einfach. Ich kann gar nichts dagegen tun. Eine nach der anderen. Die Blütenblätter rieseln hinab, die Stiele trocknen vollständig aus, bis nur noch ein braungrünes Gestrüpp in der Vase steht.

Es ist totenstill im Haus. Laurin sieht mich verblüfft an. »Was war denn das?«

Er flüstert. Natürlich. Das hier hätte nicht sein dürfen. Wir können nur erschaffen, mit der Natur leben. Nicht gegen sie. Fassungslosigkeit liegt in Laurins Blick. Angst. Mit einem Mal schäme ich mich schrecklich. Als hätte ich etwas Verbotenes getan, als wäre ich ein schlechter Mensch. Einer von ihnen. Von den Tauren.

Es dauert einen Moment, bis ich es schaffe, mich zusammenzureißen. »Zu viel Energie. Das kann schon mal vorkommen«, verteidige ich mich.

»Zu viel Energie?«, wiederholt Laurin. Der Zweifel in seiner Stimme ist nicht zu überhören.

»Ja. Das ist wie bei den Städtern, wenn sie ihre Pflanzen überdüngen. Dann wollen sie ja auch nur Gutes, aber die Blumen sterben trotzdem.«

Laurin sagt nichts. Starrt einfach nur auf den toten Strauß. Ich halte das nicht mehr aus. Mein Kopf dreht sich, als würde ich mit geschlossenen Augen Karussell fahren. Zur Beruhigung spritze ich mir etwas Rosenwasser aus Marlas Schüssel ins Gesicht, dann verschwinde ich aus unserem Haus. Ohne ein weiteres Wort, so sehr schäme ich mich. Meine Füße laufen einfach. Nicht zum Weg in die Stadt, wo Bäume gefällt oder gestutzt werden müssen. Einfach nur in den Wald hinein. Fort von hier. Weg von meinen Gedanken. Immer noch spüre ich den Überschuss an Energie in mir. Meine Fingerspitzen kribbeln, als würde ich unter Strom stehen. Ich kenne das nicht. Normalerweise steht uns die Magie wie ein stiller Begleiter zur Seite. Man spürt sie nicht. Sie ist wie die Luft. Aber jetzt ist mein ganzer Körper erfüllt von etwas, das mir unbekannt ist.

Mein Herz rast, obwohl ich ganz still stehe. Der Wald um mich herum ist dicht und so dunkel, dass ich mich sicher fühle. Abgeschottet von fremden Blicken. Zu viele Gefühle durchströmen mich. Wie ein Vulkanausbruch fühlt es sich an, wie ein Wirbelsturm. Meine Erklärung gegenüber Laurin ist gar nicht mal so unwahrscheinlich. Soweit ich weiß, ist Minna bei einer ihrer ersten Magie-Übungsstunden etwas Ähnliches passiert. Almaras wollte, dass sie eine Lichtkugel heraufbeschwört, stattdessen fackelte sie beinahe unseren Kleiderschrank ab.

Das ist etwas anderes!, schießt es mir durch den Kopf. Eine Träne rollt meine Wange hinunter. Das erste Mal seit vermutlich zehn Jahren, dass ich weine. Wütend wische ich mir über die Augen.

Hinter mir raschelt etwas. Mein erster Gedanke ist, dass ich wieder nicht aufgepasst habe und ins Gebiet der Tauren geraten bin. Aber dann erkenne ich das Waldstück. Hier haben Laurin und ich als Kinder oft Verstecken gespielt. Wieder ein

Rascheln. Langsam, bedächtig. Mein Messergürtel liegt gut verstaut neben der Kommode in unserem Haus. Nicht einmal ein kleines Taschenmesser habe ich dabei.

Noch ein Rascheln. Ich weiche einen Schritt zurück, bin unachtsam, trete auf einen Ast. Er bricht. Das Knacken schreckt das Wesen im Busch auf. Es springt aus dem Dickicht direkt auf mich zu. Ich weiß nicht mehr, was ich tue. Angst. Ich habe Angst. Weil alles viel zu schnell geht. Ich kapiere nicht, was hier gerade passiert. Mein Kopf ist voll. Adrenalin jagt durch meinen Körper. Ich denke nicht nach, hebe meine Hand.

Plötzlich ist es vorbei. Alles still.

Es liegt vor mir. Vor meinen Füßen. Ein Reh. Wunderschöne, schwarze Augen. Diese weißen Zeichnungen auf seinem Nasenrücken. Die spitzen, buschigen Ohren.

Tot. Ich habe es umgebracht.

Ich taumle zurück, stoße gegen eine Tanne. Der Körper des Rehs zuckt nicht einmal mehr. Kein Anzeichen einer Verletzung. Wenn ich nur mit meinen Gedanken bei mir gewesen wäre! Dann hätte ich gemerkt, dass es ein Reh ist! Ich hätte es gesehen! Ich kenne doch das Geräusch von Rehhufen auf Moos!

Für einen kurzen Moment rede ich mir ein, dass ich vielleicht doch ein Messer mitgenommen und es ganz automatisch gezückt habe. Aber da ist kein Messer. Da ist keine Wunde in der Brust des Rehs. Da ist kein Blut an meinen Händen. Nichts.

Ich rutsche mit dem Rücken am Baum hinab, liege auf dem Boden. Jetzt fühle ich gar nichts mehr.

Ich bin eine von ihnen.

RESPEKT

Das wird ihm gefallen, meinem Herrn!, denkt er sich. Jetzt ist es endlich so weit. O ja, das wird ihm sicher gefallen!

Er kauert gut versteckt hinter dichtem Gestrüpp. Der Wald ist hier zu seinem Vorteil. Dicht und finster. Es war schwer, dem Balg zu folgen. Schnell ist sie ja. Aber kopflos.

Sein magerer Körper ist nicht gemacht für Verfolgungsjagden. Er kennt sich hier nicht aus. Weiß nicht, wie man Geräusche vermeidet. Auf so ziemlich jeden Ast tritt er, stolpert über jede Wurzel. Aber trotzdem hat er seine Mission erfüllt.

Das hier! Das übertrifft vermutlich sogar noch die Erwartungen des Herrn! Jetzt endlich wird er ihm den Respekt zollen, den er sich schon viel früher verdient gehabt hätte.

Das Mädchen kauert nun unter einer Tanne. Die Beine angezogen, die Stirn an ihre Knie gelehnt. Warum heult sie wie ein Kind? Gerade hat sie Macht geschenkt bekommen, Gewalt, Kraft. Sie gehört nun zu den Großen. Zu den Auserwählten.

Ein erbärmlicher Haufen, diese Leonen.

Seine Augen verengen sich zu Schlitzen. Sogar ihn könnte sie töten. Er ist ein Niemand. Einen Spatz kann er umbringen, vielleicht noch ein Eichhörnchen. Alle größeren Tiere versetzt er vielleicht gerade einmal in eine Art Schockzustand. Deswegen ist er auch nicht angesehen bei den Tauren. Aber er ist Birkaras' Berater!

Ab heute werden sich die Dinge ganz anders entwickeln. Und das nur, weil er sie entdeckt hat. Ihre Macht.

Ab heute werden sie Respekt vor ihm haben!

BESUCH

Es ist schon Nachmittag, als ich mich vom Baumstamm löse und langsam lostrotte. Die Männer werden mich bei der Forstarbeit vermisst haben. Ich hatte hoch und heilig versprochen, ihnen zu helfen, die gefällten Bäume in einzelne Scheite zu schlagen.

Die meisten der Männer sind schon wieder in die Siedlung verschwunden. Nur eine kleine fleißige Gruppe um Almaras arbeitet noch an dem Weg in die Stadt. Almaras legt seinen Kopf schief, als er mich näher kommen sieht. Unter seinem gesunden Auge liegt ein Schatten. Die andere Seite hat er sich wieder mit dem schwarzen Tuch zugebunden. »Wenigstens kommst du überhaupt noch.«

Laurin lässt augenblicklich seine Säge fallen und eilt auf mich zu. Die Haare kleben an seiner verschwitzten Stirn. »Mensch! Wo warst du denn? Ich hab mir Sorgen gemacht!«

Ein paar der arbeitenden Männer blicken zu mir herüber. Hastig flüchtet ein Eichhörnchen über meinem Kopf von einem Baum zum nächsten. Ein Windhauch bringt die Blätter der Büsche zum Zittern. Es riecht nach Regen. Süßlich, frisch, kalt. Sogar die Wurzeln im Boden höre ich gluckern. Sie bereiten sich darauf vor, das herannahende Wasser aus der Erde zu saugen.

»Was soll ich tun?«, weiche ich aus. Ohne Laurin eines Blickes zu würdigen, marschiere ich auf Almaras zu.

Er zeigt auf eine Axt, die am Fuße einer Tanne liegt. »Dort hinten liegen die gefällten Bäume. Jetzt muss daraus noch Brennholz gemacht werden.«

»Aber es wird bald zu regnen anfangen«, mischt sich Laurin ein. Er stellt sich neben mich, legt eine Hand beruhigend auf meine Schulter. Er kennt mich eben doch zu gut.

»Wenn's regnet, brechen wir auf.« Almaras nickt uns zu, dann macht er sich wieder an die Arbeit. Einen erkrankten Baum beschwören. Wenn man ihn nicht mehr retten kann, wird er gefällt.

Ich schnappe mir die Axt, schwinge den Griff auf meine Schulter. Möglichst unauffällig versuche ich, an Laurin vorbeizuhuschen, doch er stellt sich mir in den Weg. »Wenn wir in der Siedlung sind, reden wir!«

Keine Bitte, ein Befehl. Ich kann mich nicht daran erinnern, wann Laurin das letzte Mal so mit mir gesprochen hat. Ich verkrieche mich an meinen Platz, weit ab von den anderen Männern. Holzscheite schlagen. Genau das Richtige. Das, was ich jetzt brauche. Die Axt gräbt sich mit voller Wucht durch die weichen Fasern, spaltet das Holz. Ich werfe die Holzstücke alle auf einen Haufen. Er wächst schnell. Meine ganze Wut, Angst und Verzweiflung kann ich hier rauslassen. Selbst als mir der Schweiß auf der Stirn steht und mir schwindelig ist, gebe ich nicht auf.

Irgendwann prasseln die ersten Regentropfen auf mein

Haar, auf meine Lederjacke. Ich bemerke sie kaum. Eine Amsel singt weit oben in der Krone einer Tanne unermüdlich ihr Lied. Es dauert nicht lange, und Jendrik taucht auf, einer von Almaras besten Freunden. Er gibt mir Bescheid, dass sie nun alle gehen. Sollen sie doch. Ich werde bleiben, bis ich mich vor Erschöpfung nicht mehr auf den Beinen halten kann. Bis mein Kopf leer ist und ich nicht mehr über den ganzen Mist nachdenken muss, der mich nicht mehr ich selbst sein lässt.

Ich versinke völlig in der Arbeit, lasse die Axt immer wieder hinuntersausen. Der Regen wird stärker. Irgendwann sind meine Klamotten durchweicht, das Haar klebt an meinen Wangen.

Die Amsel verstummt. Der Wind legt sich. Der Regen hört auf. Aber nur dort, wo ich bin. Ein paar Schritte von mir entfernt prasseln die Tropfen immer noch auf das dunkelgrüne Moos. Mein Körper verharrt in der Bewegung, in den Händen die Axt hoch erhoben. Es ist, als hätte ich die Kontrolle über meine Muskeln verloren. Mein Herz rast.

Er steht so dicht hinter mir, dass ich die Wärme seiner Haut spüre. Keine Chance, ihn zu wittern oder auch sonst nur ein Zeichen seiner Anwesenheit zu spüren. Selbst den Wald macht er sich untertan. Die Stille ist so unnatürlich, dass es mir kalt den Rücken hinunterläuft.

»Was willst du?«, stoße ich hervor.

Er nimmt eine meiner Haarsträhnen und wickelt sie sich spielerisch um den Finger. Jetzt ist es also so weit. Jetzt begleicht er die offene Rechnung, die er noch mit mir hat.

»Ich wollte dir nur einen Besuch abstatten. Ist das verboten?«

Ich versuche meine Finger zu bewegen, doch immer noch gehorchen mir meine Muskeln nicht. »Lass den Schwachsinn. Kämpf mit fairen Mitteln.«

Er kommt noch ein Stück näher, so dass sein Gesicht direkt über meiner Schulter ist. Sein Mund an meinem Ohr, seine Lippen viel zu dicht an meiner Wange. Tannennadeln, Rinde, warme Erde. Danach riecht er.

»Das tust du schon selbst. Mach ich dich so nervös?«, flüstert er.

Zunächst verstehe ich seine Worte nicht. Dann versuche ich noch einmal meine Arme zu bewegen. Die Verkrampfung löst sich. Ich könnte mich selbst ohrfeigen. Die Axt in meiner Hand wiegt schwer. Vielleicht, wenn ich nur schnell genug bin ... Ich greife sie fester, bereit zum Zuschlagen. Meine Hände schwitzen. Wenn ich Pech habe, rutscht mir der Holzstiel aus der Hand, bevor ich die Klinge in sein Fleisch schlagen kann.

Ich überlege nicht lange, reiße meinen Körper herum. Die Axt saust durch die Luft und wird unvermittelt im Schwung gestoppt. Ich öffne meine Hand, lasse die Waffe zu Boden fallen. Er hält meinen Arm fest, nicht den leisesten Hauch von Überraschung im Gesicht. Ganz dicht steht er vor mir. Unsere Nasenspitzen nur ein paar Zentimeter voneinander entfernt. Mit aller Gewalt zwinge ich mich dazu, seinem Blick standzuhalten. Selbst seine dunkelgrünen Augen sind eine Waffe.

»Lass du lieber mal den Schwachsinn sein«, sagt er nur.

Er geht um den Holzhaufen herum, nimmt ein Scheit in die Hand, als wolle er abschätzen, wie viel er wiegt. Ich folge ihm mit meinem Blick, achte genau auf jede seiner Bewegungen. Falls er es sich doch noch anders überlegt ...

Mir wird bewusst, welch ein Schlag es für die Tauren wäre, wenn ich auch nur einen von ihnen verletzen würde. Nicht töten, ihn nur ein wenig Blut verlieren lassen. Wahrscheinlich würden sie mich umbringen, falls er es nicht gleich schon selbst getan hätte. Aber mit ziemlicher Sicherheit würde er bei seinen Leuten behaupten, dass er gefallen sei, sich gestoßen hätte.

»Hat's dir jetzt die Sprache verschlagen? Du bist doch sonst immer so ... gesprächig.«

»Kommt immer drauf an, mit wem ich mich unterhalte.« Ich verschränke meine Arme vor der Brust.

Er grinst. Lässt seine Muskeln unter dem enganliegenden schwarzen Shirt spielen. »Oh, bitte. Nicht so feindselig.«

»Sag mir einfach, was du willst.«

»Wie kommst du darauf, dass ich etwas von dir wollen würde?« Wieder dieses unverschämt selbstsichere Grinsen.

»Weil du mich sonst umgebracht hättest. Also?« Ich tue so, als würde ich den Wald beobachten, die dicken Regentropfen, die ein paar Schritte von mir entfernt auf den Waldboden prasseln. Über mir sitzt in der Krone der Tanne immer noch das Eichhörnchen. Ich kann seine tröstende Wärme spüren.

Er dreht mir den Rücken zu, betrachtet nun ebenfalls den

Wald. »Schön ist es hier. Viel schöner als in unserem Bereich. Nicht so dunkel.«

Meine Gedanken rasen. Die Axt liegt nur ein kleines Stück neben mir. Unauffällig schiebe ich mich in ihre Richtung. Meine Bewegung wird von dem weichen Moos aufgefangen. Er bekommt nichts mit. In Zeitlupe hebe ich die Axt vom Boden auf. Er merkt immer noch nichts, steht weiter mit dem Rücken zu mir. Dann geht alles ganz schnell. Ohne nachzudenken, stürze ich mich auf ihn. Die Axt ein zweites Mal bereit zum Zuschlagen.

Er dreht sich viel zu früh um. Hat er es also doch gemerkt? Das Lächeln ist von seinen Lippen verschwunden. Die Axt fährt an ihm vorbei, trifft ins Leere. Aber sie hat ihn gestreift. Ein kleiner Kratzer. Ein kaum wahrnehmbares Rinnsal Blut tritt daraus hervor. Er reißt mich an sich, dreht meinen Arm so brutal um, dass ich vor Schmerz meine Waffe fallen lasse.

Verzweifelt versuche ich, mich an das zu erinnern, was Almaras mir beigebracht hat. Kampftechniken, mit denen ich mich schützen soll. Aber wie soll ich mich schützen können, wenn ich mich doch selbst in solche Gefahr bringe?

Ich versuche, ihn zu treten, verfehle ihn. Er presst mich mit meinem Rücken gegen seine Brust. So fest, dass mir die Luft wegbleibt. Ich keuche. Augenblicklich lockert er seinen Griff. Ich nutze die Chance, beiße in seinen Arm. Er lässt mich los. Ein Holzscheit zu meinen Füßen. Ich schnappe es mir, will es gegen seinen Kopf rammen. Er ist schneller. Reißt an meinem Bein, so dass ich den Halt verliere und mit Schwung auf meiner Wirbelsäule lande. Ich trete nach ihm, aber er ist schon über mir, drückt mich auf den Boden. Wie ein hilfloses Bündel liege ich dort.

Sein Blick ist finster. Dunkelgrün. Seine ohnehin schon kantigen Gesichtszüge noch härter. Es regnet. Die Tropfen prasseln auf seinen Rücken, schlagen mir ins Gesicht.

Er lässt von mir ab. Erhebt sich, klopft seine Jeans aus. »Und jetzt verschwinde.«

Ich überlege nicht lange. Springe vom Boden auf, taumle. Renne. Renne, so schnell ich kann, obwohl ich weiß, dass er mir nicht folgen wird.

Ich weiß nicht, warum. Ich weiß nicht einmal, wer er ist.

Ich weiß nur, dass ich nicht mehr dieselbe bin.

VATER

Als ich zurück in die Siedlung komme, warten sie alle schon auf mich. Almaras und Marla vor dem Haus auf der Bank, Flora zu ihren Füßen mit kleiner Schaufel und Eimer. Laurin kommt aus seinem Haus gestürmt, noch nasse Haare vom Regen. Im Rennen zieht er sich sein weißes Leinenhemd über, selbst für seine Schuhe hat er sich keine Zeit genommen.

Der Regen hat aufgehört. Einige Leonen sitzen bereits am Feuer und warten auf das von Donia zubereitete Essen. Sie stecken ihre Köpfe zusammen, tuscheln.

»Sag mal, was ist eigentlich los mit dir!«, fährt Laurin mich an. Er packt mich an den Schultern, schüttelt mich. »Rede endlich, Robin! Das funktioniert so nicht, verdammt nochmal. In den letzten Tagen machen wir uns ununterbrochen Sorgen um dich.«

Almaras erhebt sich von seinem Platz auf der Bank. Er sagt etwas zu Marla, die nun ebenfalls aufsteht und zu den anderen Frauen und Männern hinüber ans Feuer geht. Natürlich, Almaras will mit mir sprechen. Flora spürt die Spannung in der Luft. Erschrocken sieht sie zu mir herüber. Die Schaufel aus Birkenholz gleitet ihr aus der Hand. Ich fühle mich schäbig. Ausgestoßen.

»Was führt ihr euch denn so auf? Als hätte ich irgendein Verbrechen begangen!«, motze ich Laurin an. »Ich war im Wald beim Holzhacken. So wie es abgemacht war.«

»Es hat verdammt nochmal geregnet!«

So wütend habe ich Laurin noch nie erlebt. Alles nimmt er hin, denkt sich seinen Teil. Aber jetzt ist er ernsthaft aufgebracht. Er fährt sich mit den Fingern durchs Haar, schnaubt.

Donia kommt aus dem Kochhaus, auf jedem Arm ein großes Tablett mit Fleisch und angebratenem Gemüse. Wild, vielleicht Hirsch. Mein Magen zieht sich vor Hunger zusammen. Die Männer grölen fast vor Begeisterung, heben voller Vorfreude ihre Messer und Gabeln in die Luft. Die Frauen schütteln lachend die Köpfe.

»Warum sollte ich nicht bei Regen arbeiten können?«, herrsche ich Laurin an.

»Weil es gefährlich ist! Was, wenn du ausgerutscht wärst und dich mit der Axt verletzt hättest?«

»Ich bin kein kleines Kind mehr!«

»Aber du bist komisch in letzter Zeit. Du brauchst mir nichts vorzumachen, Robin. Ich weiß, dass du beim Beerensammeln nicht unter einem Baum eingeschlafen bist. Ich weiß auch, dass das, was du mit den Blumen gemacht hast, nicht normal ist ...«

Ich presse ihm meinen Finger auf den Mund. Almaras steht neben uns. Er muss nicht mit anhören, was seine Ziehtochter für ein Scheusal ist.

»Gib dir keine Mühe. Laurin hat es mir ohnehin schon erzählt.« Almaras zieht die nicht verbundene Augenbraue hoch. Er ist wütend. Enttäuscht.

»Du hast was?« Ich stehe wie erstarrt da. Vor Scham. Und vor Angst, was sie nun mit mir machen werden. Ausstoßen? Als ich mich wieder fange, bin ich so überreizt, dass ich meine Fäuste balle und nach Laurin schlagen will. Doch Almaras hält mich fest.

»Reiß dich zusammen, Robin!« Flüchtig schaut er zu den anderen am Feuer. Einige werfen verstohlene Blicke zu uns herüber. Ihre Gespräche sind nur vordergründig. Die ganze Aufmerksamkeit liegt bei uns.

»Was? Was hat er dir erzählt?« Immer noch hält Almaras mich fest, obwohl ich mich schon beruhigt habe. Äußerlich zumindest. Ich fühle mich gedemütigt, dränge die Tränen, die in mir aufsteigen, zurück.

Laurin starrt beschämt auf den Boden. Mit seiner Fußspitze malt er ein Gesicht in die noch feuchte Erde. »Na ja. Morgen gibt's Rehbraten.«

Mein Blick schweift von Laurin zu Almaras, von Almaras zu Laurin. Jetzt fühle ich mich selbst wie das Reh, das ich heute getötet habe. Vor ein paar Stunden. Panisch. Ich möchte ausbrechen, flüchten. Sitze aber in der Falle.

»Laurin hat es im Wald gefunden. Als du vom Holzhacken nicht zurückgekommen bist, hat er dich gesucht. Niemand hat damit gerechnet, dass du wirklich noch am Weg arbeiten würdest. Wir dachten, du streifst wieder durch den Wald oder bist am Fluss. Da hat er das Reh dann entdeckt«, erklärt Almaras sachlich. Wie in einer Gerichtsverhandlung.

»Es könnte genauso gut einer von den Tauren gewesen

sein«, werfe ich ein. Doch in ihren Augen kann ich lesen, dass sie daran keinen einzigen Gedanken verschwenden.

»Das mit dem Blumenstrauß …«, setzt Laurin an.

Wie konnte er nur! Er hat alles erzählt. Alles. Mich verraten. Ausgeliefert.

»Ich schlage vor, wir essen erst einmal in Ruhe zu Abend. Ich habe für später eine Verhandlung einberufen.«

Jetzt weine ich tatsächlich. Still. Keinen Laut gebe ich mehr von mir. Seit Ewigkeiten wurde keine Verhandlung mehr einberufen. Das Haus steht seit Monaten leer. Wenn überhaupt, wurde es für Nichtigkeiten genutzt. Jetzt, nur wegen meiner – Krankheit – wollen sie sich dort versammeln. Um über mich zu urteilen. Sicher werden sie mich nicht an die Tauren ausliefern. Die Angst, dass die mich bei sich aufnehmen und sie selbst dadurch einen Feind mehr haben, ist zu groß. Vermutlich werden sie mich ausstoßen. Mich verbannen.

»Ich will nichts essen«, zische ich und reiße mich von Almaras los.

»Du wirst etwas essen.« Ein Befehl.

Marla sieht zu uns herüber. Sie lächelt schüchtern. Flora sitzt inzwischen auf ihrem Schoß, Minna neben ihr. So friedlich sehen sie aus. Ob sie Angst vor mir haben?

Das Essen ist eine einzige Folter. Die meisten Leonen trauen sich nicht, mir in die Augen zu schauen. Sie meiden mich. Sie verschwinden sogar früher in ihren Häusern als sonst. Allein Laurin und meine Familie sprechen mit mir. Ganz normal, als sei nichts vorgefallen. Donia kneift mir einmal im

Vorbeigehen aufmunternd in die Wange. Sagen tut sie jedoch nichts.

Als Almaras mir endlich erlaubt, vom Tisch aufzustehen, bemühe ich mich, dies möglichst langsam zu tun. Um nicht allen zu offenbaren, wie sehr ich nervlich am Boden bin. Eine Pause wird mir nicht gestattet. Almaras lotst mich gleich in das Versammlungshaus. Es dämmert bereits. Ein kühler, nasser Abend. Grauer Himmel. Zahlreiche Lichter wurden erschaffen, um die Siedlung zu erhellen.

Im Haus ist es kalt. Bitterkalt. Selbst meine robuste Wildlederjacke wärmt mich nicht. Ein schlichter Raum. Nur ein langgezogener Tisch mit Stühlen drum herum. Die meisten Männer warten bereits auf uns. Auch Laurin ist dabei. Eine Ehre, die ihm bisher noch nie zuteilgeworden ist. Weil du mich verraten hast!, denke ich verächtlich. Nur deswegen darfst du mit dabei sein!

Almaras setzt sich an das Kopfende des Tisches. Er rückt seine Augenbinde zurecht. Für einen kurzen Moment ist die leere Höhle zu sehen, wo einmal sein Auge war. Er strafft seine Schultern. Erst jetzt wird mir bewusst, welchen Kummer ich ihm bereite. Neben seiner Funktion als Anführer ist er immer noch mein Vater. Der Mann, der mich bei sich aufgenommen hat. Mich großgezogen hat. Mich, das Scheusal.

Ich entdecke Jendrik unter den Männern. Das schmale, von Narben durchzogene Gesicht. Seine gute Kleidung hat er extra aus dem Schrank gekramt, die kurzen Haare sorgsam gekämmt. In seinen Augen kann ich lesen, wie sehr er mit mir leidet. Hätte er mich doch einfach mitgenommen, als es angefangen hat zu regnen! Dann hätte Laurin mich nicht gesucht. Auch die anderen Männer sehen eher betroffen als wütend aus. Ich mag sie alle, lieber als ihre Frauen. Der dicke Parl, quasi unser Metzger in der Siedlung. Für Donia nimmt er immer die Tiere aus, macht herzhafte Schinken und Würste. Sepo, der schlaue Fuchs in unserer Siedlung. Ein gerissener Kerl, der allen immer einen Schritt voraus ist. Ein lustiger Typ. Bob, ein großer, trainierter Mann, der mich als Kind immer auf seinen Schultern getragen hat. Alle mag ich, alle hier am Tisch. Jetzt klagen sie mich an.

Ihre Augen ruhen auf mir. Ich schlucke. Spüre, wie trocken mein Hals ist. Setze mich auf meinen Platz. Direkt gegenüber von Almaras. Möglichst viel Distanz zwischen uns. Der Richter und die Angeklagte.

»Ganz schön lange her, dass wir das letzte Mal hier drinnen waren«, versucht Jendrik die Stimmung etwas aufzulockern. Niemand lacht.

»Ihr wisst, warum wir uns heute hier so kurzfristig versammeln«, beginnt Almaras seine Rede. Alle schauen sie mich an. »Der *Unfall*«, er zieht dieses Wort besonders in die Länge, »ändert für uns Leonen alles.«

»Warum sollte sich denn alles ändern?«, fällt ihm Laurin ins Wort. Unerwartet entschieden. Ich danke ihm im Stillen. »Sie ist doch immer noch eine von uns und wird es immer sein! Niemand hier macht ihr einen Vorwurf oder klagt sie an, etwas Grausames getan zu haben.«

Almaras hebt die Hand, damit Laurin sich beruhigt. »Natürlich wird sie immer eine von uns sein. Sie ist meine Tochter.«

Ich keuche. Presse die Tränen dorthin zurück, wo sie herkommen. Jetzt bloß nicht weinen! »Aber von irgendwoher muss diese Macht doch kommen! Ich bin eine von *ihnen*, Almaras.«

Einen kurzen Moment lang ist es still am Tisch. So still, dass ich meine, die aufgeregten Herzen der Männer schlagen zu hören. Ihr Schweigen ist eine wortlose Zustimmung.

»Ich denke, es wird Zeit, dass ich dir etwas erkläre, Robin.«

Er holt tief Luft. Ich ahne Schreckliches. »Marla hat dir einmal erzählt, dass deine Mutter von den Tauren getötet wurde.«

Okay, jetzt ist eine Grenze erreicht. Ich zwinge mich, ruhig zu atmen, konzentriere mich auf meinen viel zu schnellen Puls. Die Blicke der Männer brennen sich durch meine Haut. Du armes, armes Kind, sagen ihre Augen. Laurin will über den Tisch hinweg nach meiner Hand greifen. Ich ziehe sie zurück.

»Das geschah nicht einfach so. Deine Mutter hatte eine Affäre mit einem von ihnen. Es sollte geheim bleiben, doch der damals herrschende Anführer der Tauren hat es irgendwie erfahren. Sie haben Isa noch in derselben Nacht aus unserer Siedlung geschleift und getötet.«

Ich beiße mir auf die Unterlippe. So fest, dass ich Blut schmecke. Etwas Warmes rinnt über meine Wange. Ein Tropfen fällt vor mir auf das dunkle Holz des Tisches. Jetzt weine ich also doch.

»Und was hat diese Geschichte damit zu tun, dass ich diese *Krankheit* habe?«, presse ich hervor.

»Die Affäre hat fast ein Jahr gedauert. Deine Mutter wurde schwanger. Kurz bevor die Tauren sie getötet haben, hat sie ihr Kind zur Welt gebracht.«

»Heißt das, ich bin ein Balg von ihnen?«

»Du bist die Tochter deiner Mutter, Marlas Tochter und meine Tochter.«

»Wer ist mein Vater?«

Wieder Stille.

»Birkaras«, antwortet er schließlich.

»Ihr Anführer?« Ich springe vom Stuhl auf, kippe ihn dabei um. Raus, ich will einfach nur noch fortrennen. Aber ich bin hier gefangen. »Weiß er davon?«

»Wir wissen es nicht. Vielleicht. Vielleicht auch nicht. Zumindest hat er nie Anstalten gemacht, dich irgendwie zu sich zu holen.«

Jetzt ist Laurin ebenfalls aufgesprungen und eilt mit schnellen Schritten auf mich zu. Er will mich in die Arme nehmen, doch ich stoße ihn fort. »Was wollt ihr jetzt machen?«

»Nichts, Robin. Aber jetzt war es an der Zeit, dass du deine Geschichte erfährst. Niemand will, dass du gehst. Ich habe mich immer gefragt, ob du die Magie der Tauren – Leben zu vernichten – geerbt hast. Ob sie sich je zeigen wird. Und nun ist es also so weit.«

Laurin stellt sich schützend vor mich. »Ich finde, es reicht für heute. Sie muss selbst erst mal damit klarkommen. Du solltest ihr etwas Ruhe gönnen.«

Irrwitzigerweise muss ich Laurin nun auch noch dankbar sein, obwohl er es war, der mich überhaupt in diese Situation gebracht hat.

»Wollen wir heute Abend noch einmal darüber reden? Zusammen mit Marla?«, fragt Almaras, und die Hoffnung in seinen Augen ist nicht zu übersehen.

Ich nicke. Ein leeres Versprechen.

GOLD

Das eiskalte Wasser umschließt seinen nackten Körper. Stockdunkel ist es in seinem Zimmer. Ein Zimmer, mitten in die steile Felswand gehauen. Kein einziges Fenster gibt es. Die silbern glänzende Lichtkugel treibt still über seinem Kopf. Sie erhellt den Raum nur wenig, nur gerade so viel wie eine große Kerze. Genau wie er es mag.

Seine wenigen Möbel werfen gespenstische, unruhige Schatten an die Felswand. Sein pompöses Bett mit den verschnörkelten Metallstäben. Der rustikale Wandschrank, der langgezogene Holztisch. Kein Bild, kein Teppich. Nichts, was den Raum irgendwie gemütlich machen könnte.

Sein Kopf schmerzt. Pocht. Er spürt das Blut regelrecht durch seine Adern kriechen. Dieser dahergelaufene Heiler hat ihm den Tipp mit dem eiskalten Wasser gegeben. Gebracht hat es nichts. Tot ist er ohnehin schon. Niemand soll von seinen Schmerzen erfahren. Niemand!

In dem spärlichen Licht der Kugel schimmert der Bernstein, der an einer Kette um seinen Hals hängt, wie pures Gold. Er lässt ihn durch seine Finger gleiten. Diese winzige Haarsträhne darin. So winzig und doch so machtvoll.

Wie so oft kommt ihm dieser unschöne Gedanke. Was, wenn er es damals doch falsch gemacht hat?

Nein, er ist unfehlbar. Seine Entscheidungen sind immer richtig.

Aber diese Frau ... diese Frau! Tot ist sie. Doch sie spukt immer noch in seinen Gedanken umher. Wenn er aufwacht, ist sie da. Wenn er einschläft, ist sie da. Wenn er an seinem Tisch sitzt und etwas zu sich nimmt, dann sitzt sie ihm gegenüber und sieht ihn an. Mit ihren warmen, braunen Augen. Ihren liebenden Augen.

So gerne würde er noch einmal ihre Hand halten. Im Verborgenen, irgendwo versteckt im Wald. Dort, wo niemand sie entdecken kann.

Liebe. Ist das Liebe?

Niemals. Er kennt so etwas nicht. So etwas Schwaches, Empfindsames. Das ist nichts für ihn. Was er will, ist größer. Mächtiger. Wenn er doch nur alle Kreise unter sich vereinen könnte, alle Zeichen der Sterne. Die Cancer, die Aries, die Piscarien. So starke Sternzeichen gibt es, so starke Stämme. Jeder für sich allein sind sie nichts, aber zusammen könnten sie ein neues Universum erschaffen. Ihre Kraft wäre unvorstellbar groß. Nur die Leonen, einst so stark, und jetzt so verweichlicht. Davon wissen sie selbst natürlich nichts. Erfahren werden sie es hoffentlich nie. Aber mit den Leonen an seiner Seite ...

Und doch denkt er immer nur an diese Frau. Er stellt sich vor, wie es wäre, der Anführer aller Sternzeichen zu sein. Der machtvollste Herrscher aller Zeiten. Sie an seiner Seite. Schöner denn je.

Aber sie hätte das nicht gewollt. Sie hätte mit ihren Händen sein Gesicht umschlossen und gelächelt. »Ich will keine Macht haben, wenn ich dich haben kann. Macht verändert die Menschen, Birkaras. Sie macht sie schlechter.«

Das hat sie oft gesagt. Als sie sich das letzte Mal gesehen hatten, waren auch genau das ihre Worte gewesen. Sie hatten sich voneinander losgerissen, beide waren des Nachts zurück zu ihren Stämmen geschlichen. Schon damals war seine Tochter geboren. Doch gesehen hatte er sie nicht.

Als er zurück in die Siedlung gekommen war, hatte der damalige Anführer ihn erwartet. Irgendjemand war ihm gefolgt und hatte sein Geheimnis verraten. Der Anführer kannte keine Gnade. Er selbst musste schwören, dass die Frau ihn verführt hatte. Dass er all das nicht gewollt habe. Dass er der Hexerei der Leonen zum Opfer gefallen war. Nur so war er verschont geblieben.

Noch in derselben Nacht waren drei Taurer über die Siedlung der Leonen hergefallen. Er selbst war einer von ihnen gewesen. Er war es auch gewesen, der sie unter Aufsicht der anderen in den Wald verschleppt und ihr mit einer einzigen Bewegung das Genick gebrochen hatte. Danach hatten sie dem Neugeborenen auf Befehl des Anführers der Tauren eine erste kleine Haarsträhne abgeschnitten.

Diese Haarsträhne trägt er nun bei sich. Jeden Tag, sicher aufbewahrt an seiner Kette. Auch das war ein Befehl. Zunächst hatte er den Sinn dahinter nicht verstanden. Am Sterbebett hatte ihn der alte Anführer eingeweiht und gleichzeitig ihn,

Birkaras, den Mächtigsten unter den Tauren, zu seinem Nachfolger gemacht.

Über der Kette liegt ein Zauber. Sie ist der Lebensfaden seiner Tochter. Zerstört er den Stein, stirbt sie.

FREMD

Als ich am nächsten Morgen in meiner Hängematte aufwache, fühle ich mich wie eine Fremde. Als hätte ich eine Krankheit. Wie eine Ausgestoßene. Wenn Flora nicht fast zwanzig Minuten lang ununterbrochen an meinem Ärmel gezupft und mich gedrängt hätte, zum Frühstück zu kommen, wäre ich wahrscheinlich nie aufgestanden.

Ich habe Angst vor ihren Blicken. Vor dem, was sie sagen. Die Männer werden ihren Frauen in allen Einzelheiten von der Verhandlung berichtet haben. Jetzt wissen es also alle. Mein Magen schmerzt, drückt, als würde ich Steine mit mir herumtragen. An Essen kann ich nicht einmal denken. Aber wenn ich heute noch in den Wald will, muss ich mich stärken.

Ich schleiche durch den Hintereingang ins Waschhaus. Zu meinem Glück ist dort niemand mehr. Ich dusche ausgiebig, genieße es, wie das von der Sonne erwärmte Wasser auf meine Schultern prasselt. Ich kämme sorgsam mein Haar. Etwas, das ich sonst nur notdürftig erledige. Dann schleiche ich noch einmal zurück in unser Haus, um etwas von Marlas Rosenwasser auf meinen Hals zu tupfen. Aber schließlich kann ich mich nicht mehr länger verstecken.

Als ich zu den Leonen auf den Platz komme, sehen sie alle zu mir herüber. So wie ich es mir vorgestellt habe. Die Gespräche verstummen. Aber das, was ich in ihren Gesichtern lese, ist nicht Furcht oder Wut. Es ist Mitleid.

Steif setze ich mich auf den freien Platz neben Minna, die mir ein Holzbrettchen reicht. »Guten Morgen. Brot oder Rührei?«

»Von beidem ein wenig«, antworte ich.

Auf der Bank neben mir sitzen Marla und Almaras. Beide lächeln mir aufmunternd zu. Die kleine Flora sitzt zwischen ihnen. Wohlbehütet. Allmählich setzen die Gespräche wieder ein. Auch heute ist der Himmel bedeckt. Ein grauer Wolkenschleier, der keinerlei Licht durchlässt. Ich suche mit meinen Augen nach Laurin, kann ihn aber nirgends entdecken. Donia erhebt sich von ihrem Platz und kommt mit einer Pfanne in den Händen auf mich zu. Sie kneift mir in die Wange, so als wäre ich immer noch fünf Jahre alt. An der Portion Rührei, die sie mir auflädt, könnte ich tagelang essen.

»Schätzchen, sei so gut und hol für deine Schwester noch ein bisschen Brot aus der Küche«, sagt sie zu Minna, die noch in derselben Sekunde von ihrem Platz aufspringt und losrennt. Normalerweise muss man sie um einen solchen Gefallen mehrmals bitten.

Almaras erhebt sich von seinem Platz. Anscheinend hat Marla ihm eine Augenklappe gebastelt, damit er sich nicht immer das schwarze Tuch um den Kopf binden muss. Er räuspert sich, als wolle er etwas Wichtiges verkünden. Alle Augen sind auf ihn gerichtet.

»Robin«, beginnt er. Mir stockt der Atem. »Ich kann einfach

mit der Neuigkeit nicht mehr länger warten. Ich bin so gespannt auf deinen Gesichtsausdruck.«

Der Bissen Rührei bleibt in meinem Hals stecken. Ich verschlucke mich, klopfe mir auf die Brust, um wieder Luft zu bekommen. Wollen sie mich jetzt vielleicht doch aus dem Stamm verbannen?

»Du wirst ab heute dein eigenes Haus haben.« Er legt einen Arm um Marlas Schultern. Almaras freudiger Gesichtsausdruck wird von Marlas jugendlichem Pony und ihren zahlreichen Sommersprossen hervorragend ergänzt.

Minna schlägt vor Aufregung die Hände vor den Mund. Flora tut es ihr gleich, obwohl sie vermutlich nicht versteht, worum es hier gerade geht. Ein Raunen geht durch die Menge.

»Was?«, presse ich hervor. Ich fühle mich, als würde man mir den Erdboden unter den Füßen wegreißen. Niemand sagt etwas. Die Frauen und Männer wagen es nicht einmal mehr, zu kauen oder einen Schluck Kaffee zu trinken. »Ihr verstoßt mich aus eurem Haus?«

»Nein … nein!« Almaras löst sich von seiner Frau. »Nein! Wir wollen dir eine Freude machen!«

»Habt ihr Angst vor mir?« Meine Stimme zittert. Ich atme tief ein, um mich zu beruhigen.

»Wie könnten wir vor dir Angst haben?«, sagt Marla ruhig.

Almaras steigt über die Sitzbank, geht langsam auf mich zu. »Wir wissen, dass es in unserem Haus zu eng ist. Um ehrlich zu sein, hatten wir schon vorher überlegt, dir dieses Geschenk zu machen. Und jetzt …«

»Jetzt, wo ich anders bin …«, komme ich ihm zuvor.

»Das wollte ich nicht sagen, und das weißt du auch.« Almaras bleibt vor mir stehen, sieht mich mit seinem heilen Auge fest an. »Aber du bist jetzt die Stärkste von uns. Niemand verdient so sehr wie du ein eigenes Haus.«

Ich schweige. Erhebe mich langsam von meinem Platz. Alle Blicke ruhen auf mir. Nicht den leisesten Zweifel habe ich an Almaras' Worten. Dennoch habe ich Angst. Angst vor mir selbst. Was weiß ich schon, was passiert, wenn ich von nun an alleine wohne. Was aus mir wird. Zu wem ich werde.

»Danke«, sage ich schließlich. Wenig überzeugend.

Almaras lächelt. Zieht mich an sich und drückt mich so fest, wie er es schon lange nicht mehr getan hat. »Nach dem Frühstück brechen wir in die Stadt auf. Marla hat bereits ein freies Haus für dich vorbereitet. Es ist ganz in der Nähe von Laurins. Es hat am Dach ein paar undichte Stellen, die ich noch reparieren will. Dafür brauche ich Nägel. Und dann müssen wir noch ein paar andere Dinge besorgen.«

Wir brechen tatsächlich kurz nach dem Frühstück auf. Heute, an einem der wenigen Tage, an denen wir in die Stadt dürfen. Ich kann mich immer noch nicht richtig darüber freuen, dass ich nun ein eigenes Haus habe. Das Einzige, was mir wichtig ist, ist, dass meine Familie wirklich keine Angst vor mir hat. Ich versuche mich selbst davon zu überzeugen, dass sie mich in meinem eigenen Haus wohnen lassen, weil ich es mir schon so lange gewünscht habe. Auf dem Weg durch den Wald redet Almaras die ganze Zeit über. Er lobt mich für meinen Einsatz beim Holzhacken. Wie viel ich in der kurzen Zeit geschafft hätte, wo es doch geregnet habe … Er scheint so beschwingt, obwohl ich ihm so viel Kummer bereite.

Die Stadt wirkt an grauen Tagen wie diesen noch viel trostloser. Der Kellner vom *Kapitän Hook* fläzt gelangweilt in einem Stuhl vor der Bar und hält einen vorgezogenen Mittagsschlaf. An den Tischen vor dem Café sitzen nur zwei Frauen und ein Pärchen. Menschen. Keine Ahnung haben sie.

Ich betrachte den Himmel. Die Wolken ziehen sich zusammen. Das Grau ist an manchen Stellen einem Dunkelblau gewichen. Vielleicht wird es gleich regnen, ich weiß es nicht. Hier in der Stadt kann ich die Natur nicht hören. Der Asphalt, die Häuser, all das Künstliche hindert mich daran.

»Weißt du, wo genau das Geschäft ist, von dem Marla eben gesprochen hat?« Almaras ist stehen geblieben. Ich habe es nicht einmal gemerkt. Er streicht sich über seinen Bart.

»Ich war nicht dabei. Was für ein Geschäft meint sie denn? Hier gibt es ja nicht allzu viele.«

»Irgend so eines, wo man Bettzeug und Badartikel und so Zeug kaufen kann. Sonst hat Marla sich immer darum gekümmert.«

Ich verkneife mir ein Lachen. Die zwei Frauen in dem Café betrachten uns abschätzig. Beide streng gekleidet in Anzügen und mit zurückgebundenen Haaren. Angestellte einer der vielen Firmen der Tauren. Sie ahnen ja nicht, für wen sie da arbeiten. Für sie ist das hier eine normale Stadt, trostlos, aber normal. Mit normalen Geschäften, normalen Bewohnern und normalen Chefs. Dass diese Chefs, allesamt Tauren, die ganze Stadt besitzen und beherrschen, davon bekommen sie nicht einmal gerüchteweise etwas mit.

Die beiden Frauen stecken ihre Köpfe zusammen. Tuscheln. Almaras sorgt mit seinen langen blonden Haaren und dem Dreitagebart, seinen rustikalen Klamotten aus Wildleder und dem tiefausgeschnittenen Hemd aus weißer Baumwolle auch für reichlich Aufsehen. Zumal er seit neuestem auch noch eine Augenklappe trägt.

»Warum ist dann nicht einfach Marla mitgekommen?«, frage ich, um ihn ein wenig zu ärgern. »Ich bin mir ja nicht mal sicher, ob du überhaupt ein Handtuch von einem Bettlaken unterscheiden kannst.«

Almaras' Wangen laufen rot an. Er lächelt flüchtig. Es ist nicht zu übersehen, dass ihn etwas beschäftigt. »Na ja ... sie ist ... Marla sollte sich etwas schonen.«

»Sie ist ...?«

»Sie ist schwanger«, beendet Almaras den Satz. Mit einem Mal wirkt er wie ein zwanzigjähriger junger Mann, so gelöst und glücklich. Keine Sorgen, nur das Glück. »Wir wissen es erst seit zwei Tagen.«

»Das ist ja wunderbar!« Ich umarme ihn. »Dann können wir vielleicht noch ein paar Höschen oder Strampelanzüge mitbringen, wenn wir einen Babyladen finden. Wenn überhaupt das Geld reicht ...«

Viel Geld haben wir nicht. Gerade einmal genug, um uns den Monat über mit dem Nötigsten zu versorgen. Ein paar Leonen arbeiten in der Stadt, verrichten die Arbeiten, die niemand sonst machen will. Sklaven der Tauren. Toiletten putzen oder nachts den Müll von den Straßen lesen. Das Geld, das sie verdienen, kommt dann in die Gemeinschaftskasse. Es werden nur Dinge gekauft, die wir auch wirklich brauchen und nicht selbst herstellen können. Deshalb träume ich gar nicht weiter davon, Marla ein Geschenk für ihr ungeborenes Kind mitzubringen.

»Vier Kinder! Das ist schon ein ganzer Haufen.« Verlegen rückt Almaras seine Augenklappe zurecht. »Aber Robin, bitte denk jetzt nicht, dass du deshalb dein eigenes Haus bekommen hast. Die Idee hatten wir schon länger.«

»Mach dir keine Sorgen.« Der Kellner vom *Kapitän Hook* ist aufgewacht. Er reibt sich die Augen und geht dann hinein. »Ich frag mal, wo der Laden ist«, sage ich und folge ihm.

Drinnen ist das *Kapitän Hook* leer. Dunkel ist es. Es riecht nach Zigarettenrauch und Schweiß, als wäre hier schon seit Jahren nicht mehr gelüftet worden. Stühle und Tische aus schwarzlackiertem Holz. Der Tresen in einem dunklen Braun. Dahinter zahlreiche Schnapsflaschen, aufgereiht in einem Wandregal. Ein leuchtendes Schild in Pfeilform mit der Aufschrift *Toiletten* hängt hinten in einer Ecke. Irgendjemand hat sich den Spaß gemacht und es so positioniert, dass es nicht mehr auf die Toilettentür zeigt, sondern auf die Küche. Dem Kellner scheint es entweder noch nicht aufgefallen zu sein, oder es ist ihm schlichtweg egal. Eng ist es hier. Wenn der Laden voll ist, ist es bestimmt stickig.

Der Kellner lehnt am Tresen und poliert gelangweilt ein Bierglas. »Was gibt's?«

»Ich suche ein bestimmtes Geschäft. Irgendwo hier soll man Handtücher und Bettzeug und so was kaufen können.«

»Bin ich die Auskunft?«, fährt er mich ruppig an und donnert das Handtuch in die Spüle. Seit neuestem trägt er ein Namensschild, auf dem lächerlicherweise *Steuermann Elmert* steht.

»Nein, nicht die Auskunft, sondern Steuermann, wie ich sehe.«

An seinem Blick kann ich erkennen, dass er sein Namensschild selbst idiotisch findet. »Ich dachte mir halt, weil die Bar doch *Kapitän Hook* heißt, könnte ich doch ...«

Noch nie habe ich ihn so viel auf einmal sagen hören. »Warum nicht einfach nur Elmert?«, will ich wissen.

»Es gibt hier tatsächlich so einen Laden. Wo der ist ... keine Ahnung«, wechselt er das Thema.

Ich klopfe zum Dank auf den Tresen. »Also dann Elmert. Man sieht sich.«

Er brummt irgendetwas, das ich nicht verstehe. Vermutlich zu meinem Glück. Als ich aus der Bar trete und mich nach Almaras umschaue, stockt mir der Atem. Er steht immer noch friedlich auf der anderen Straßenseite. Doch nicht mehr alleine. Jemand ist bei ihm. Schwarzes, kurzes Haar. Breite Schultern. Braune Haut. Diesmal etwas weniger freizügig gekleidet, mit einem weißen, langärmligen T-Shirt. Sie reden miteinander. *Er* sagt etwas. Almaras nickt und lächelt.

Er hebt die Hand, Almaras' Lippen formen ein Danke. *Er* dreht sich um, kommt auf die andere Straßenseite. Auf mich zu. *Er* sieht mich direkt an. Das Grün seiner Augen jagt mir selbst auf diese Distanz einen Schauer über den Rücken. *Er* lächelt. Unverschämt. Selbstsicher. Arrogant. Als wollte er mir auf diese Weise bedeuten: Nimm dich in Acht, sonst töte ich nicht nur dich, sondern auch deine Familie. *Er* geht an mir vorbei, biegt um die nächste Ecke, ohne sich noch einmal umzudrehen.

Langsam schleiche ich über die Straße zu Almaras. »Was wollte er?«, frage ich, als ich ihn erreiche.

Almaras wirkt ebenso verdutzt wie ich. Nur, dass er keine Angst zu haben scheint. »Ich hab hier gestanden und auf dich gewartet. Da kam er auf mich zu und hat mich gefragt, ob er mir helfen kann. Im ersten Moment hab ich gedacht, dass das eine Falle ist. Aber er wusste gleich, welchen Laden ich meine, und hat mir einfach nur den Weg beschrieben. Er war sogar ganz … nett.«

Ich schnaufe laut. Mir gefällt die ganze Sache überhaupt nicht. »Die Tauren sind nicht nett.«

»Er hat sogar gefragt, ob wir morgen Abend zum Sternenball kommen. Und ich hab gesagt, selbstverständlich, da es als Anführer ja schließlich meine Pflicht sei.«

»Wie kannst du ihn, nach all dem, was sie dir angetan haben, nett finden?«, platzt es aus mir heraus.

»Was soll ich machen, Robin? Ich kann unsere Situation nicht ändern. Wenn ich mich mit ihnen anlege, dann töten sie mich. So einfach ist das. Dieser junge Taurer war nun einmal freundlich zu mir. Warum sollte ich dann nicht ebenfalls freundlich zu ihm sein?«

Ich habe das starke Bedürfnis, nach etwas zu treten. Doch das Einzige, was sich dafür anbieten würde, wäre Almaras selbst. »Wenigstens weißt du jetzt, wo wir hinmüssen«, sage ich nur.

Als wir nach unseren Besorgungen für mein neues, eigenes Haus wieder in die Siedlung kommen, hat sich der Himmel etwas aufgehellt, und einzelne Sonnenstrahlen brechen durch die Wolken. Minna, Flora und ein paar andere Kinder spielen Fangen. Die alte Salomé kommt schwerfällig aus dem Waschhaus. Mehr ist nicht los. Die meisten Männer werden wohl im Wald schuften oder ihrer Arbeit in der Stadt nachgehen.

Marla finden wir hinter unserem Haus. Sie kniet auf dem Boden und gräbt das freie Stück zwischen Wand und meiner Hängematte um. Almaras drückt ihr einen Kuss auf das zurückgebundene Haar. Sie richtet sich etwas auf, streicht sich mit dem Handrücken über das Gesicht und verschmiert so nur noch mehr die Erde, die ihr auf den Wangen klebt.

»Da seid ihr ja wieder. Ihr ward ja lange unterwegs!«

»Wir haben halt sorgsam ausgewählt«, antwortet Almaras mit einem Augenzwinkern. Er hebt die Tüten mit unseren Errungenschaften in die Höhe. Nägel. Ein neuer Hammer. Bettwäsche in einem sanften Grün. Kein Geschenk für das ungeborene Kind. »Ich trage das mal besser rein.«

Marla sieht ihm schmunzelnd nach und legt die Schaufel auf

den Boden. Neben ihr wartet ein Haufen frischer Blumen und Kräuter darauf, eingesetzt zu werden.

»Legst du einen Garten an?«, frage ich.

Sie nickt. »Ich dachte, das wär mal was. Ein paar schöne Blumen und Gewürze zum Kochen.«

Ich quetsche mich an der aufgehäuften Erde vorbei und lasse mich in die Hängematte plumpsen. »Glaubst du, das wird hier gedeihen? So dicht am Wald?«

»Wozu haben wir unsere Magie, wenn wir sie nicht einsetzen?«, scherzt Marla.

Demonstrativ setzt sie ein kümmerliches Pflänzchen in die Erde, dessen Stiel umgeknickt ist. Sie umschließt es mit ihren Händen, schließt die Augen. Ich spüre ihre Magie. Rein und weiß. Selbstsicher. Das Pflänzchen richtet sich auf, die Blätter sprießen geradezu. Selbst wie die eben noch schwachen Wurzeln sich kraftvoll in den Boden bohren, kann ich fühlen. Eine wundervolle, tiefrote Blüte entfaltet sich.

Marla greift nach der nächsten Pflanze. »Was ich dich schon die ganze Woche fragen wollte: Morgen ist doch der Sternenball. Kommst du mit?«

»Almaras hat ihn heute auch schon in der Stadt erwähnt. Was ist das denn überhaupt für ein Ball?«

»Die Idee des Balls war ursprünglich eigentlich eine sehr schöne. Ein Ball, der alle Sternzeichen zusammenbringen sollte. Früher war das wohl auch wirklich so. Es wurden Kontakte geknüpft, Freundschaften geschlossen, es wurde zusammen gegessen und getanzt. Inzwischen veranstalten die Tauren den Ball nur noch, um den Schein zu wahren. Trotzdem ist es immer noch schön, die anderen Stämme einmal zu sehen. Die Acuarier sind ganz wundervoll.«

Die Acuarier, die Wasserwesen. Ich lächle. »Muss ich mir das antun, oder ist das freiwillig?«

»Im Prinzip ist es freiwillig. Zumindest für unsere Stammesleute. Aber der Anführer und seine Familie sollten eigentlich schon anwesend sein. Sogar Jendrik und Salomé kommen mit, weil sie in unserem Stamm ja nicht ganz unwichtig sind.«

»Der Gedanke, zusammen mit den Tauren zu feiern, ist absurd«, werfe ich ein und verschränke dabei meine Arme vor der Brust wie ein motziges Kind. Allein die Vorstellung, *ihm* wieder zu begegnen, lässt mich frösteln.

»Glaubst du, wir freuen uns darüber? Ich würde auch lieber einen schönen Abend am Lagerfeuer verbringen und mit Almaras ein Glas Wein trinken.«

»Du darfst doch gar keinen Wein trinken«, sage ich. Das Grinsen kommt von ganz alleine.

Auf Marlas Wangen legt sich eine zarte Röte. »Er hat es dir also gesagt?«

Ich nicke. »Herzlichen Glückwunsch.«

»Wir wollen jetzt aber nicht das Thema wechseln.« Sie legt ein weiteres Mal ihre Hände um ein Pflänzchen und bringt es zum Erblühen. »Sieh es doch mal so: Wir haben nicht viele Gelegenheiten, uns in der Stadt zu amüsieren. Rein theoretisch könnten wir uns auf dem Ball hemmungslos gehenlassen, weil sie uns dort nichts antun können. Nichts, wo doch die anderen Sternzeichen ebenfalls alle anwesend sind.«

»Hat denn nie jemand versucht, die anderen Stämme um Hilfe zu bitten?«

»Aus unserem Gebiet dürfen wir nicht raus, ohne dass sie uns töten. Der Sternenball findet nur alle zehn Jahre statt. Wenn jemand von uns dort etwas sagen würde, würden sie ihn entweder für verrückt halten, oder sie würden sich nicht trauen, etwas zu unternehmen. Immerhin befinden sie sich während des Balls in einer Stadt, die den Tauren gehört. Natürlich ahnen sie etwas. Aber es ist ... inzwischen kennen sie es nur so. Es gibt sogar eine Sage, die davon berichtet, dass die Leonen zu Recht die Untertanen der Tauren sind.«

»Wie sollte das richtig sein? Wir sind nicht bloß ihre Untertanen, wir sind ihre Sklaven!«

»Ich weiß es nicht, Robin. Die Tauren halten die Geschichte bewusst unter Verschluss. Natürlich. Du musst nur Almaras darauf ansprechen, und er wird dir einen langen Vortrag dazu halten. Sein Vater und wiederum dessen Vater hatten eine Theorie ... du verstehst.« Sie holt tief Luft. »Möchtest du nun mit auf den Ball oder nicht?«

»Mhhh ...«, mache ich nur. Meine Gedanken sind bei Almaras und seinem Wissen. Noch nie hat er mir gegenüber so etwas erwähnt.

Marla lächelt wissend. »Es könnte sein, dass ich etwas für dich habe, wenn du mit auf den Ball gehst ...« Sie greift nach dem Rosmarin und sieht mich dabei schelmisch an.

»Okay«, sage ich und schiebe mich mühsam aus meiner Hängematte heraus. »Was ist es?«

Marla führt mich in ihr Schlafzimmer. Sie öffnet feierlich ihren Kleiderschrank, als würden mich darin Hunderte von Goldbarren erwarten. Die wenigen Kleidungsstücke, die darin hängen, sind allesamt abgetragen und von der vielen Arbeit verschlissen. Nur eines sticht hervor. Ein weinrotes Kleid, ein Märchenkleid. Marla zieht es hervor. Sie hält es vor meinen Körper, prüft, ob es passt.

»Dürfte wie angegossen sitzen«, sagt sie und schiebt die zarten Träger vom Bügel.

»Aber Marla ... woher ...?«

»Deine Mutter«, antwortet Marla. Sie reicht mir das Kleid, damit ich es anprobiere. »Es hat einmal ihr gehört. Sie trug es auf dem Sternenball, nur ein einziges Mal. Ich habe es für dich aufbewahrt.«

Unsicher ziehe ich meine Lederjacke aus und lasse sie auf den Boden fallen. Ich schlüpfe aus meinen Stiefeln, streife die Hose von meinen Beinen, ziehe mein helles T-Shirt über den Kopf. Der weiche Stoff des Kleides ist eine Wohltat im Vergleich zu der Kleidung, die ich sonst trage. Die Länge scheint richtig zu sein. Der Ausschnitt ist leicht rund und nicht zu gewagt, die Träger sind so breit wie mein Daumen.

»Ich weiß nicht ...«, presse ich hervor. Aus irgendeinem Grund geht mein Atem schneller.

»Was weißt du nicht? Ob es dir steht? Du siehst traumhaft schön aus, Robin! Ich kann dir nur raten: Geh mit uns auf diesen Ball, amüsier dich und vergiss all das hier für einen Abend.«

Ich will Widerworte geben, doch Marla ist schneller. Sie streicht mir im Vorbeigehen über das Haar und verschwindet einfach aus dem Zimmer.

FLUSS

Die erste Nacht in meinem neuen Zuhause war seltsam. Still. Nicht Almaras' gewohntes Schnarchen. Nicht Flora, wie sie manchmal im Schlaf spricht. Auch die Nächte in meiner Hängematte waren geräuschvoller. Dachse, die in der Dunkelheit durch den Wald streifen. Gräser und Zweige, die wachsen. Wasser, das durch die Baumstämme sprudelt. In dem Haus höre ich nichts von alldem. Nur eine Sache der Gewöhnung, beruhige ich mich selbst.

Beim Frühstück am Feuerplatz fühle ich mich immer noch so, als müsse über mich noch gerichtet werden. Dabei hat sich mein Stamm schon längst entschieden – für mich. Aber ich hadere noch. Ich selbst muss mich noch damit abfinden, dass ich anders bin. Von einer Person abstamme, die ich so sehr hasse. Ich weiß nicht einmal, wie Birkaras aussieht. Kein einziges Mal habe ich ihn gesehen. Nur von ihm und seinen Taten gehört.

Als Donia beginnt, die Tische abzuräumen, und die Männer in den Wald und die Stadt verschwinden, um ihrer Arbeit nachzugehen, mache auch ich mich auf. Es fühlt sich gut an, endlich wieder meine Messer bei mir zu tragen und durch den Wald zu streifen. Frei. Voller Leben.

Ich atme die Luft ein, schmecke die Farben des Waldes. Das

saftige Moos, die feuchte Erde, die dicken Baumrinden, die würzigen Kräuter und die Süße der Früchte. Die frische Luft, die Blütenpollen, die wie in Zeitlupe durch die Luft schweben. Die leisen Geräusche. Tau, der von den Blättern tropft. Einzelne Tannennadeln, die auf das Moos rieseln. Das Rascheln in den Büschen, wenn ein Tier vorbeihuscht. Das melodische Rauschen der Blätter, wenn der Wind durch die Bäume fährt. Der Fluss, der ganz in meiner Nähe langsam vor sich hin fließt und dessen Wasser sich glucksend an den Steinen bricht.

Sicher setze ich meine Füße auf die einzelnen Felsbrocken, ohne zu rutschen. Jeden Stein, jeden Baum, jeden Grashalm kenne ich.

Mein Leben. Mein Gefängnis.

Ich schiebe den herabhängenden Ast eines Weißdorns zur Seite und trete ans Ufer des Flusses. Jedes Mal fasziniert mich der Zauber, der von ihm ausgeht. Seine Magie, die ihn jeden Tag anders aussehen lässt. Heute, bislang einer der wenigen Tage in diesem Jahr, an dem die Sonne sich durch die Wolkenmauer schiebt, erwacht er zum Leben. Die Blüten der Bäume und Büsche erfüllen ihn mit Farben. Schneeweiß, Meerblau, Altrosa, Dunkelrot. Das Wasser schimmert golden im Schein des Sonnenlichts.

Ich setze mich ans Ufer auf einen moosbewachsenen Stein und ziehe mir die Stiefel von den Füßen. Das Wasser ist eiskalt, genau richtig. Ich zwinge mich dazu, nicht daran zu denken, was mir in den letzten Tagen widerfahren ist. Aber wenn ich nicht daran denke, dann kreisen meine Gedanken um all die wundervollen Orte, die ich in meinem Leben nicht sehen darf. Fremde Länder, fremde Wälder, fremde Flüsse. Dann stelle ich sie mir vor, mit all ihrer Pracht. Frage mich, wie die Bewohner dort wohl aussehen. Ich werde es niemals erfahren, weil die Tauren es mir verbieten.

Ein Rascheln. Schwere Schritte auf dem Moos. Irgendjemandem scheint es gleichgültig zu sein, dass man ihn hört. Für ein paar Sekunden fürchte ich, dass es wieder der Taurer ist. *Er.*

Doch dann schiebt sich Laurin durch das dichte Geäst. Er lächelt, als er mich entdeckt. »Ist das Wasser nicht bitterkalt?«

»Wenn man so wie du auf Badewannentemperatur steht«, scherze ich.

Laurin lacht, knufft mich in die Seite. Er setzt sich neben mich auf einen Stein. An seiner Stirn hat er sich eine kleine Wunde zugezogen, die noch frisch ist. Ein dünnes Rinnsal Blut, das sich in seinen dichten Augenbrauen verfängt. Laurin und der Wald. Zwei Dinge, die sich nicht vertragen.

»Was machst du hier?«, fragt er.

Ich zucke mit den Schultern. »Weiß nicht. Musste einfach mal raus.«

»Mmh. Dir geht ganz schön viel durch den Kopf, oder?«

Ein Fisch springt aus dem Wasser und schnappt nach einem Insekt. Ich nicke.

»Aber denk doch mal an den Vorteil, den du hast. Du musst jetzt keine Angst mehr vor den Tauren haben.« Er legt seine Hand auf meinen Arm. Es fühlt sich merkwürdig an. Ich rücke ein Stück von ihm fort.

»Vorteil? Ich kann es ja nicht einmal kontrollieren! Wie soll ich es also nutzen können? Es ist doch kein Geschenk, töten zu können. Es ist etwas Schlechtes. Etwas, das es zu bekämpfen gilt.«

Laurin schweigt. Er weiß, dass er nicht tiefer in mich dringen kann. Ich kläre alles mit mir selbst. Auch wenn das in der Regel länger dauert.

»Warum bist du eigentlich hier?«, frage ich ausweichend.

Auf diese Frage will er nicht gerne antworten. Er zupft an seinem braunen Hemd herum. Die Narbe auf seinem Handrücken hat er von mir. Als wir noch Kinder waren, hatte ich ihn dazu überredet, nur mit Messern ausgerüstet im Fluss Fische zu fangen. Er hatte es nicht gewollt, besser gesagt, er hatte sich nicht getraut. Aber mir zuliebe hatte Laurin es getan. Er war auf einem glitschigen Stein ausgerutscht und hatte sich nicht nur die Knie und Arme aufgeschürft, sondern sich auch eine tiefe Wunde auf dem Handrücken zugezogen.

»Ich … ich im Wald unterwegs, und da dachte ich mir, dass du vielleicht am Fluss bist und dass ich mal vorbeischaue«, redet er sich heraus.

Er wird so rot im Gesicht, dass ich lachen muss. Nervös streicht er seine Haare hinter die Ohren. Er sieht süß aus.

»Und warum bist du wirklich hier?«

Er seufzt. »Musst du denn immer alles wissen?«

»Auf jeden Fall streifst du nicht einfach so durch den Wald. Wenn du schon so etwas behauptest, dann muss es ja wirklich um was Ernstes gehen.«

Allein die Vorstellung, dass Laurin einfach so durch den Wald tigert, ist dermaßen absurd, dass ich mir ein Grinsen verkneifen muss. Er ist nur im Wald unterwegs, wenn es erforderlich ist, wenn er eine Arbeit zu verrichten hat.

»Also gut ... ich wollte dich etwas fragen«, beginnt er. Seine Augen fixieren das milchig schäumende Wasser, mit seinen Zähnen kaut er auf seiner Unterlippe. »Marla hat gesagt, dass du auf den Ball gehst, und ich wollte da auch hingehen, und da dachte ich mir, dass wir zwei vielleicht zusammen hingehen könnten.«

»Klar, warum nicht?«

»Abgemacht?«, freut er sich.

»Natürlich. Ich wusste zwar nicht, dass man mit einem Partner zum Ball gehen muss. Aber wenn das so ist, dann bin ich froh, dass ich mit dir hingehen kann.«

Das Rot in Laurins Gesicht wird noch eine Nuance dunkler. »Das freut mich. Wirklich.« Er räuspert sich. »Wann soll ich dich abholen?«

»Ich weiß nicht. Wann geht man da so los?«

»Sagen wir um acht?«

»Acht ist in Ordnung.«

Er nickt. Holt tief Luft. »Also acht.« Er steht so schwungvoll von seinem Stein auf, dass er beinahe ausrutscht. Er rudert mit den Armen, kann sich gerade noch fangen.

Ich muss grinsen.

»Also acht«, wiederholt er noch einmal und grinst zurück. Ohne ein weiteres Wort verschwindet er im Wald.

HERZSCHLAG

»Du siehst wundervoll aus«, stammelt Laurin, als ich aus dem Haus meiner Familie herauskomme.

Er sitzt auf der Bank, die langen Beine übereinandergeschlagen. Schwarzer Anzug, weißes Hemd, schwarze Krawatte. Kleidung, die ich gar nicht an ihm kenne.

»Sie sehen aber auch ziemlich schick aus, mein Herr«, scherze ich und stolziere an ihm vorbei.

Marla und Minna haben mir mit gemeinsamer Kraft hohe Schuhe aufgezwungen. Nicht einmal halsbrecherisch hoch. Nur ein kleiner Absatz. Rote Schuhe, die perfekt zum Kleid passen. Aber meine Verbindung zum Boden ist unterbrochen. Ich spüre die Kraft nicht mehr, die mich so fest mit der Erde vereint, als sei ich selbst ein Baum.

»Wo sind denn Marla und Almaras?« Laurin steht von der Bank auf, hält seinen Arm so, dass ich mich einhaken kann.

»Kommen später nach. Marla will noch die Kinder ins Bett bringen.«

Aus dem Waschhaus kommen zwei junge Mädchen, zwei Freundinnen von Minna. Beide tragen sie ultrakurze Kleider, die sie sich offenbar selbst aus einem alten Bettlaken geschneidert haben. Morgen wird Minna schrecklich böse sein, weil sie nicht mit auf den Ball durfte. Die Sonne ist fast vollständig untergegangen. Das Rot, das den Himmel erfüllt, ist blutig. Ein tiefes Rot. So als würde der Tag sterben und die Nacht wäre sein Mörder.

»Dann lass uns mal losgehen«, sage ich selbstsicher und knicke im nächsten Moment bereits um.

Laurin hält, stützt mich, obwohl ich mich gleich wieder gefangen habe. »Mensch, Robin! Bist du dir sicher, dass du das hinkriegst?« Er lacht. Eine Herausforderung für meine weibliche Ehre, die ich erst heute Abend entdeckt habe.

»Du wirst noch sehen, wie ich darin laufen kann«, protestiere ich und muss selbst lachen.

Marla hatte recht. Irgendwie freue ich mich auszugehen. Andere Stämme zu sehen, fremde Leute kennenzulernen. Langsam machen wir uns auf, so als würde ich an Krücken laufen oder sonst wie gehbehindert sein.

»Du siehst echt toll aus«, gesteht mir Laurin mit verräterischer Röte im Gesicht.

»Du kennst mich ja auch nur in Stiefeln und mit Dreck im Gesicht.« Ich knuffe ihn in die Seite. Etwas, das ich normalerweise niemals tun würde.

Der Weg durch den Wald ist an diesem Abend mit Fackeln geschmückt. Vermutlich haben sich Jendrik und Bob die Mühe gemacht, damit die jungen Mädchen nicht nachts im Wald verlorengehen. Leuchtende Kugeln auf Jendriks selbstgeschnitzten Fackeln. In kurzen Abständen stecken sie hintereinander in der Erde. Ein Anblick, der mir den Atem raubt. Wundervoll. Magisch, wie die Kugeln sich langsam drehen. Wie ein Wasserspiel. Die Geräusche des Waldes. Der Duft. Jetzt wäre ich gerne barfuß, um zu wissen, ob es dem Wald ebenso gefällt wie mir.

Als die Stadt vor uns auftaucht, geht dieser Zauber augenblicklich verloren. Künstlich erleuchtet mit Tausenden von Lichterketten und bunten Leuchtschriften. Willkommensgrüße für die anderen Stämme, Blumenschmuck. Blumen, die bereits morgen alle verwelkt sein werden. Darunter die hässlichen Fassaden und die grauen Betonwände.

Laurin zieht mich noch etwas fester an sich. »Vermutlich wird der Ballsaal aus purem Gold sein«, scherzt er.

Ich weiß nicht, wo der Saal ist. Lasse mich von Laurin führen. Er befindet sich in einer der großen Firmen. Der Empfangsbereich besteht fast zur Gänze aus Marmor. Ein hässliches Gebäude, das zu diesem Anlass mit Dekoration überladen ist. Ein roter Teppich ist davor ausgelegt, zwei Securitymänner stehen Wache. Als wir an ihnen vorbei in das Gebäude hineingehen, zucken sie nicht einmal mit der Wimper.

Alles ist so vornehm, dass ich kaum zu atmen wage. Blendend hell und künstlich. Goldene Kronleuchter, besetzt mit funkelnden Steinen. Weißer Marmor an den Wänden und auf dem Boden. Die Bar aus schwarzem, glänzenden Stein. Überall tropische Blumen, die ich zuvor noch nie gesehen habe. Große, bunte Sträuße.

All der künstliche Glanz und Luxus zwingen mir ein bitteres Lächeln auf. Die Tauren wollen ein Sternenvolk sein, in Wahrheit haben sie jedoch alles, was uns Sternenvölker eigentlich ausmacht, abgelegt. Anstatt mit der Natur zu leben, errichten sie diese scheußlichen Gebäude und beuten die normalen Menschen und uns aus. Zwar leben sie wie wir im Wald, aber vermutlich nur aus dem Grund, weil es schon immer so war und sie dort unter sich sind. Aber ihr Leben im Wald ist Trug, denn die Tauren haben keine einfachen Hütten wie wir, sie haben Villen mit perfekt angelegten Wegen aus Marmor davor. Nur Birkaras haust in einem Bollwerk aus schwarzem Stein, weil in jener Felswand schon immer die Anführer der Tauren gewohnt haben. Sogar kleine Geschäfte sollen sie dort haben. Eine Miniaturstadt im Wald, zumindest hat Almaras es mir so beschrieben. Sie brauchen unsere Abgaben nicht, werfen die Wurzeln und das Fleisch, all das, was wir uns vom Munde absparen und ihnen bringen, weg. Reine Quälerei. Weil sie es eben können. Salomés Kräuter und Heilsalben verwenden sie womöglich.

Nervös kaue ich auf meiner Unterlippe. Laurin mustert mich besorgt. Ich versuche, mich auf die bunte Mischung der Gäste zu konzentrieren. Fremde Wesen aus fremden Stämmen. Manche sind sofort zu erkennen, wie die Piscarien. Die Augen sind wasserblau, seitlich am Hals haben sie Kiemen, die jedoch nur zu sehen sind, wenn sie es wollen – so hat es mir Marla erklärt. Sind sie unter Menschen, ist höchstens eine kleine Unebenheit zu erkennen. Aber heute kann es ihnen egal sein. Heute wollen sie vermutlich sogar, dass man ihre Kiemen sieht. Weil heute die Sternenstämme unter sich sind und alle stolz darauf sein können, ein Mitglied ihres Stammes zu sein. Alle, außer die Leonen.

Laurin lotst mich vom Eingang weg und auf die Bar zu. Dafür, dass es noch recht früh ist, ist der Saal schon erstaunlich voll. Ich suche nach jemandem aus unserem Stamm, entdecke jedoch nur Titus, umringt von einer Schar Mädchen. Gesellschaft, die ich heute Abend nicht schätze.

Obwohl ich keinen Alkohol vertrage, lasse ich mir von Laurin ein Glas Champagner in die Hand drücken. »Das wollen wir doch, dass die heute für uns so richtig viel Geld springen lassen, oder?«

Ich lache und nippe an meinem Glas. Die Musik ist beschwingt, ein paar Gäste tanzen schon. Die Damen fein gekleidet in edlen Kleidern, die Herren herausgeputzt in Anzügen. Eine Frau der Acuarien schiebt sich an mir vorbei. Ich verschlucke mich fast an meinem Champagner, als ich ihre Haut sehe. Blaue Haut, die schimmert, als ob Sonnenstrahlen auf Wasser treffen. Kein gewöhnliches Blau. Im Gesicht ist es heller, an den Armen wird es dunkler. Als würde ihr Körper die Tiefen des Meeres widerspiegeln. In diesem Moment tun mir die Menschen leid, weil ihre Augen niemals so etwas Wundervolles betrachten dürfen. Ihnen offenbart sich dieser Zauber nicht, sie bekommen nur eine ganz normale Frau mit normaler Haut zu sehen. Stolz durchquert sie den Saal, genießt die Blicke, die sie auf sich zieht. Ganz kurze, helle Haare. Kräftige, aber schmale Statur. Ihr grünes Kleid ist aus hauchdünnem Stoff, der nur wenig von ihren Reizen verbirgt. Ich kann mich einfach nicht sattsehen an ihr.

»Faszinierend«, staunt Laurin.

»Hast du vorher schon einmal eine Acuariendame gesehen? Ich hab sie mir immer ganz anders vorgestellt.«

»Wie denn?« Laurin trinkt sein Glas aus und stellt es auf einen der Stehtische.

»Irgendwie nicht so ... blau.«

»Das ist ihre Art, sich anzupassen. Ansonsten würden sie unter Wasser ja sofort auffallen. Hast du gesehen, wie ihre Haut geglitzert hat, als sie unter dem hellstrahlenden Kronleuchter stand? Und wenn es um sie herum dunkler wird, wird auch ihre Haut dunkler. Ein perfektes Raubtier.«

»Und was ist dann mit den Piscarien? Die haben gerade einmal Kiemen«, protestiere ich.

»Das sind ja auch keine Raubtiere. Gewöhnliche Algenfresser.«

»Hm«, mache ich nur. Wie hypnotisiert starre ich hinüber zum Eingang. Warte nur darauf, dass endlich Almaras und Marla zu uns stoßen.

Jetzt fällt mir eine Gruppe von Kerlen auf, die sich dicht neben dem Eingang platziert haben. Sie fressen die Acuarienfrau regelrecht mit ihren Augen auf. Ich kenne sie. Sie waren damals in der Bar, als ich mit Minna einen ruhigen Abend in der Stadt verbringen wollte. Der Kerl, der mich bedroht hat, reißt einen Witz. Eindeutig anzüglicher Natur. Seine Muskeln spannen sich, als er lacht. Das Haar hat er noch ein Stück kürzer geschnitten, was seine ohnehin hohe Stirn nur noch mehr zur Geltung bringt. Seine Freunde lachen ebenfalls. Nur *er* ist nicht da.

Ich kann meine Gefühle nicht deuten. Erleichterung, weil ich mich somit nicht vor ihm verstecken muss? Angst, weil ich dann nicht darauf hoffen kann, dass er seine Freunde, so wie an jenem Abend, in Schach hält?

»Wollen wir mal schauen, was es hier zu essen gibt?«, frage ich Laurin betont heiter. Auch, wenn ich dann den Eingang nicht mehr im Blick habe.

»Klar. Mein Magen knurrt eh schon.«

Wir bahnen uns den Weg durch die Menge in einen zweiten Raum. Hier ist weniger los, die Musik ist leiser, und die Gäste stehen an Stehtischen, essen und unterhalten sich angeregt. Laurin und ich schnappen uns am Buffet ebenfalls Teller und bedienen uns. Häppchen mit Lachs und Kaviar, Avocadocreme mit Baguette, Schinken mit Melone und unendlich viele Salatvariationen. Dinge, die ich noch nie zuvor gesehen habe. Und das scheinen erst die Vorspeisen zu sein. Auch dieser Raum ist prächtig. Sofaecken und Sessel, prächtige Stoffe. Ein Kamin knistert leise. Kräftige Balken, die die Decke stützen. Eine angenehme Atmosphäre, die so gar nicht zu der kalten Außenfassade des Gebäudes passt.

Laurin lässt sich in einen freien Sessel plumpsen und streckt die Beine aus. Er sieht so zufrieden und glücklich aus, dass ich lachen muss. »So lässt sich's leben«, säuselt er.

Ich setze mich auf die Lehne des Sessels und probiere das Lachshäppchen. Liebend gerne würde ich Donia eines davon mitnehmen. Aber ich habe nichts zum Verstauen.

Zwei bekannte Gesichter tauchen am anderen Ende des Raumes auf und kommen auf uns zu. Marla und Almaras. Ich winke ihnen. Beide sehen sie so ungewohnt aus – so ungewohnt gut. Sogar Almaras hat sich überwunden und sich in einen Anzug gequetscht. Schwarz, passend zu der Augenklappe. Marla trägt ein luftiges weißes Kleid, schlicht geschnitten, wunderschön.

»Ist ja schon ordentlich was los hier.« Almaras dreht sich bewundernd um. »Also auch wenn ich dieses ganze Getue eigentlich nicht ausstehen kann. Aber faszinierend ist es auf alle Fälle.«

»Du musst mal die Avocadocreme probieren«, Laurin hält ihm seinen Teller entgegen. »Da könnte ich mich reinlegen.«

Marla und ich lassen die beiden alleine. Gemeinsam schlendern wir durch den Saal, beobachten die Leute, bewundern die anderen Räume. Es gibt einen extra Tanzsaal. Ein großer, hellerleuchteter Raum mit scheinbar Hunderten von Kronleuchtern. Eine hohe Decke, verziert wie in einer Kirche. Fresken von Stieren, von Tauren. Heroisierend. Die Tauren als Herrscher der Welt. Ich sehe einen Stier, der im Begriff ist, mit seinen Vorderhufen einen gewöhnlichen Menschen in den Abgrund zu stoßen. Einen anderen Stier, der trotz zahlreicher Speere in Brust und Flanke weiter gegen eine Gruppe von fünf Menschenmännern kämpft. Dahinter jeweils blutrote Sonne, die auf die Häupter der Stiere scheint, so als hätten sie Heiligenscheine.

Verächtlich schüttle ich meinen Kopf. »Die haben sie doch echt nicht mehr alle.«

Auch hier gibt es eine Bar. Fast verdeckt von herumstehenden Wesen, die die Tanzenden beobachten. Ich überlege, ob wir uns nicht dazugesellen sollen. Uns irgendwo in die Menge stellen sollen. Dort, wo man am unauffälligsten ist.

»Da seid ihr ja.«

Laurin taucht hinter mir auf, greift nach meiner Hand. Ein ungewohntes Gefühl. Der Champagner macht ihm Mut. »Du hast die Kette, die ich dir geschenkt habe, ja gar nicht an!«

»Vergessen. In all der Aufregung«, rede ich mich heraus.

Er seufzt überdramatisch. »Wollen wir tanzen?«

»Wir?« Ich werfe einen hilfesuchenden Blick in Marlas Richtung, die jedoch selbst gerade mit Almaras auf die Tanzfläche tritt.

»Wer denn sonst?«

Ohne auf eine weitere Antwort zu warten, zieht mich Laurin auf die Tanzfläche. Ein heiteres Stück wird angestimmt. Erst jetzt entdecke ich die Musiker am anderen Ende des Saals. Ein ganzes Orchester mit Dirigent, Geigen, Bass, Flöten einer Harfe und anderen Instrumenten. Laurin zieht mich an sich, legt eine Hand auf meinen Rücken, mit der anderen umschließt er meine Finger. Weder Laurin noch ich können tanzen. Ich hätte ebenfalls etwas mehr von dem Champagner trinken sollen, dann würde ich mich vielleicht jetzt nicht so unwohl fühlen.

Laurin macht einen entschiedenen Schritt nach vorne. Direkt auf meinen Fuß. »Oh! Entschuldige! Jetzt aber!«

Ein Paar wirbelt an uns vorbei. Sie drehen sich wie ein Kreisel. In perfekter Harmonie. Selbst vom bloßen Zuschauen wird mir schwindelig.

Laurin strafft seine Schultern. Diesmal weiß ich, dass er einen Schritt nach vorne macht, und mache einen nach hinten. Wir haben beide keine Ahnung von dem, was wir da tun. Schritt, Schritt. Noch ein Schritt. Irgendwann drehen wir uns. Langsam kommen wir in Schwung. Laurin lacht. Er findet das lustig. Er verträgt wirklich keinen Alkohol.

Ich werde das Gefühl nicht los, dass man uns anstarrt und rätselt, was das überhaupt für ein Tanz sein soll, den wir da tanzen. Als ich sehe, dass Marla und Almaras endlich die Tanzfläche verlassen und auf die Bar zugehen, atme ich auf. Ich zupfe Laurin am Arm, und er folgt mir bereitwillig.

»Ich hol mir noch was zu trinken. Soll ich dir etwas mitbringen?«, säuselt er.

»Danke, nein. Ich misch mich mal unter die Leute.«

Hauptsache fort von Laurin. Meine Füße bringen mich dank der Absätze schon jetzt fast um. Wie auf Stelzen fühle ich mich. Eine Kunst, sich so zwischen den tanzenden und stehenden Wesen hindurchzuschlängeln. Laurin habe ich aus den Augen verloren. Die Musik wird immer heiterer. Der Tanz immer wilder. Die Paare drehen und wiegen sich, Acuarien und Piscarien, Cancer und die Arien. Die wundervollen Virginen, die Jungfrauen mit ihren atemberaubend langen Haaren, der milchig weißen Haut und den wohlgeformten Körpern – Frauen wie Männer.

Ein Zauber, der mich gefangennimmt. Die Gemellen, immer zwei. Einander wie aus dem Gesicht geschnitten. Die Scorpionen, vermutlich all jene, deren Gesichter besonders spitz sind. Die Jaculanen, die Schützen, eher rustikale Burschen und Frauen mit schlichten Gewändern, gebräunter Haut und auffällig vielen Kratzern an Schultern und Armen. Schließlich die Capricornen, die Steinböcke. Schwer zu sagen, wer nun Capricorner ist oder zum Stamm der Arien gehört. Nur die Libren, die Waagen, halten sich schon seit jeher aus allem heraus. Angeblich waren sie noch nie auf einem dieser Bälle.

So wundervoll sehen all diese Geschöpfe aus. So selbstsicher und ruhig. Nichts ahnen sie. Nichts. So anders als wir Leonen sind sie. Auch wir könnten solche Geschöpfe sein. Vor allem wir. Aber das Schicksal hat uns zu etwas anderem verdammt. Zu Sklaverei und Geißelung. In diesem Moment erinnere ich mich daran, was Almaras einmal zu mir gesagt hat. Damals, als wir am Feuer saßen und er schon etwas zu viel Wein getrunken hatte. Gerade einmal zwei Stunden war es her gewesen, dass er von den Tauren zurückgekommen war, um ihnen die Abgaben zu bringen. An meinem fünfzehnten Geburtstag.

»Robin«, hatte er gesagt. »Ich möchte, dass du weißt, dass wir nicht schwach sind.«

»Jaja ...«, hatte ich genervt geantwortet. Den Vortrag über die Wichtigkeit unserer Naturkräfte hatte ich mir schon tausendmal anhören dürfen.

»Nein, hör mir zu.« Er hatte mich ernst angesehen, das Gesicht golden erleuchtet vom Glanz des Feuers. »Ich weiß es. Ich habe es seinerzeit von jemandem erfahren, der es wissen musste. Dass wir viel stärker sein könnten, es nur nicht ahnen.

Dass wir einmal zu den herrschaftlichsten Sternengeschöpfen zählten, nur dass ...« Er brach ab. Starrte auf sein Glas Wein. Lächelte, als würde er sich selbst für verrückt erklären.

»Wer hat dir das gesagt?«, hatte ich nachgehakt.

Doch Marla war mir zuvorgekommen. »Almaras, trink nicht vor den Kindern! Und Robin, ab ins Bett!«

Eine Gruppe junger Männer schiebt sich an mir vorbei und reißt mich aus meinen Gedanken. *Seine* Freunde. Verächtlich streifen sie mich mit ihren Blicken. Fressen mich gierig auf. Selbst in den perfekt geschnittenen Anzügen zeichnen sich ihre Muskeln deutlich ab. Maschinen. Gemacht zum Töten.

»Na, schöne Frau. So ganz allein hier?« Der mit der breiten Stirn. Ein Wunder, dass er überhaupt einen ganzen Satz zustande bringt.

Seine Freunde scharen sich um mich, umkreisen mich. Ich mache einen Schritt nach hinten, stoße mit meinem Rücken gegen einen von ihnen. Mein Puls rast. Ich zwinge mich dazu, ruhig zu atmen. Keine Angst zu zeigen. Immerhin bin ich hier auf einem Ball, in aller Öffentlichkeit. Sie können mir nichts tun.

»Wie überaus appetitlich du heute aussiehst. Sollten wir uns tatsächlich noch einmal überlegen, ob wir nicht lieber dich abschleppen als eine von den zickigen Virginen.« Der zweite in der Gruppe. Trotz Anzug viele Lederbänder am Arm. Die blondgefärbten Haare zurückgebunden.

Ich will etwas erwidern, öffne schon meinen Mund. Da tritt jemand auf uns zu. Die jungen Männer erstarren sofort. Ist *er* es? Nein, so viel Respekt haben sie dann doch nicht vor ihm. Ich wage es kaum, den Mann anzuschauen. Groß, mager. Ganz in Schwarz, nur ein rotes Hemd unter seinem Anzug. Schwarzes Haar. Nichts. In nichts gleiche ich ihm.

»Jungs, wisst ihr nicht, wie man eine Dame behandelt? So jedenfalls nicht. Schert euch zum Teufel!«, sagt er. Tiefe, feste Stimme. Stark. Fast sympathisch.

Ich starre auf den Boden. Betrachte die Maserung im weißen Marmor. Schuhe, die sich immer mal wieder in mein Blickfeld schieben. Polierte Männerschuhe. Schwarz.

Es dauert eine Weile, bis sie sich wirklich trollen. Murrend. Ihre Blicke haften noch lange auf mir. Kleben an mir wie Spinnennetze. Meine Schultern krampfen vor Anspannung. Birkaras steht immer noch vor mir. Keines Blickes würdige ich ihn. Bedanke mich nicht. Nichts.

Er seufzt. So wie es klingt, lacht er sogar. Viel lauter als die Musik in meinen Ohren. »Ich wünsche noch einen schönen Abend«, sagt er schließlich, berührt mich an der Schulter.

Die Stelle brennt. Brennt, als würde sich Säure durch meine Haut fressen. Wie soll so jemand Grausames mein Vater sein? Ich hasse ihn, verachte ihn.

Die Musik wird immer fröhlicher. Passt sich der ausgelassenen Stimmung der Gäste an. Ich überlege nicht lange und bahne mir eiligen Schrittes meinen Weg durch die Masse. Auch an Laurin quetsche ich mich vorbei, der es jedoch nicht einmal bemerkt. Er tanzt ganz alleine. Die Arme ausgebreitet, als hätte er eine unsichtbare Tanzpartnerin vor sich. Ich weiß nicht, warum er so viel trinken muss. Vielleicht versucht er, unser schreckliches Leben im Rausch zu vergessen. Vielleicht etwas ganz anderes.

Ich stürme in die Toiletten. Zu meinem Glück ist gerade niemand da. Stütze mich auf die mit schwarzem Marmor eingefassten Waschbecken. Betrachte mich im Spiegel. Ich will gehen. Sofort. Raus aus diesem Theater. Hinein in meinen Wald. In mein eigenes Reich. Die Wimperntusche, die hohen Schuhe, dieses wundervolle Kleid. Das bin nicht ich. Hier bin ich fremd, bei ihnen. Auf ihrem Ball. Ich esse ihr Essen.

Meine Lippen zittern. Selbst meine Hand kann ich nicht ruhig halten. Die Tür geht auf. Eine junge Frau kommt herein. Wallendes rotes Haar. Haut wie Schnee. Sie ist bestimmt schon älter, sieht dennoch aus wie gerade einmal Mitte zwanzig.

»Alles klar bei dir?«, fragt sie und zückt aus ihrem Täschchen einen roten Lippenstift, den sie sich großzügig auf den Mund pinselt. Meine Antwort interessiert sie nicht im Geringsten.

»Klar.«

Sie zieht eines der seidenen Tücher aus der Halterung, presst ihre Lippen darauf und wirft es achtlos in den Müll. Sie prüft noch einmal kurz, ob alles sitzt, lächelt zufrieden. »Siehst aber nicht so aus.«

Ein einziger gezielter Hieb, ein einziger perfekt platzierter Faustschlag von mir, und sie würde auf dem Boden liegen. Nur mühsam kann ich mich beherrschen. »Schönen Abend noch.«

Ich marschiere an ihr vorbei, hinaus aus der Toilette. Zu

meinem Glück bin ich nicht auf den hohen Schuhen umgeknickt. Ich tauche in der Menge unter. Hier drin ist es warm geworden. Heiß. Auf meinem Rücken bildet sich eine dünne Schweißschicht. Von Laurin, Almaras oder Marla keine Spur. Nicht einmal von Jendrik oder sonst einem Leonen. Niemand, zu dem ich mich gesellen könnte. Das habe ich nun davon.

Das Beste wird sein, wenn ich wieder dorthin zurückgehe, wo ich zuletzt gewesen bin. In den Tanzsaal. Einem Cancer neben mir gleitet sein Sektglas aus der Hand. Er lächelt nur dümmlich. Es ist, als hätte sich jeder hier dem Alkohol hingegeben. Alle lachen sie, kichern, grölen. Viel zu laut. Gänsehaut auf meinen Armen. Auch mein Körper signalisiert mir zu fliehen.

Im Tanzsaal ist es nicht besser. Ein einziges Gedränge. Ich werde von einem tanzenden Paar umgerissen, pralle gegen einen Mann mit blauer Haut. Murmle eine Entschuldigung. Er schüttelt nur verwirrt seinen Kopf. Ich ergattere eine freie Ecke. Ein Ort, wo ich einfach nur die tanzenden Paare beobachten kann und selbst aus der Schusslinie bin. Ich entdecke Marla auf der anderen Seite des Saals, will mich aber nicht aus meiner schützenden Ecke lösen.

Eine Stunde noch. Eine Stunde halte ich noch aus. Dann kann mir morgen niemand vorwerfen, ich hätte mich zu früh verdrückt.

Marla verschwindet aus meinem Blickfeld. Ein junges Piscarienpärchen schiebt sich vor sie. Jetzt lichtet sich die Menge. Die Tanzenden weichen wie von unsichtbaren Fäden gezogen auseinander, merken es nicht einmal. Völlig selbstverständlich.

Er steht da. Lehnt an der Wand. Schaut direkt zu mir herüber. Grüne Augen. Den Kopf leicht gesenkt. Nur mir gilt sein Blickt. Er fixiert die Beute. Weiße, blitzende Zähne, als er lächelt. Ein kalter Schauer rinnt mir den Rücken hinab. Zittere ich etwa?

Dann ist der Moment vorbei. Die Schneise schließt sich wieder, die Paare bewegen sich wieder durch den Raum, gleiten aneinander vorbei. Verschwunden. Meine Augen starren noch in die Richtung, in der er gestanden hat. Finden ihn nicht mehr. Mein Puls pocht so stark, dass ich die Schläge regelrecht spüren kann. Ein Moment, der nur uns beiden gehörte. Habe ich mir das gerade nur eingebildet?

»Ich hätte nicht gedacht, dass du diesen Ball mit deiner Anwesenheit bereicherst. Ich hatte es nur gehofft.«

Ich erschrecke so, dass ich regelrecht zusammenzucke. *Er* grinst nur genüsslich. Wie konnte er sich so an mich heranschleichen?

»Nenn mir einen Grund, warum ich hier nicht hingehen sollte.«

»Weil du Angst vor mir hast.«

»Angst?«, fauche ich. »Vor dir?«

»Mach dir nichts vor. Dein Körper verrät dich.«

Fassungslos schüttle ich meinen Kopf. Gut sieht er aus. Zweifelsfrei. Ein Anzug wie angegossen. Perfekt umspielt er seine breiten Schultern. Ungewohnt, so ohne lässiges Achselshirt.

»Du hast es dir ja anscheinend zum Hobby gemacht, mir aufzulauern«, weiche ich aus. Stur blicke ich vor mich, so als würde mich das Geschehen auf der Tanzfläche wirklich interessieren. In Wahrheit kann ich ihm einfach nicht in die Augen sehen. Warum, muss ich noch herausfinden.

»Oder andersherum.«

»Träum weiter.«

»Wer ist damals einfach in unserem Waldstück aufgetaucht? Du oder ich?« Er lehnt sich dicht neben mich an die Wand. Ich erstarre.

»Was willst du von mir?« Sein Gesicht ist viel zu nah an meinem.

»Schenk mir einen Tanz.«

Ich mache einen Schritt zurück. Er kommt mir nach.

»Einen Tanz?«, stottere ich.

»Einen Tanz.«

»Niemals.« Ich will gehen, doch er hält mich am Arm fest. Jetzt bereue ich, dass ich nicht nach Laurin gesucht habe.

»Bitte. Nur einen einzigen.«

»Da müsstest du mich schon zwingen.«

»Kein Problem.« Sein Griff um meinen Arm wird fester. Seine Augen suchen die Menge ab, finden Marla. »Da drüben steht deine Ziehmutter, nicht wahr?«

»Lass sie aus dem Spiel!«, fauche ich. Mein Herz rast. Vor Wut. Vor Hass. Vor Ohnmacht.

»Wie wäre es mit Kopfschmerzen?« Er zieht seine Augen zu Schlitzen, fixiert Marla. Im selben Moment fasst sie sich an die

Schläfen. Sie sucht nach Almaras, findet ihn. Er legt ihr beunruhigt eine Hand auf den Bauch.

»Ist ja gut! Hör sofort auf!« Ich schlage nach ihm, treffe ihn am Bauch. Wie Stahl.

»Sehr schön.« Er hält mir seinen Arm hin, damit ich mich einhaken kann. Ich ignoriere diese Geste. »Ich bin übrigens Emilian«, stellt er sich vor.

»Interessiert mich einen Scheißdreck.«

»Redet man so auf einem Ball?«

Er macht sich eindeutig über mich lustig. Innerlich schäume ich über vor Beschimpfungen, die ich ihm am liebsten an den Kopf werfen würde. Doch ich schlucke sie herunter. Eine nach der anderen. »Wenn du denkst, dass ich mich hier vor allen zum Deppen mache, dann täuschst du dich«, antworte ich stattdessen und verschränke trotzig meine Arme vor der Brust.

»Dass du es mir nicht leichtmachen würdest, wusste ich schon vorher.« Jetzt lächelt er wieder. Ein schiefes Lächeln. »Deshalb habe ich ein paar Vorkehrungen getroffen.« Für ihn ist das alles hier einfach. Ich weiß ja nicht einmal, was diese Show hier soll.

»Ein paar Vorkehrungen?«, frage ich. Mir fällt auf, dass mein Zittern aufgehört hat. Mein Atem ist ruhig. Mein Puls hat sich wieder eingependelt.

»Vertraust du mir?«, fragt er zurück.

Die Musik ist verstummt. Oder nein, sie spielt noch. Ich höre sie nur nicht mehr. Als wäre ich in einer komplett anderen Sphäre. Weggetrieben, ohne es zu merken.

»Dir vertrauen? Soll das ein Witz sein?«

»Du hörst auf deinen Kopf. Nicht auf dein Herz.«

Jetzt lache ich. Ein fassungsloses Lachen. Ich weiß nicht einmal, was er mir damit sagen will. Schüttle meinen Kopf, fahre mir durchs Haar. Hole tief Luft. Jetzt zittert mein Atem wieder. In meinen Augenwinkeln sammelt sich Flüssigkeit. Zu viele Gefühle. Gefühle, die ich nicht zu deuten weiß. Ein Chaos, das ich nicht mehr durchschauen kann.

»Hab ich denn eine Wahl?«

»Nein«, antwortet er ruhig.

Diesmal hält er mir seine Hand hin. Zögernd nehme ich sie. Spüre die Wärme. Spüre, wie seine Finger sich um meine schließen. Jetzt würde ich mir wünschen, dass er mich ansieht. Um in seinen Augen seine Gedanken lesen zu können. Aber er sieht in die Menge. Sieht jemand anderes an.

Laurin. Seine Wangen und seine Augen leuchten. Er sieht gelöst aus, genießt das Fest, den besonderen Abend. Er hat den obersten Knopf seines Hemds geöffnet. In seiner Hand hält er ein volles Champagnerglas. Jetzt legt sich ein Schatten über seinen Blick. In seinem Gesicht spiegelt sich Unverständnis. Ich kann auf seiner in Falten gelegten Stirn lesen, was in seinem Kopf vorgeht. Er starrt mich an, als wäre ich eine fremde Person.

Emilian zieht mich von meiner Ecke fort. Emilian heißt er. Jetzt kenne ich seinen Namen. Ich folge ihm wortlos. Lasse mich von ihm führen.

Er lotst mich durch die Menge, den Raum mit all den Köstlichkeiten, den Eingangsbereich. Durch eine Seitentür hindurch. Niemand beachtet uns. Und doch meine ich, Blicke in meinem Rücken zu spüren.

Die Tür führt in einen Flur. Sehr edel für eine Firma. Ebenfalls aus weißem Marmor. Erst jetzt bekomme ich eine Ahnung, wie viel Geld die Tauren wirklich haben. Elegant schlicht ist es hier, geschlossene Bürotüren mit goldenen Namensschildern. Ein paar Gemälde von Landschaften. Das war's.

Emilian führt mich weiter. Führt mich zu einer gläsernen Tür am Ende des Gangs. Öffnet diese.

Wir stehen auf einer riesigen Terrasse. Eine Terrasse, umgeben von einer Wiese. Über uns Sternenhimmel. Exotische Pflanzen, die sich an der Wand des Gebäudes hochschlängeln. Leider kann ich im spärlichen Licht nicht all ihre Pracht erfassen. Licht von weißen Kerzen, die in einer langen Reihe aufgestellt sind. Mitten in der Stadt. Ich frage gar nicht, wie das möglich ist.

Emilian führt mich weiter hinaus auf die Terrasse, wie selbstverständlich lasse ich mich von ihm leiten. Die Flammen der Kerzen flackern, als ich an ihnen vorbeigehe. Mystisch, wie sie sein Gesicht von der Seite erhellen. Goldenes Licht auf brauner Haut.

Wunderschön.

Wie durch Magie erklingt Musik. Ein ruhiges Gitarrenstück. Melodisch, verträumt. Mein Körper ist wie aus Wachs. Ich bin nicht mehr fähig, mich zu kontrollieren, mich dem Zauber zu widersetzen.

Immer noch hält er meine Hand. Zieht mich sanft an sich. Jetzt sieht er mich an. Undurchdringlich. Warm. Ein leichtes Lächeln. Wie kann ich nur vergessen, was er ist? Wer er ist!

Aber auf einmal ist da nur jemand, in dessen Augen ich versinken möchte. Diese schwarzen Wimpern. Diese perfekte, gerade Nase. Diese sanft geschwungenen Lippen. Emilian.

Er legt seine freie Hand auf meinen Rücken. Ich straffe meine Schultern, presse mich damit unwillkürlich noch enger an ihn. Jetzt habe ich wirklich Angst. Angst, etwas falsch zu machen. Ich kenne das hier nicht. Kenne nur Laurin und die Männer aus der Siedlung. Mit ihnen kann ich umgehen. Mit ihnen fühle ich mich sicher. Jetzt fühle ich mich wie in einem fremden Land. Als müsste ich eine Sprache sprechen, die ich nicht beherrsche.

Ich schließe die Augen, lasse mich von der Musik einnehmen. Vergesse alles um mich herum. Mit ihm tanze ich, als hätte ich nie etwas anderes getan. Er führt mich, hält mich sicher in seinen Armen. Ich weiß, dass er mich ansieht. Dass das meine Chance wäre, ihn ebenfalls anzusehen. In seine Augen zu schauen und darin zu lesen. Aber ich kann nicht. Als hätte ich Angst vor dem, was ich darin erkennen könnte.

Er beugt sich leicht vor. Sein Kinn berührt jetzt meine Wange. Dem Feind so nah.

»Du zitterst ja gar nicht mehr«, sagt er.

Ich antworte nicht. Versuche, irgendwie ruhig zu bleiben. Das alles ist völliger Wahnsinn! Jeden einzelnen seiner Atemzüge kann ich spüren. Mir kommt das Bild meiner Mutter in den Kopf. Aus ebendiesem Grund wurde sie umgebracht. Ich sehe Laurin. Das Unverständnis, die Fassungslosigkeit, in seinem Blick, als er uns beide zusammen gesehen hat.

Alles zu viel. Ich entwinde mich Emilians Griff. Leichter, als ich gedacht hätte. Er zwingt mich nicht, bei ihm zu bleiben. Lässt mich gehen. Sagt nicht einmal etwas.

Ich renne den Flur entlang. Ein Wunder, dass ich auf den Schuhen nicht umknicke und mir die Knöchel breche. Ich reiße die Tür zur Eingangshalle auf, haste hinein. Mische mich unter die Leute. Ich hoffe, Almaras und Marla oder Laurin zu finden. Doch ich kann sie nirgends entdecken. Wie vom Erdboden verschluckt. Titus finde ich inmitten einer Gruppe von Acuarierdamen. Aber ich will meiner Familie zumindest Bescheid sagen, dass ich nach Hause verschwinde. Es hier nicht mehr aushalte. Keine Luft mehr bekomme. Ich suche und suche. Ich finde sie nicht.

Dann sehe ich ihn. Emilian. Wie er mit der rothaarigen Schönheit, mit der ich auf der Toilette die Ehre hatte, nur ein paar Schritte von mir entfernt an der Bar steht und mit Sekt anstößt. So, als wäre nichts gewesen. Mein Herz setzt einen Schlag aus. Jetzt fühle ich mich wirklich elend. Ich bleibe stehen, starre die beiden an, obwohl ich mich damit nur selbst verletze. Anscheinend verhalte ich mich auffälliger, als mir lieb ist, denn jetzt taucht hinter Emilian ein junger Mann auf und zeigt direkt auf mich. Unsympathisch, mit seinen blonden, zurückgegelten Haaren und den stechend blauen Augen. Unverkennbar ein Taurer, so breit, wie sein Rücken ist. Er klopft

Emilian auf die Schulter, lacht. »Mit Frauen konntest du ja noch nie umgehen.«

Emilian erwidert nichts. Sieht mich einfach nur an mit diesem Gesichtsausdruck, der keinerlei Gefühle offenbart. Die rothaarige Schönheit an seiner Seite lacht. Lacht über mich.

Ich will nur noch nach Hause. Erhobenen Hauptes und so aufrecht wie möglich versuche ich, das Gebäude zu verlassen.

HELD

Jetzt hat es auch noch angefangen zu regnen. Erst ganz leicht, dann immer stärker. Die Tropfen prasseln nur so herab. Ich bleibe stehen und ziehe die Schuhe aus. Ich bin völlig durchnässt. Das Kleid klebt an meinem Körper. Meine Haare kleben mir im Gesicht.

Die Fackeln, die Jendrik am Wegesrand aufgestellt hatte, sind alle erloschen. Bei dem Regen sind es ab hier bestimmt noch gut zwanzig Minuten bis nach Hause. Ich könnte rennen. Aber das ist gefährlich, wenn man nichts sieht. Und jetzt, wo sich alles in mir überschlägt, kann mich auch der Wald nicht leiten. Ich spüre ihn nicht.

Wenn ich nicht den Weg nehme, sondern mitten durch den Wald laufe, wäre ich viel schneller. Bräuchte vielleicht gerade einmal zehn Minuten bis zur Siedlung. Mehr nicht. Ich verlasse mich darauf, dass ich den Wald gut genug kenne, um mich auch nachts darin zurechtzufinden. Ein Licht bringe ich nicht zustande. Mehrmals versuche ich es. Aber irgendwie will es mir einfach nicht gelingen. Mein Kopf ist leer, meine Konzentration dahin. Allein meine Instinkte sind hellwach.

Mühsam taste ich mich voran, erspüre Wurzeln erst im letzten Augenblick. Das weiche Moos zeigt mir, wohin ich meine Füße setzen muss. Weist mir die Richtung nach Hause. Ich schlage Äste aus meinem Weg, fahre mit meiner Hand wie eine Blinde über die Rinde der Bäume. Sie flüstern mir, wie ich laufen muss. Rote Augen blitzen mich aus der Dunkelheit heraus an. Als ich mich ihnen nähere, sind sie verschwunden. Tiefdunkle Nacht. Nur selten schiebt sich der silberne Mond durch die dichte Wolkendecke.

Angst habe ich keine. Müde bin ich. Aufgewühlt.

Meine Finger gleiten über den rauen Baumstamm einer Tanne. Es kitzelt mich. Ein schwacher Stromschlag fährt durch meinen Körper. Eine Warnung. Irgendetwas stimmt nicht. Ich habe nicht aufgepasst. Wie so oft in letzter Zeit.

Ich bleibe stehen und blicke mich um. Ein Knacken. Dann wieder Stille. Jetzt höre ich jemanden atmen. Ganz nah. Er ist nicht allein. Sie sind zu mehreren. Wer sie sind, weiß ich nicht.

Ich zögere nicht lange und renne. Renne, so schnell ich kann. Ich bin im Vorteil, weil der Wald mich leitet. Bestimmt sind es Tauren. Vielleicht ist es sogar Emilian. Um die alte Rechnung zu begleichen.

Ja, es sind Tauren. Kräftige Körper, die durch den Wald pflügen. Schwere Schritte, die auf dem Boden donnern. Heißer Atem. Viel zu nah. Die Bäume ziehen mich, treiben mich an. Der Boden ist auf meiner Seite. Ebnet mir den Weg. Ich renne, keuche, renne. Doch sie sind immer noch viel zu nah.

Ich schlage einen Haken. An einer Tanne vorbei. Unter den herabhängenden Blättern einer Eiche hindurch. Halte mich an ihrem Stamm fest, schwinge mich herum. Renne weiter. Riskiere einen Blick nach hinten. Gerade als die Wolkendecke aufreißt und der Mond Licht spendet. Silbernes Licht. Magisch.

Es sind Emilians Freunde. Natürlich. Dann ist er sicher auch selbst dabei. Bittersüße Rache.

Mit einem Mal wird mir bewusst, dass ich nicht einmal in unsere Siedlung kann. Was, wenn sie mir bis dorthin folgen? Marla bedrohen, Minna etwas antun? Das kann ich nicht verantworten.

Ich weiß nicht, wohin. Allein auf meine gute Kondition kann ich bauen. Darauf, dass ich länger aushalte als sie.

Dann merke ich, dass tatsächlich mein Vorsprung wächst. Einer von ihnen ruft seinen Freunden zu: »Lasst uns umkehren. Die Kleine können wir uns auch noch ein anderes Mal gönnen.«

Ich grinse, erlaube mir jedoch noch nicht, langsamer zu werden. Was, wenn es eine Falle ist? Nein, sie kehren um. Insgesamt vier an der Zahl. Was hätten sie mit mir gemacht?

Ich höre nicht auf zu rennen. Werde unachtsam. Ein Fehler. Ich sehe den roten Punkt am Baum nicht. Eine von Jendriks Fallen, die er so gerne stellt. Fallen für Tiere, aber auch für herumstreunende Tauren. Jetzt erwischt sie mich.

Eine Falle, gemacht für Bären. Die Klinge schnappt zu. Gräbt sich tief in mein Fleisch. In meinem Knöchel. Ich schreie vor Schmerz. Hoffe, dass sie es nicht hören und umkehren.

Sie kehren nicht um. Ich sinke auf den Boden. Kaum fähig, mich zu rühren, zu atmen, meine Augen offen zu halten. Warmes Blut rinnt meinen Fuß hinab. Im schwachen Licht des

Mondes schimmert die tiefrote Farbe ein wenig silbrig. Was hat Almaras mir gesagt? Was soll ich tun, wenn genau das einmal passieren sollte? Seine Worte sind wie ausgelöscht. Ich spüre nur den Schmerz. Mit Macht frisst er sich durch meinen Körper. Als würden die scharfen Zacken sich mit jedem Herzschlag noch tiefer in meinen Knöchel graben.

Mir wird schwindelig. Der Wald verschwimmt vor meinen Augen. Meine Lider flattern. Soll das mein Ende sein?

Wieder ein Knacken. Ein schweres Atmen. Jemand schiebt Äste auseinander. Sie kommen doch zurück, um ihr Werk zu beenden. Jetzt bin ich leichte Beute.

Ich werde ganz ruhig. Schließe meine Augen und warte. Der Wind fährt durch die Bäume, versucht, mich zu beruhigen. Beinahe entspannt bin ich. Jemand flucht. Erst jetzt fällt mir auf, dass sie offenbar nicht mehr zu viert sind. Hoffnung keimt in mir auf. Das sind nicht sie. Laurin!

Ich versuche, etwas zu erkennen, mich aufzurichten, kann mich jedoch vor lauter Schmerz kaum bewegen. Mein Kopf dröhnt, dann verschwimmt alles vor meinen Augen.

Er streicht über meine Wange. Liebevoll. Warm.

»Jetzt wird alles gut. Ich hab dich«, flüstert er. »Hab keine Angst.«

Er hebt mich hoch. Trägt mich auf seinen Schultern durch den Wald. Alles, was ich noch wahrnehme, ist das Schlagen seines Herzens.

PAKT

Mein Kopf brummt, als würde eine Schar Hummeln darin nisten. Meine Augenlider sind zentnerschwer. Nur mühsam kann ich mich dazu zwingen, wenigstens kurz zu blinzeln.

Ich liege auf einer Pritsche. Nicht in meinem Bett. Herbe Kräuter. Ein Büschel hängt direkt über meinem Kopf. Schalen, Töpfe, Gefäße überall. Dunkle Holztruhen, bunte Tücher. Der schwere Geruch von Weihrauch. Wenig Licht. Müde Schritte, die über den Boden schlurfen. Meine Arme zittern, als ich mich aufzurichten versuche. Aber es gelingt mir. Salomé kommt auf mich zu, eine Schale mit einer dickflüssigen Masse in der Hand. »Na endlich. Ist schon bald Mittag«, murrt sie.

»Mittag?«, stammle ich verwirrt und fasse mir an meinen brummenden Schädel. »Warum bin ich hier?«

Salomé verteilt die grüne Masse großzügig auf meinem Bein. Ein angenehmer Duft nach Rosmarin und irgendeinem süßlichen Kraut steigt in meine Nase. »Weißt du das nicht mehr? Gefunden hat man dich. Im Wald. Schlimme Sache.«

Bilder blitzen in meinem Kopf auf. Kurze Sequenzen. Viel zu schnell. Der Ball. Nacht. Wald. Ich renne. Die Falle.

Kinder rufen sich draußen etwas zu, ich meine, unter ihnen Flora zu hören. Ihre Stimmen reißen mich aus meinen Gedanken. »Wie bin ich hierhergekommen?«

»Willst du nicht erst einmal wissen, wie es deinem Bein geht? Die ganze Nacht hab ich daran gesessen!«, grummelt sie. Sie feuchtet in einer Schüssel mit klarem Wasser ein Tuch an und presst es anschließend auf mein Bein.

»Entschuldige. Natürlich. Kann ich bald wieder auftreten?«

»Was ist das denn für eine Frage?! Hast du jemals irgendjemanden aus Salomés Hütte kommen sehen, der nicht wieder richtig laufen konnte?«, empört sie sich so laut, dass ich zusammenzucke. Lautstärke verträgt mein Kopf nicht.

»Vielen Dank, Salomé. Du bist die Beste!«

»Nur ein wenig schonen. Nicht rennen. Lass den Umschlag am besten heute noch drauf. Kann nicht schaden. Und jetzt Abflug! Ich hab Schlaf nachzuholen.«

Irgendwie schaffe ich es, von der Pritsche aufzustehen. Es zieht in meiner Hüfte. Auftreten kann ich jedoch ohne Probleme. Ich bin schon fast draußen, als ich mich doch noch einmal umdrehe und Salomé frage: »Wer hat mich hierhergebracht?«

»Keine Ahnung. War tiefe Nacht. Eben meinte Donia, dass es Laurin gewesen ist. Ein junger Bursche auf jeden Fall.«

Ich werfe ihr eine Kusshand zu. Etwas, was ich normalerweise nie tun würde. »Danke, Salomé.«

Ich suche Laurin als Erstes in seinem Haus. Keine Spur von ihm. Sein Bett hat er noch nicht gemacht. Die Decke liegt auf dem Boden, das Kissen ist gegen die Wand geschoben. Vielleicht ist er gerade im Waschhaus. Ich bleibe vor dem Gebäudeteil für Männer stehen und lausche. Stille.

»Laurin?«, rufe ich. Keine Antwort.

Ich mache mich auf den Weg zum Kochhaus, doch nach der Leere in unserer Siedlung zu urteilen, scheine ich irgendetwas verpasst zu haben. Vielleicht sind die Männer im Wald oder am Fluss fischen. Nicht einmal welcher Tag heute ist, will mir einfallen.

Nur Donia finde ich vor. Sie knetet auf der Anrichte Teig. Ihr Gesicht ist vom Mehlstaub ganz weiß. Als sie mich bemerkt, lässt sie ein paar Sekunden von dem Teig ab, mustert mich mit ihren klugen Augen und setzt dann ihre Arbeit fort.

»Da ist ja unser Unglückskind. Wie geht es dir?«

Ich zucke mit den Schultern. »Ganz gut. Weißt du, wo Laurin ist?«

Donia teilt den Teig in zwei Hälften und formt aus beiden runde Laibe. »Ist heute nicht Schule?«

Mist. Die Tauren mögen es überhaupt nicht, wenn man ihre Selbstanbetungskurse verpasst. »Bist du sicher? Am Tag nach dem Ball?«

Sie schlitzt mit dem Messer ein Kreuz auf die beiden Brote und schiebt sie anschließend schwungvoll auf eine große Holzschaufel. Eine Bäckerin wie aus dem Bilderbuch. »Zumindest ist heute Morgen eine Horde Kinder in die Stadt aufgebrochen. Er begleitet sie doch manchmal, damit sie nicht alleine durch den Wald laufen müssen. Einen Ausflug machen sie bestimmt nicht.«

Sie verzieht nicht einmal ihr Gesicht, als sie die beladene Schaufel hochwuchtet und zum eingeheizten Steinofen hinüberträgt. Mit einem geübten Ruck lässt sie die beiden Brote auf den Stein rutschen. Donia lächelt zufrieden. »Wenn Laurin mit den Kleinen in der Schule war, dann wird er ohnehin jeden Augenblick nach Hause kommen.«

Als ich das Kochhaus verlasse, ruft mir Donia noch etwas hinterher. »Ganz schön mutig, dein Laurin!«

Ja. Ich nicke, hebe die Hand zum Gruß. Seiten, die ich an Laurin so noch nicht kannte. Seinen Heldenmut, nachts im Wald nach mir zu suchen. Seine Kraft, mich nach Hause zu tragen. Sehnlichst erwarte ich ihn, um ihm zu danken. Um ihn zu fragen, wie er mich überhaupt gefunden hat. Warum er mich vermisst und nach mir gesucht hat.

Ich schiebe meine Hände in die Hosentaschen. Ein sonniger Tag, den ich zur Hälfte verpasst habe. Ein Tag, den ich genießen sollte. Wie neugeboren fühle ich mich. Obwohl die Nacht so schrecklich war. Ich halte mein Gesicht in die Sonne, lausche dem Rauschen des Waldes.

»Gute Besserung, Robin!«

Margret. Jendriks Frau. Ich mag sie nicht besonders, danken muss ich ihr dennoch.

»Wer hätte gedacht, dass Laurin so mutig ist?« Sie stützt den Wäschekorb an ihrer breiten Hüfte ab und marschiert schnellen Schrittes an mir vorbei. Jeder weiß also schon von meinem Unfall. Und von meiner Rettung.

Kinderstimmen, ganz in der Nähe. Aus dem Wald. Ich fahre herum und erkenne Laurin, eine Horde aufgeregter Schüler hinter sich. Dunkle Augenringe, die Haare zerzaust, sein Hemd hängt aus der Hose. Er sieht erschöpft aus.

Ich renne auf ihn zu und werfe mich ihm, ohne groß nachzudenken, an den Hals. Salomé hat mir zwar ans Herz gelegt, nicht zu rennen, doch das ist mir in dem Moment egal. Laurin verschluckt sich vor Schreck, hustet. Die Kinder lachen. Er riecht nach Wald, aber auch noch nach dem Ball. Nach Rauch, Wein und Schweiß.

»Womit habe ich denn das verdient?«, lächelt er. Das Sonnenlicht blendet ihn. Er hält sich eine Hand an die Augen.

»Tu nicht so, du Held! Als ob du das nicht wüsstest!«

Laurin runzelt die Stirn und verzieht seinen Mund. Er sieht lustig aus, wenn er so tut, als sei er verwirrt. Aber Laurin war schon immer ein guter Schauspieler. Er erzählt den Kindern die Märchen nicht einfach nur, sondern untermalt dabei jedes seiner Worte mit entsprechenden Gesten und Grimassen. »Gerade weiß ich wirklich nicht, was du meinst.«

Ich zwinkere ihm zu. »Verstehe. Bescheiden warst du ja schon immer.«

Luzia, Margrets Tochter, zupft Laurin aufgeregt am Ärmel. Sie ist ein Jahr älter als Flora und muss deshalb bereits zur Schule. Ich verfluche den Tag, an dem Flora auf ihren Schultern ebenfalls einen dieser hässlichen grauen Rucksäcke tragen und sich frühmorgens von Marla verabschieden muss.

»Warum bist du ein Held?«, fragt Luzia.

Ich knie mich vor ihr auf den Boden. Meine nackten Zehen graben sich in die weiche Erde. Ein gutes Gefühl. Voller Leben. »Weil er mich gerettet hat. Mitten in der Nacht. Ich lag verletzt im Wald, und er hat mich gesucht und aus der Falle befreit.«

»Also … ich …«, stammelt Laurin. Er ist immer noch voll und ganz in seinem schauspielerischen Element. Vermutlich ist es ihm unangenehm, auf einmal so viel Aufmerksamkeit zu bekommen.

Luzia reißt erschrocken ihre Augen auf. »Echt?«

Ich streiche über ihr weiches, rötlich schimmerndes Haar. »Keine Furcht hatte er. Dafür aber Kraft wie ein Bär.« Mit einem Mal habe ich Angst, dass ich zu weit gehe, wenn ich den Kindern davon erzähle, wo doch Laurin nicht gerne darüber zu sprechen scheint. Aber ich bin einfach zu stolz.

Ein ehrfurchtsvolles Staunen geht durch die Gruppe kleiner Leonen. Sie tuscheln, halten sich an ihren Rucksäcken fest. Betrachten Laurin, als sei er eine Erscheinung. Ich muss lachen, als ich sein hochrotes Gesicht sehe. Verlegen hat er den Kopf gesenkt und die Hände in den Hosentaschen vergraben.

»Der?« Ein vorlauter Junge zeigt mit dem Finger auf Laurin. Apfelbäckchen und kugelrundes Gesicht voller Sommersprossen. Unverkennbar Beppo, der Sohn vom dicken Parl. »Der schreit doch sogar schon, wenn eine Spinne auf seinem Arm sitzt, hat mein Vater gesagt.«

»Alles nur Tarnung«, verteidige ich Laurin. »In Wahrheit hat er ein richtiges Löwenherz.«

Beppo wirkt immer noch nicht überzeugt, so wie er die Arme vor seiner Brust verschränkt. Eine Geste, die er sich gewiss von seinem Vater abgeschaut hat.

Laurin hat den Blick gehoben, schaut zu Beppo hinüber, sagt aber nichts, sondern verlagert nur sein Gewicht von einem

Bein auf das andere. In diesem Moment nähert sich uns eine Gruppe junger Leonen. Unter ihnen ist auch mein spezieller Freund Titus.

»Respekt, Laurin! Wer hätte das von dir gedacht!« Titus nickt anerkennend, und seine drei Begleiter machen es ihm nach.

Zunächst denke ich, dass Titus sich wie sonst gerne über Laurin lustig macht, doch dieses Mal scheint es ihm ernst zu sein. Im Vorbeigehen klopft er ihm auf die Schulter. »Wir gehen in den Wald, ein bisschen abhängen. Willst du mitkommen?«

Mich ignoriert Titus, was anderes hätte ich auch nicht erwartet. Aber die Tatsache, dass er Laurin fragt, etwas mit ihm und seinen supertollen Freunden zu unternehmen, ist eine noch nie dagewesene Ehre.

»Gerade ist es schlecht ...«, lehnt Laurin ab. Er wirft mir einen fragenden Blick zu, den ich nicht zu deuten weiß.

»Alles klar.« Titus wirkt zwar nicht sonderlich enttäuscht, doch ich bin mir sicher, dass sein Angebot ernstgemeint war. »Du kannst ja später nachkommen.«

Er wendet sich von uns ab und marschiert zielstrebig auf den Wald zu. Seine Begleiter folgen ihm brav. Im Gehen murmeln sie ehrfürchtig Dinge wie »voll mutig«, »Held« und »Respekt«.

»Seltsamer Tag heute.« Laurin kratzt sich am Kopf. Ganz langsam breitet sich ein Lächeln auf seinem Gesicht aus. Als er die bewundernden Blicke der Kinder bemerkt, glühen seine Wangen und Ohren, so als würde Feuer durch seine Adern fließen und kein Blut.

»Der ganze Stamm ist stolz auf dich«, sage ich, weil ich mir wünsche, dass Laurin es endlich versteht. »*Ich* bin stolz auf dich.«

»Also ... ich weiß nicht ...«, setzt Laurin wieder an, fährt sich mit den Fingern durch die Haare. »Ich hab doch ...«

Ich stehe vom Boden auf. Presse meinen Zeigefinger auf meinen Mund, um ihm so zu zeigen, dass er jetzt nichts mehr sagen soll. Die Bewunderung genießen soll, die er sich verdient hat. Ja, vielleicht habe ich ihn wirklich all die Jahre doch ein bisschen unterschätzt. Ich stelle mich auf die Zehenspitzen und drücke ihm einen Kuss auf die Wange. Die Kinder kichern, halten sich die Hände vor die Augen.

»Danke«, flüstere ich.

Der Tag vergeht viel zu schnell. Von Marla und Almaras keine Spur. Nur einmal sehe ich kurz Minna, wie sie Titus hinterherdackelt, als sei sie ein Hund. Titus scheint sie nicht einmal wahrzunehmen. Ich befürchte, bald schon ein ernstes Wörtchen mit ihr reden zu müssen. Von Jendrik erfahre ich, dass morgen bereits wieder Abgabetag ist. Deshalb sind so viele nicht in der Siedlung. Sie bereiten das Holz vor, ernten Kräuter. Beratschlagen, ob Almaras wieder alleine geht oder diesmal von jemandem begleitet wird.

Irgendwann sitze ich am Fluss. Warte darauf, dass die Dämmerung kommt und ich schlafen kann. Meine Knochen schmerzen, mein Körper ist erschöpft. Immer noch hängt mir die letzte Nacht nach.

Was, wenn die Tauren mich erwischt hätten? Keine Chance

hätte ich gegen sie gehabt. Wie dumm, einfach so in den Wald hineinzulaufen. Wäre ich auf dem Weg geblieben, wäre das vielleicht nicht passiert. Ich stelle mir vor, wie sie mich einkreisen. Wie sie immer näher auf mich zukommen. Mir meine Fluchtwege abschneiden. Die Gesichtsausdrücke. Kalt und emotionslos. Vielleicht auch gierig. Lüstern. Ihr Atem. Wie er sich in der kühlen Nacht zu einer grauen Wolke verwandelt.

Plötzlich schiebt sich noch ein anderes Bild in meine Gedanken. Ich sehe, wie ich mich umdrehe, ihnen finster entgegenblicke. Ich einen von ihnen töte, ohne mit der Wimper zu zucken. Reglos liegt er auf dem Boden. Die anderen weichen zurück und flüchten.

Entsetzt schüttle ich meinen Kopf. So etwas darf ich nicht denken! Ich töte nicht! Ich bin nicht wie sie!

Und was, wenn es eine Möglichkeit wäre? Die Möglichkeit, endlich unsere Sklaverei zu beenden? Ich könnte diese Gabe nutzen. Ich weiß nur nicht wie.

Ich greife nach einem Stein und werfe ihn ins Wasser. Ein junger Luchs taucht auf der anderen Uferseite auf. Ich bewundere seine starken Muskeln, das dichte Fell, die goldenen Augen. Ein paar Sekunden lang betrachtet er mich skeptisch. Überlegt, ob er mir trauen kann. Ich schließe meine Augen, zwinkere ihm kurz zu. Ein Zeichen unserer Verbindung. Er zwinkert zurück und wagt sich schließlich zum Wasser vor, um zu trinken. Fasziniert beobachte ich, wie die rosa Zunge sich aus seinem Mund schiebt und an dem Wasser leckt. Ein Kunstwerk von Tier.

Auf einmal schnellt sein Kopf nach oben. Er faucht. Sein Fauchen gilt nicht mir, sondern jemandem, den ich in derselben Sekunde bemerkt habe wie er. Jemand ist hier. Noch ist dieser nicht in meiner direkten Nähe, aber er wird bald kommen. Ich ahne bereits, wer es ist. Noch könnte ich fortrennen. Im Wald wäre ich schnell untergetaucht.

Aber ich bleibe. Warum, verstehe ich selbst nicht.

Der Luchs springt vom Wasser fort. Faucht noch einmal, diesmal in meine Richtung. Komm mit mir!, sagt er. Er zwinkert mir zu, ich zwinkere zurück. Gebe ihm zu verstehen, dass ich hier warten werde. Dass ich keine Angst habe. Kurz wartet der Luchs noch, dann verschwindet er im Dickicht des Waldes.

Keine zwei Sekunden später taucht Emilian neben mir auf. Ich muss nicht einmal aufschauen, um zu wissen, dass er es ist. Die Fische weichen zurück, verkriechen sich unter Steinen oder huschen zur anderen Uferseite. Eine ganz natürliche Reaktion.

»Was willst du?«, frage ich.

Er setzt sich neben mich. Ganz dicht. Mein Herz schlägt dumpf gegen meine Brust. Viel zu schnell. Als wollte es aus meinem Körper herausspringen. Er ist barfuß. Wie selbstverständlich krempelt er seine Jeans etwas hoch und streckt seine Füße ins Wasser.

»Was? Darf ich nicht auch hier sein?«

»Nein«, sage ich so fest wie nur möglich. »Das ist unser Teil des Waldes. Lasst uns wenigstens den.«

»So feindselig heute?« Seine Augen funkeln, er grinst. »Das sah gestern ja noch ganz anders aus.«

»Darf ich dich daran erinnern, dass du mich gezwungen hast, mit dir zu tanzen? Von freiwillig kann da nicht die Rede sein.«

Ich will aufstehen und gehen, doch er hält mich an meiner Hand fest. Ich erschrecke, erstarre in der Bewegung. Der Wind fährt durch die Bäume und bringt ihre Blätter zum Singen. Es ist ganz still geworden. Kein Vogelgesang, kein Rascheln der Eichhörnchen im Laub. Todesstille.

Nichts kann ich dagegen tun. Ich lasse mich einfach wieder auf den Stein sinken. Gehorche ihm. Kann ihn nicht ansehen. Was zur Hölle ist eigentlich los mit mir?

»Schade, dass du einfach so weggegangen bist. Hat dir das Tanzen denn nicht ein kleines bisschen gefallen?« Zuerst lächelt er, dann wird er ernst. Er fixiert mich, lässt mir keine Möglichkeit zur Flucht. Nimmt mich mit seinen grünen Augen gefangen. Meine Hände zittern. Ich schiebe sie unter meine Beine. Kann nicht von ihm fortsehen. Verdammt nochmal, ich muss mich konzentrieren. Aber ich kann keinen klaren Gedanken fassen. Vergesse, wo ich herkomme und wo ich hinwill. Er ist mir viel zu nah, jagt mir einen Schauer über meinen Rücken. Warum lasse ich das hier überhaupt zu?

»Wie geht es denn deinem Knöchel?«, erkundigt er sich. Fragend zieht er seine Augenbrauen hoch. Wenn ich jetzt nur in seinen Gedanken lesen könnte.

Ich runzle verwirrt meine Stirn. Keine Ahnung, woher er

das schon wieder weiß. Ein Beweis mehr für die totale Kontrolle der Tauren. »Ganz gut. Wenn Laurin mich nicht gerettet hätte, wäre ich vermutlich nicht hier.« Den letzten Satz sage ich mit besonders viel Nachdruck, will ihn all meine Verachtung für seinen Stamm spüren lassen. »Woher weißt du überhaupt davon?«

Auf einmal wendet er seinen Blick ab. Das Lächeln aus seinem Gesicht verschwindet. »Man bekommt halt so manche Dinge mit.«

Mir kommt ein schrecklicher Gedanke. Ich rutsche von ihm fort. Meine Muskeln spannen sich an, jederzeit dazu bereit wegzurennen. »Warst du ... Warst du dabei?«

»Was?«, platzt es aus ihm heraus. »Nein! Ich jage dich nicht! Ich dachte wenigstens, das hättest du inzwischen begriffen.«

Schweigen. Einen bitteren Geschmack habe ich im Mund. Als hätte ich ein schlechtes Gewissen. Dabei verstehe ich nicht einmal warum.

»Was willst du?«, frage ich noch einmal. Aber jetzt will ich etwas ganz anderes wissen. Meine Stimme ist zittrig. Nur ein Hauch. Mein Körper ist ruhig.

Er greift nach einem Ast. Ein Ast, so dick und schwer, dass es die Männer meines Stammes viel Anstrengung gekostet hätte, diesen überhaupt hochzuheben. »Lass mich dein Freund sein.«

»Du wirst niemals mein Freund sein.«

Er zerbricht den Ast. So als wolle er mir damit zeigen, wie viel Macht er besitzt. »Ich könnte dich zwingen.«

Ich lächle kalt. »Das ist keine Freundschaft. Das ist ...«

»Ich will, dass du mich kennenlernst«, unterbricht er mich.

Einen kurzen Moment lang ist es still zwischen uns. Mein Herz schlägt viel zu schnell. Aus Angst?

»Warum?«, hauche ich. Jegliche Kraft ist dahin.

»Mir genügen fünf Tage. Wenn du mich bis dahin nicht magst, lasse ich dich in Ruhe.«

»Was willst du?«, frage ich zum dritten Mal, diesmal mit fester Stimme.

»Dein Herz schlägt ja wie wild«, antwortet er nur. Er grinst. »Mach ich dich nervös?«

»Ich gehe keinen Pakt mit dem Teufel ein«, weiche ich aus.

»Ich bin der Teufel für dich? Wie schmeichelhaft«, lacht er. Dann steht er auf. Sein Geruch umfängt mich, Tannennadeln, Erde, warme Haut. »Also?«

Ich stehe ebenfalls auf. Strecke ihm meine Hand entgegen. Was auch immer ich da gerade tue, ich muss verrückt sein. »Abgemacht.«

Entgegen meinen Erwartungen lächelt er diesmal nicht. Er nimmt meine Hand, drückt sie. Hält sie. Sieht mir fest in die Augen. Hält meine Hand viel zu lange. »Abgemacht.« Er springt von dem Stein, dreht sich noch einmal um. »Morgen. Zwei Uhr. Selbe Stelle.«

Ohne ein weiteres Wort verschwindet er im Wald. Der Luchs taucht wieder auf der anderen Uferseite auf. Er setzt sich hin, fixiert mich.

Ganz leise höre ich ihn fauchen.

KONTROLLE

Sein Kopf ist die Hölle. Er brennt wie Feuer. Der Schmerz frisst ihn auf. Trotzdem hat er sich dazu durchgerungen aufzustehen. Jetzt steht er hier, in seinem Zimmer. Jegliches Licht gedämpft. Er blickt durch die getönten Scheiben, die Arme auf dem Rücken verschränkt. Schwach fühlt er sich. Er! Birkaras! Einst der stärkste Mann der Tauren!

Wie die Ameisen wimmeln seine Leute unten auf dem Platz herum. Ganz klein sehen sie aus. Von hier oben, seiner Felswohnung. Der Platz eines wahren Herrschers.

Die Tauren bereiten ihr Abendessen vor. Nur das Feinste. Rehfleisch, geräucherter Lachs, blutroter Wein. Selbst die Siedlung ist um ein Vielfaches herrschaftlicher als jene der Leonen. Weiße Kieselsteine anstelle von plattgetretenem Gras. Keine kleinen Hütten, in die sich ganze Familien quetschen. Nein, große Gebäude mit allen Finessen. Elegant angelegte Gärten, ein großer See zum Baden, sogar die Jugend fährt schon mit Jeeps herum. Und das alles mitten im Wald. Nur seine Wohnung übertrifft diese Pracht noch bei weitem. Ein Palast, in den Felsen eingelassen. Dunkel und kalt. Wie er es mag. Ein Palast aus Stein und Glas, der auch all seine direkten Untergebenen beherbergt. Es ist ihm bewusst, dass die Tauren ohne ein gewisses Maß an Luxus nicht leben können. Sie mögen das

Angenehme. Das, was das Leben schöner macht. Nur deshalb besetzen sie die Chefetagen der Firmen in der Stadt, kassieren all das Geld und machen sich die Menschen zu ihren ahnungslosen Handlangern. Menschen, die nie hinterfragen, weil sie ohnehin nur das tun, was ihnen ihre Chefs sagen oder irgendwelche Computer, die natürlich in den taurischen Firmen hergestellt werden. Über all die Jahre ist es den Tauren gelungen, das selbständige Denken der Menschen auszuschalten. Sie zu willenlosen Kreaturen zu machen. So sind sie einfach zu manipulieren. Der Rest der Welt bekommt davon nichts mit.

Leise lacht er in sich hinein. Ja, das ist Macht.

Die Tauren sitzen an den großen Tischen in der Mitte des Platzes und speisen gemeinsam. Lange Tafeln aus schwerem, schwarzen Marmor. Einer kommt zu spät. Er kommt aus dem Wald. Etwas erschöpft sieht er aus. Seine Freunde begrüßen ihn mit Handschlag, fragen, wo er gewesen sei. Er antwortet ausweichend. Bis hier oben ist ihm anzusehen, dass er etwas verbirgt.

Emilian. So viel könnte aus ihm werden. Der geborene Anführer. Schon seit Jahren beobachtet er ihn. Emilian ist so, wie er selbst früher war. Mutig, tapfer, selbstsicher. Überaus stark. Stärker als die anderen.

»Vincente«, ruft er. Sofort poltert jemand durch den Gang herbei. Ein Tölpel ist er, sein Berater.

»Ja, Herr?«

»Schaff mir den Jungen heran.«

»Welchen Jujujungen, Hhherr?«, stottert Vincente.

Langsam dreht er sich zu seinem Berater um. Ein einziger Versager. Was würde er alles tun, um endlich Respekt gezollt zu bekommen. Aber wie er schon dasteht. Krummer Rücken, die Hände verkrampft, sogar die Beine überkreuzt.

»Emilian natürlich. Der Rest interessiert mich nicht.«

Schon wieder hat er den Gedanken, seinen Berater einfach zu töten. Einfach so. Niemand würde etwas sagen. Er könnte sogar den halben Stamm umbringen, und alle würden schweigen. Weil er stark ist. Stärker als alle anderen. Zumindest war er das einmal. Aber diese Kopfschmerzen ... sie machen ihn schwach. Davon dürfen die Tauren niemals erfahren. Niemals!

»Jajajawohl, Herr. Ich eeeile.«

Er entschließt sich dazu, Vincente doch noch am Leben zu lassen. Er ist dumm. Er kommt nicht hinter sein Geheimnis. Außerdem wäre es anstrengend, einen neuen Berater zu suchen.

Er beobachtet, wie Vincente nach draußen eilt. Wie er so schnell all die Stufen hinunterrennen konnte, ist beinahe bewundernswert. Emilian hat sich gerade zu seinen Freunden gesetzt und sich ein Glas Wein eingeschenkt. Vincente tippt ihm auf die Schulter. Unwirsch dreht er sich um. Vincente sagt etwas. Emilian ignoriert ihn. Lacht mit seinen Freunden. Welch ein Augenschmaus!

Vincente versucht es erneut. Diesmal schafft er es, Emilians Aufmerksamkeit zu bekommen. Emilian steht auf, wirft einen Blick zu ihm nach oben. Zu seinem Herrscher. Zögernd setzt er sich in Bewegung.

Es dauert eine Weile, bis er vor ihm steht. Er hat sich also nicht beeilt. Das gefällt Birkaras.

»Ihr habt mich rufen lassen«, sagt Emilian schlicht. Ruhiger Atem. Selbstsicheres Auftreten.

Vincente steht daneben, greift sich an den Hals, so sehr keucht er. Vielleicht doch töten?

»Ich möchte etwas mit dir besprechen. Setz dich.« Er weist auf zwei schwarze Ledersessel in einer Ecke der vollkommenen Finsternis. Emilian zögert, folgt seinem Befehl jedoch.

»Ich bin kein Freund unwichtiger Details – deshalb werde ich direkt zum Thema kommen«, beginnt er seine Rede. Fasst sich dabei an die Kette an seinem Hals. »Das Mädchen gefällt dir, oder?«

Emilian erschrickt, versucht, es sich jedoch nicht anmerken zu lassen. »Welches Mädchen?«

»Überspringen wir den Teil, wo du so tust, als wüsstest du nicht, wovon ich rede. Du weißt, dass das, was du da machst, verboten ist?«

Emilian schweigt. Sieht ihn jedoch fest an. Was für ein starker Geist!

»Aber ich nehme es hin, dass du gegen die Gesetze verstößt.« Er fährt mit seinen runzeligen Händen über das weiche Leder des Sessels. »Weil es gut ist, sie im Auge zu behalten. Weißt du warum?«

Emilian schüttelt den Kopf. Birkaras zögert den Moment der Wahrheit hinaus. Genießt diesen Augenblick.

»Weil sie stark ist. In ihr liegt die Gabe des Tötens. Stärker ausgeprägt als bei den meisten Tauren ... Aber sie kann damit nicht umgehen, wie auch? Gelernt hat sie es nie.«

Emilian sagt nichts. Jetzt würde Birkaras gerne in seinen Kopf sehen können. Hinter diese kontrollierte Maske. Nicht einmal ein kleiner Finger zuckt.

»War's das?«, fragt Emilian schließlich und erhebt sich einfach aus dem Sessel.

»Ja, das war's. Erst einmal.«

Emilian verschwindet mit wenigen Schritten aus dem Raum, rammt dabei beinahe den immer noch keuchenden Vincente aus dem Weg. Birkaras lächelt. Ja, Emilian könnte sein Sohn sein. Die ganze Art, das Auftreten. Alles erinnert ihn an ihn selbst, so wie er früher war. Nur, dass sich diesmal die Geschichte anders entwickeln wird.

LEHRMEISTER

Am nächsten Tag wartet Emilian bereits auf mich. Ein schöner, sonniger Tag. Warm, weshalb ich mich heute ebenfalls für ein kurzärmliges T-Shirt entschieden habe. Weiß und schlicht. Im Partnerlook mit ihm. Ich könnte lachen, so absurd ist das.

Jedes Mal aufs Neue bin ich erschüttert, wie leblos der Wald wird, wenn er auftaucht. Als wolle der Wald sich verstecken. So wenig Aufmerksamkeit wie möglich erregen. Nicht einmal ein Blatt löst sich vom Ast und segelt hinab. Kein einziger Tannenzapfen fällt zu Boden. Selbst das Knarzen der Bäume ist verstummt. Merkt er das nicht?

Wir befinden uns an einer der schönsten Stellen im Wald. Weitläufig, eben. Wenige Bäume. Weiches Moos. Lichtdurchflutet. »Also, was machen wir?«, frage ich. Ich halte mein Gesicht in die Sonnenstrahlen, die durch das Geäst brechen.

Der Fluss rauscht nur wenige Meter von uns entfernt. Ich hätte Lust, meine Füße ins Wasser zu tauchen. Mir fällt wieder auf, dass Emilians Haut eine besonders schöne Bräunung hat. Warm, leicht golden, wenn die Sonne daraufscheint.

»Wir trainieren«, antwortet er nüchtern und beginnt demonstrativ, seine Armmuskulatur zu dehnen.

»Wir trainieren?« Ich bin mir nicht ganz sicher, ob ich ihn richtig verstanden habe.

»Richtig.« Er zieht sich das Shirt über den Kopf. Als gäbe es nichts Normaleres auf der Welt.

Ich starre den Boden an. Moos. Ganz kleine Blättchen, die aussehen wie Sterne. Zarte, weiße Blüten, die mühsam ihre Köpfchen ans Licht geschoben haben.

»Soll ich mein Shirt auch ausziehen?«, frage ich scherzhaft.

Er lacht. »Ich hätte nichts dagegen einzuwenden.«

Mit einem Mal wird mir bewusst, dass ich gerade herumalbere. Mit einem von *ihnen*!

»Was trainieren wir eigentlich? Und warum?«, frage ich ausweichend. Wenigstens reiße ich mich jetzt zusammen.

»Suchst du irgendetwas, oder warum starrst du so krampfhaft den Boden an?« Er lässt seine Finger knacken, lacht.

Ich lege meinen Kopf schief, verziehe meinen Mund zu einem ironischen Grinsen. »Keine Antwort auf meine Frage.«

»Ganz zufälligerweise weiß ich von deiner ...« Er zögert. »*Gabe.*«

»Du ... du weißt ... wie?« Ironischerweise fällt mir erst jetzt wieder ein, dass er mich töten könnte. Jetzt, wo ich mich ihm selbst ausgeliefert habe. Ist er nur deshalb hier? »Wer weiß noch davon?«

»Nur einer. Mach dir keine Sorgen, niemand will dir irgendetwas tun. Keiner weiß, dass ich hier bin.«

Wirklich beruhigt bin ich nicht. Was, wenn er mich anlügt? Wenn das hier eine Falle ist? »Und warum willst du mich trainieren? Ich bin der Feind ...«

»Mag sein, dass du mich als deinen Feind ansiehst. Ich sehe

dich aber nicht als meinen Feind an. Also, willst du nun, dass ich dich trainiere oder nicht?«

Ich zögere, stehe da wie eine Statue. Am liebsten würde ich einfach nur fort von hier. Mich in mein Bett verkriechen oder mich von Donia bekochen lassen. Keine Entscheidung treffen müssen. Ratlos – absolut ratlos bin ich. Ich will nicht lernen zu töten. Andererseits wäre das ein Vorteil. Ein vielleicht entscheidender Vorteil.

»Ich weiß, dass du nicht töten willst«, sagt er, als hätte er meine Gedanken gelesen. »Das weiß ich. Aber du musst damit umgehen lernen. Ansonsten verletzt du noch jemanden, den du liebst. Willst du das?«

Stumm schüttle ich meinen Kopf. Er nickt. »Deshalb bringe ich dir bei, wie du dich kontrollieren kannst.«

»In Ordnung«, sage ich schließlich. »Wo fangen wir an?«

»Wie hast du es damals gemerkt?«

Nur ungern erinnere ich mich an diesen Moment. Viel Kraft hat es mich gekostet, ihn zu verdrängen. Jetzt muss ich ihn akzeptieren. »Ich war ziemlich durcheinander an dem Tag. Vollkommen überfordert. Ich bin in den Wald gelaufen, war mit meinen Gedanken komplett woanders.«

Emilian blickt auf den Boden, als wisse er, dass er einen entscheidenden Teil dazu beigetragen hat.

»Dann war da plötzlich dieses Geräusch«, fahre ich fort. »Ich dachte zuerst, dass mich jemand verfolgt. Das Reh brach aus dem Dickicht hervor, und im nächsten Moment lag es schon tot auf dem Boden. Ich konnte es gar nicht steuern.«

Er nickt. »Verteidigung. Angst. Hattest du Schmerzen dabei?«

»Schmerzen?«

»Kopfschmerzen oder Bauchkrämpfe?«

Ich schüttle den Kopf. Verwirrt weicht er meinem Blick aus, streicht sich über den Nacken. »Das ist seltsam. Du scheinst etwas Besonderes zu sein.«

Verlegen betrachte ich meine Stiefel. Mit einem Mal ist mir ziemlich warm. Ich schiebe es auf die Sonne. »Und was schließen wir jetzt daraus?«

»Wir müssen es irgendwie schaffen, dass du deine Kräfte kennen- und einschätzen lernst. Damit du sie gezielt einsetzen kannst. Du bist vermutlich sehr stark, weißt es aber nicht.« Er stellt sich breitbeinig vor mich, spannt seine Bauchmuskeln an.

Ich hatte in unserer Siedlung schon oft das Vergnügen, nackte Männeroberkörper zu sehen. Aber nicht *solche*. Wie ein kleines Mädchen reagiere ich. Werde rot, zwinge mich dazu, ihm einfach nur in die Augen zu sehen.

»Schlag mich«, sagt er nur. Nichts passiert, er verdreht die Augen. »Heute noch. Schön in die Bauchregion. Und keine Scheu, wir wollen ja testen, was in dir steckt.«

»Ich dachte, du willst mir beibringen, meine Kräfte zu kontrollieren! Was soll das hier werden?«, weiche ich aus.

»Das gehört nun mal dazu. Du musst wissen, wie stark du wirklich bist, damit du deine Kraft auch richtig einsetzen kannst. Und wenn du mit deinem Geist deine Kraft kontrollieren willst, um nicht aus Versehen ein Leben auszulöschen, dann musst du erst einmal die Kontrolle über deinen Körper gewinnen. Außerdem kann es ja nicht schaden, wenn du nebenbei auch ein paar Tricks für den Zweikampf lernst, oder?« Er holt tief Luft, strafft noch einmal die Schultern. »Also, bitte heute noch.«

Zögernd nähere ich mich ihm einen Schritt, atme tief ein. Schlage zu. Ein jämmerlicher Schlag. Das hätte selbst die kleine Flora besser hinbekommen.

Er greift nach meiner Hand, zieht sie nach unten. Knapp über den Bauchnabel. Presst sie auf seine warme Haut. »Hier ungefähr. Da ist es besonders mies. Und diesmal bitte mit etwas mehr Anstrengung.«

Ich hole wieder aus. Wieder dasselbe. Meine Konzentration schwindet, sobald ich einen Blick auf seinen halbnackten Körper werfe. Dann noch die Kraft, die es mich kostet, nicht aus lauter Angst vor ihm davonzurennen …

»Da hat ja ein Eichhörnchen stärkere Armmuskeln«, zieht er mich auf. »Bist du sicher, dass du das Reh getötet hast, oder ist es vielleicht einfach nur umgefallen, weil es einen Lachanfall bekommen hat?« Amüsiert zieht er seine Augenbrauen hoch.

Warum tue ich mir das eigentlich an? »Sehr, sehr witzig«, sage ich nur. Versuche, mich zu beherrschen. Seine Scherze können mir nichts.

»Hat dir eigentlich schon mal jemand gesagt, dass du manchmal sehr maskulin wirken kannst?«

Ich hole aus und treffe genau auf die Stelle, die er mir gezeigt hat. Er taumelt zurück, presst seine Finger auf den Bauch. Keucht. Meine Hand schmerzt. Ich balle sie zusammen, versuche, nicht vor Schmerz aufzuschreien.

»Wow ...«, keucht er. »Das hat gesessen ...«

»Frag mich mal. Hättest du mir nicht sagen können, dass du keine Muskeln hast, sondern Stahlplatten?«

Er lacht. Im nächsten Moment stürmt er auf mich zu, wirft mich über die Schulter, presst mich zu Boden. Den einen Arm presst er auf meine Brust, mit dem anderen hält er mein Bein fest. »Na los, wehr dich.«

Ich weiß nicht, warum, aber ich habe keine Angst. Nicht die leiseste Spur. Ich suche in mir nach nur einem winzigen Funken Panik. Aber nichts.

Er lacht nur, als ich vergeblich versuche, nach ihm zu treten. Keine Chance. Irgendwann werde ich müde und gebe auf. Erst jetzt lässt er von mir ab. »Das müssen wir noch ein bisschen üben.«

Der Nachmittag ist schon fast vorbei. Ich habe gar nicht gemerkt, wie die Zeit vergangen ist. Ich bin völlig erschöpft. Meine Knochen und Gelenke gehorchen mir nicht mehr. Mein Körper fühlt sich an wie Teig. Willenlos sinke ich auf den Boden und schließe meine Augen.

Emilian hat mich gelehrt, die Kraft in mir zu spüren. Wie es ist, sie zu wecken. Wie es sich anfühlt, wenn mein Körper töten will. Das Kribbeln in den Fingern, das Vibrieren im Körper. Er wollte, dass ich es an einer Blume ausprobiere. Erst nach langem Zögern war ich dazu bereit. Funktioniert hat es nicht.

»Ich gehe kurz im Fluss baden«, sagt er.

Ich antworte nicht, genieße nur die Ruhe. Fast bin ich eingeschlafen, als ich den Wald aufatmen höre. Das Moos summt, all
die Lebewesen darin erwachen wieder zum Leben. Die Blätter
rauschen, der Wind surrt durch die Äste. Ein Eichhörnchen
klettert zögerlich eine Tanne hinab. Ganz leise schaben die
Krallen an der Rinde.

Wie eine alte Frau richte ich mich auf und strecke meine
Hand nach ihm aus. Mache schnalzende Laute, gebe ihm zu
verstehen, dass es keine Angst zu haben braucht. Flink hüpft
es auf den Boden und springt auf mich zu. Den buschigen
Schwanz hocherhoben, die schwarzen Augen ganz wachsam.

Es springt auf meine Beine, lässt es zu, dass ich über sein
rostrotes Fell streiche. Es greift nach einer Haarsträhne, die
sich aus meinem Pferdeschwanz gelöst hat. Ich muss lachen,
als es daran zieht.

Plötzlich bemerke ich, dass wir nicht mehr alleine sind.
Emilian steht da, nur ein paar Schritte von mir entfernt. Starrt
auf das Eichhörnchen. Das kleine Tier bemerkt ihn nun auch.
Flüchtet, so schnell es kann. Der Zauber ist vorbei. Der Wald
verstummt.

Emilian fährt sich durch sein nasses Haar. Die Wasserperlen
auf seinem Körper glitzern golden in der rötlichen Abendson-
ne. Für einen kurzen Moment sehe ich so etwas wie Trauer in
seinem Gesicht, ehe sich ein Lächeln auf seine Lippen legt und
bis hinauf zu seinen Augen wandert. »Das sah schön aus«, sagt
er ungewohnt sanft.

Er greift nach seinem Shirt auf dem Boden und zieht es sich über. »Morgen, selbe Zeit, selber Ort?«, fragt er. Wieder ganz der Alte.

»Abgemacht.« Ich erhebe mich vom Boden. Weiß nicht, wie ich mich verhalten soll. Schließlich reiche ich ihm die Hand.

Emilian lacht, schüttelt den Kopf, drückt kurz meine Hand. Ich könnte im Erdboden versinken. Dann geht er einfach, ohne noch etwas zu sagen.

VERACHTUNG

Der nächste Tag beginnt so, wie ein Tag nicht beginnen sollte. Die Nacht habe ich draußen in der Hängematte hinter meinem alten Zuhause verbracht. In den frühen Morgenstunden hat es angefangen zu nieseln – ohne dass ich etwas davon mitbekommen hätte. Erst nach einer Weile hat mich das Kitzeln der Wassertropfen an meiner Nasenspitze geweckt. Ich bin aufgesprungen und ins Haus gerannt. Schlafen kann ich sowieso nicht mehr, also habe ich beschlossen, mich zu waschen.

Jetzt stehe ich hier im Waschhaus, die Haare zu einem nassen Knoten geschlungen, und sehe aus, als hätte ich eine Prügelei hinter mir. Meine Muskeln brennen bei der kleinsten Bewegung. Arme, Beine, Rücken. Mein Gesicht ziert einen breiten Kratzer, der sich von meinem Nasenrücken hinab über meine rechte Wange bis zum Hals zieht.

Ich streiche mir über die Stirn, stütze mich am Waschbecken ab. Zu allem Überfluss ist heute Schultag. Diesmal für Laurin und mich und noch ein paar andere aus der Siedlung. Auch für Titus. Ich kratze mir die Kruste an der Nase auf. Sofort beginnt die Wunde wieder zu bluten. Meine Gedanken kreisen um gestern. Wie überrascht Emilian war, als ich ihn plötzlich doch mit voller Kraft an der richtigen Stelle getroffen habe. Sein Gesicht, als er das Eichhörnchen gesehen hat ...

Ich schüttele meinen Kopf, spritze mir einen Schwall Wasser ins Gesicht. Was, wenn er heute auch im Schulgebäude ist?

Reiß dich zusammen!, mahne ich mich. Die alte Salomé schlurft ins Waschhaus. Grund für mich, von hier zu verschwinden. Sie nimmt mich ohnehin nicht einmal wahr, ist noch ganz verschlafen. Also schlüpfe ich wieder an die frische Luft und laufe prompt Laurin in die Arme.

»Was machst du denn schon so früh hier?«, fragt er erstaunt.

»Ich konnte nicht mehr schlafen. War irgendwie wach. Und du?«

»Das Gleiche«, er fährt sich durch die Haare. »Wo warst du denn gestern den ganzen Tag?«

Ich lege meinen Kopf schief und runzle die Stirn. Vielleicht wird ihm so bewusst, dass ihn das nichts angeht. Dann fällt mir aber ein, dass ich ihm etwas schulde. Zumindest mein Vertrauen. Immerhin war er es, der mich gerettet hat.

»Ich hab trainiert. Im Wald.« Wenigstens muss ich nicht lügen. Etwas zu verschweigen zählt nicht als Lüge.

»Aha«, antwortet Laurin nur. Ihm ist anzusehen, dass er sich nicht mit dieser Antwort zufriedengibt. Aber er fragt nicht weiter nach. »Können wir mal miteinander reden?«, sagt er stattdessen.

»Laurin, ich muss manchmal alleine im Wald sein! Mir wird schon nichts passieren …« Ich stocke, denn in diesem Moment wird mir bewusst, wie falsch ich liege. Erst vor kurzem bin ich angegriffen worden, als ich alleine im Wald war. »Und wenn doch, dann weiß ich ja, dass du kommst und mich rettest«, füge ich mit einem Augenzwinkern hinzu.

»Eigentlich wollte ich über etwas anderes mit dir sprechen.« Laurin schiebt die Hände in die Taschen seiner abgewetzten Lederhose, die inzwischen mehr aus Stoffflicken besteht als aus Leder. »Oder nein, irgendwie geht es doch auch darum. Besser gesagt um deine Rettung ... Du weißt, wie wichtig du mir bist und dass ich dich niemals verlieren will?«

Mit einem Mal fürchte ich das, worauf Laurin hinauswill. Seine Augen funkeln verräterisch, doch er wagt es nicht, mich direkt anzusehen. Sein Blick weicht auf den Boden aus.

»Kannst du es mir nicht ein anderes Mal sagen?«, frage ich vorsichtig.

Er nickt hastig. Irgendwie wirkt er sogar erleichtert. »Gehen wir zusammen zur Schule?«

Eine halbe Stunde später laufen wir gemeinsam den Weg in die Stadt entlang. Ich warte schon fast darauf, dass er mich mit weiteren Fragen löchert und genau wissen will, was ich im Wald alleine treibe. Aber er tut es nicht. Wir reden über den Ball, über Marlas Schwangerschaft, über alte Zeiten. Es nieselt immer noch. Man spürt den Regen kaum, dennoch frisst er sich durch die Kleidung.

Das Schulgebäude ist ganz in der Nähe des Cafés und des *Kapitän Hooks*. Graue Fassade, kleine Fenster, direkt an der Straße gelegen. Titus steht mit ein paar anderen Leonen davor. Er grüßt flüchtig. Vermutlich hat er Angst, dass ich sauer bin, weil er Minna eine Abfuhr erteilt hat.

Wir betreten das Gebäude. Besonders viel ist hier nie los. Unterricht, in dem wir beispielsweise lernen, welche Länder, welche Tiere oder welche Sprachen es gibt, haben wir nie. Dieses Privileg haben allein die Tauren. Nur, wenn es wieder um das Thema geht, weshalb wir Leonen so viel schlechter sind als sie, dürfen wir am Unterricht teilnehmen. Das ist auch der Grund, warum ich keine Ahnung von der Welt habe, von dem, was außerhalb der Stadt und des Waldes liegt.

Wir steigen die Treppe hinauf, weichen ein paar Tauren aus. Frisch gestrichene Wände, Stufen, die aussehen, als wären sie aus schwarzem Marmor. Vermutlich sind sie es auch. Stickige Luft. Bilder von Birkaras im Anzug. Ich werde mich wohl nie daran gewöhnen, dass er mein Vater sein soll.

Das Klassenzimmer ist nicht minder edel eingerichtet. Bequeme Stühle und große Tische. Wandkarten, Flachbildfernseher, nagelneue Computer. Sogar ein Wasserspender steht in einer Ecke.

Die Tür geht ein weiteres Mal auf. Titus und der Rest der Leonen kommen herein. Sie haben angespannte Gesichter. Direkt hinter ihnen Tauren. Breitstirn, Spitzgesicht und ein paar andere, die ich auf dem Ball gesehen habe. Die, die mich verfolgt haben. Emilian ist auch dabei. Ganz vorne. Wie gewohnt in Jeans und weißem Shirt. Gut sieht er aus. Sehr gut sogar. Ich frage mich, wie er sich verhalten wird.

Er verhält sich genau so, wie ich es erwartet habe. Sieht mich, sieht durch mich hindurch. Kein Gruß, kein winziges Zeichen, dass er mich kennt. Dabei verstehe ich nicht einmal, warum mich das nicht kaltlässt. Ich verachte die Tauren. Es wäre für alle Leonen ein Schlag ins Gesicht, wenn ich den Feind grüßen würde.

Emilian und seine Freunde setzen sich ans Fenster, sichtlich angewidert davon, dass sie sich mit uns Abschaum in einem Klassenzimmer aufhalten müssen. Der Lehrer ist selbstverständlich einer von ihnen. Ein Taurer mit breiten Schultern, schwarzem Poloshirt und Stiernacken. Seine Arme sind über und über verziert mit Tattoos. Nackte Frauen, Totenköpfe, Schriftzeichen.

Er knallt einen Ordner auf den Tisch. »Dann lasst uns das mal hinter uns bringen. Wo waren wir letzte Woche stehengeblieben?«, fragt er gelangweilt. Er blättert in dem Ordner, leckt sich über die Lippen. »Ach ja, die Stammesentwicklung.« Er zieht eine Schublade unter dem Schreibtisch auf, kramt eine Fernbedienung daraus hervor. Ein Knopfdruck, und der Monitor hinter ihm wird hell. Ein Bildschirm, so groß wie mein Bett. Zahlen und Fakten zur Stammesentwicklung tauchen auf.

Die Stunden wollen einfach nicht vergehen. Schon Hunderte Male haben wir gelernt, dass die Tauren seit jeher das stärkere Volk sind, sie uns seinerzeit gnädig bei sich aufgenommen und uns Schutz gewährt haben. Dass wir jedoch versucht haben, diese Güte auszunutzen. Wir Leonen wollten die Tauren stürzen. Die Macht für uns alleine haben und die Tauren vernichten. Hinterlistig und böse. Aber natürlich hatten wir keine Chance. Sofort wurde unser Angriff niedergeschlagen. Die

Tauren schlossen uns enttäuscht aus ihrem Stamm aus. Wir mussten ihre Siedlung verlassen. Aber wir blieben freiwillig im selben Wald, weil wir schon bald merkten, dass wir ohne ihre Hilfe nicht lange überleben würden. Gutmütig, wie die Tauren schon immer waren, ließen sie es zu. Unter der Bedingung, dass wir Leonen uns unter ihren Schutz stellten. Sie über uns wachen. Bis heute.

Es wird erzählt, dass einmal ein junger Leone es gewagt habe zu fragen, ob *wachen* bei den Tauren ein anderes Wort für *töten* sei. Angeblich habe der Lehrer gelacht und gesagt: »Testen wir es doch aus.« Es heißt, er habe ihn umgebracht. Vor allen, einfach so.

Deshalb schweige ich. Obwohl jedes einzelne Wort brennt wie Feuer. Ich wage es nicht noch einmal, zu Emilian hinüberzusehen.

»Schauen wir uns nun dieses Diagramm an ...« Der Lehrer drückt erneut auf einen Knopf der Fernbedienung. Auf dem Bildschirm erscheint ein Schaubild, das die Hierarchie der Sternenstämme und der Menschen darstellt. »Ganz oben stehen selbstverständlich die Tauren. Aus dem einfachen Grund, weil wir am wertvollsten sind. Danach folgen die anderen Stämme.« Er drückt einen weiteren Knopf, und auf dem Schaubild erscheint ein roter Punkt, direkt dort, wo *Andere Stämme* steht. »Dann folgen – und das ist sehr gnädig – die Leonen. Aber nur, weil auch sie ein Sternenstamm sind.« Die Taurer in der Klasse lachen, natürlich lachen sie. Der Lehrer zieht seine Augenbrauen hoch, sichtlich stolz auf seinen Witz. »Zu guter

Letzt die Menschen, die ja bekanntlich gar nichts mit uns zu tun haben.«

Die Fragen, wie die Menschen auf die Welt gekommen sind, was sie so anders macht, warum sie nichts von uns wissen dürfen, brennen mir auf der Zunge. Aber wir Leonen dürfen keine Fragen stellen. Irgendwann muss es einen ersten Menschen gegeben haben. Aber das werde ich nie erfahren. Ebenso wenig, wie ich erfahren werde, wie wir Sternenstämme geschaffen wurden, woher wir kommen.

Als der Unterricht vorbei ist, fühlt sich mein Hals an, als hätte ich Sand geschluckt. Ausgedörrt nach all den Stunden ohne etwas zu trinken. Ich schiele auf den Wasserspender in der Ecke. Aber diese Demütigung werde ich mir nicht geben, auch noch ihr Wasser zu trinken.

Laurin scheint das anders zu sehen. Ob aus Unbedachtheit oder weil er sie provozieren will. Ich weiß es nicht. Aber ihm ist anzusehen, dass er sich nicht wirklich wohl dabei fühlt. Seine Hand zittert ein wenig, als er den Becher unter den Zapfhahn hält und das Wasser aus dem Container lässt.

Breitstirn kommt von hinten auf ihn zu. Er rempelt Laurin an, stößt ihm gegen die Schulter, dass ihm der Becher aus der Hand fällt und sich der Inhalt auf dem Boden verteilt. »Du Vollidiot!«, herrscht er Laurin an. »Wer hat dir überhaupt erlaubt, unser Wasser zu trinken?« Er packt Laurin am Nacken und drückt ihn zu Boden. »Wisch das auf.«

»Korfus, ist es das wirklich wert, dass du dich so aufregst?« Emilian. Ich erkenne ihn an seiner Stimme. Hart und gleichzeitig sympathisch. Rau und doch irgendwie warm. Er schiebt sich durch die Traube von Tauren, die sich gebildet hat, hindurch und zieht Korfus am Arm von Laurin fort.

»Man muss denen doch zeigen, dass die sich nicht aufführen können, wie sie wollen!«, zischt Korfus. Offensichtlich, dass er nicht der Wortgewandteste ist. Er zieht die Sätze, spricht betont langsam. Korfus! Was ist das überhaupt für ein Name!

Die beiden verschwinden aus dem Klassenzimmer. Ich eile zu Laurin, der auf dem Boden sitzt und sich den Nacken hält. Es fällt mir schwer zu glauben, dass dieser Laurin mich nachts aus dem Wald gerettet hat.

Spitzgesicht nutzt die Chance, schubst mich so hart gegen die Wand, dass ich vor Schmerz auf den Boden sinke. »Kannst ihm gleich beim Aufwischen helfen!«, zischt er. »Ihr Leonen-Bastarde!«

Mit vor Hass verzerrtem Gesicht folgt er seinen beiden Freunden. Es dauert eine Weile, bis sich die Traube der Schaulustigen auflöst. Manche spucken sogar auf uns. Aber keiner der Leonen unternimmt auch nur den kleinsten Versuch, uns irgendwie beizustehen. Titus schleicht sich aus dem Klassenzimmer, als hätte er von alldem nichts mitbekommen. Wie kann Minna ihn nur so toll finden?

Auch der Lehrer genießt das Schauspiel sichtlich. Er verstaut seine Ordner in seiner edlen Ledertasche, zieht seine schicke Lederjacke über. »Aber seht zu, dass ihr in zehn Minuten hier raus seid, damit ich abschließen kann.« Mehr sagt er nicht.

Auf dem Weg zurück in die Siedlung schweigen Laurin und ich. Irgendwie bin ich sauer, dass er unbedingt an den Wasserspender musste. Die zwanzig Minuten bis nach Hause hätte er auch noch überlebt. Laurin schämt sich. So, wie er die Hände in die Hosentaschen geschoben hat und die ganze Zeit auf den Boden starrt, ist das nicht zu übersehen. Seine Haare hängen wie ein dichter Vorhang vor seinem Gesicht. Vielleicht sollte ich etwas Tröstliches sagen, aber mir kommt nichts über die Lippen. Ich habe keine Lust dazu.

Ich bin erstaunt, als er mich, kurz bevor wir die Siedlung erreichen, an der Schulter berührt. Ich sehe ihm an, dass es ihn große Überwindung kostet, mich anzusehen und mit mir zu sprechen. Irgendetwas scheint ihn zu bedrücken.

»Was ist?«, fahre ich ihn an.

Laurin zuckt vor meiner ungewohnten Härte zusammen. Fasst sich an den Kopf, holt tief Luft. »Ich hab vermutlich irgendwie Mist gebaut ...«, setzt er an, doch ich lasse ihn nicht weiterreden.

»Ja, das hast du. Was sollte das denn bitte?«

Er schüttelt seinen Kopf, sieht mir fest in die Augen, seufzt tief. »Das ... das meine ich doch gar nicht ... ich meine ... ich meine etwas anderes ...«

Ich drehe mich um, stapfe einfach weiter auf die Siedlung zu. »Sag einfach, was du sagen willst, Laurin. Ich hab noch was vor.« Heute bringe ich keine Geduld mehr auf. Mir ist einfach alles zu viel. Und ich bin wütend. Nicht nur auf Laurin, auch auf Emilian und die Tatsache, dass ich ihn gleich noch sehen muss.

»So kann ich es dir aber nicht sagen.« Laurin setzt sich ebenfalls in Bewegung, läuft, bis er wieder neben mir ist und an meiner Seite Schritt hält.

»Wenn es wichtig ist, dann wirst du sicher heute Abend auch noch wissen, was du mir sagen willst«, sage ich etwas milder, was jedoch nicht die verletzende Härte meiner Worte wettmacht. Ich klopfe ihm auf den Rücken und gehe dann absichtlich schneller in der Hoffnung, dass er mich nicht mehr weiter bedrängt. Mein Körper ist so angespannt, dass ich mich auf rein gar nichts konzentrieren kann. Ich will Laurin jetzt einfach nicht mehr sehen. Zumindest bis heute Abend nicht. Aber genauso wenig will ich *ihn* sehen.

Wir trennen uns wortlos in der Siedlung. Er verschwindet in seinem Haus, ich in meinem. Beim Umziehen lasse ich mir Zeit, soll Emilian doch warten. Auch auf ihn bin ich sauer. Obwohl ich dazu kein Recht habe. Was erwarte ich denn? Dass er sich vor mich stellt und mich verteidigt? Dann würden sie ihn verstoßen oder umbringen. Und mich vermutlich gleich dazu.

Ich wähle bewusst die falsche Kleidung. Leichtes T-Shirt, enge Jeans. Dazu die Stiefel, Haare offen. Ich gehe langsam. Breite meine Arme aus, damit der leichte Nieselregen mich von oben bis unten durchnässt. Wenn ich Glück habe, bin ich morgen krank und muss mich nicht mehr mit ihm treffen.

Er wartet bereits. Lehnt an dem Stamm einer Tanne, ein Bein angewinkelt. Seine angespannten Gesichtszüge verraten, dass er verärgert ist. Die ausgeprägten Wangenknochen kommen so nur noch viel deutlicher zum Vorschein. »Du bist spät«, sagt er nur.

»Tut mir leid«, erwidere ich bissig. »Ich musste in der Schule noch den Boden putzen.«

»Du hast mir fünf Tage gegeben, und davon will ich keine Sekunde verschwenden«, antwortet er. Er sieht mich bewusst nicht an. Tut so, als hätte das alles hier nichts mit ihm zu tun. »Wir machen dafür heute länger.«

Ich schlucke meine Wut herunter. Auf dem Weg hierher war mir wenigstens noch durch das Laufen warm. Jetzt zittere ich bereits vor Kälte. Auch er ist durchnässt. Der weiße Stoff seines Hemdes wird transparent, lässt seine braune Haut durchschimmern. Liegt eng an seinen Bauchmuskeln an. Ich schlucke.

»Wärm dich auf. Ansonsten erkältest du dich noch.« Er sagt es so, als ahne er bereits meinen Plan, krank zu werden. Er stellt sich vor mich und hält seine Hände vor seinen Körper. »Du schlägst abwechselnd gegen meine Handflächen. Versuch, noch nicht zu viel Kraft hineinzulegen. Kontrolle. Lauf dabei auf der Stelle.«

»Jawohl, Sir!«, entgegne ich zynisch.

Er rollt mit den Augen. Ich beginne zu laufen. Zunächst müde, meine Schläge sind schwach. Ein erbärmlicher Anblick.

Er hält meine Hände fest. »So wird das nichts. Du musst die Übung schon ernst nehmen.«

»Ich nehme sie ernst.«

»Tust du nicht. Das, was du hier machst, ist Teig kneten oder

so was in der Art. Aber nicht schlagen. Du sollst Kraft hinein-
legen, aber natürlich nur so viel, dass ich stehen bleibe.«

Wieder hält er seine Hände vor sich. Ich schlage erneut zu,
diesmal härter. Er taumelt zurück.

Ich vergrabe mein Gesicht in meinen Armen. »Ich kann das
nicht!«

»Deshalb sollst du ja auch lernen, dich zu kontrollieren.«
Die Härte ist aus seiner Stimme verschwunden. Er schiebt
meine Arme zur Seite und sieht mich fest an. »Wir kriegen das
schon hin.«

Seine Worte trösten mich. Ich versuche es erneut. Diesmal
finde ich das richtige Maß.

Wir trainieren, bis es dunkel wird. Er zeigt mir, wie ich richtig atme, um meine volle Kraft nutzen zu können. Wie ich meine Kräfte einteile, um nicht gleich zu ermüden. Wir kämpfen
gegeneinander. Er gewinnt jedes Mal. Ich frage ihn, ob ich auch
solche Muskeln bekomme wie er, wenn ich weiter so trainiere.
Ich kann nicht anders. Ich muss grinsen. Er lacht und antwortet, dass Robin glücklicherweise ja auch ein Männername ist.

Als ich zu Hause in mein Bett falle, fühle ich mich sagenhaft
wohl. Unbesiegbar. Wie neugeboren. Meine Muskeln zittern
noch vor Anstrengung, und ich könnte vermutlich keinen einzigen Schritt mehr machen. Aber es fühlt sich gut an. Als hätte
ich all die Jahre etwas unterdrückt und könnte dem nun endlich freien Lauf lassen.

Ich bin extra um unsere Siedlung herumgeschlichen, um
niemandem zu begegnen. Bestimmt sitzt Laurin mit den an-

deren am Feuer und wartet nur darauf, dass ich wieder nach Hause komme. Ich will aber nicht, dass er mich mit Fragen löchert. Ich will, dass niemand davon erfährt. Sie würden es nicht dulden.

Und ich will die Übungsstunden nicht mehr missen. Zumindest nicht, solange ich noch nicht stark genug bin. Stark genug, um mich zu wehren.

TAGTRAUM

Er sitzt in seinem schwarzen Ledersessel. Das Kinn auf seinen Handrücken gestützt. Sein Körper glüht wie Feuer.

Immer wieder taucht sie in seinem Kopf auf. Sie, auf dem Ball. Rotes Kleid. Wundervolles weiches Haar. Die Stärke in ihrem Blick. Die Würde. Die Eleganz ihres Wimpernschlages. Weiche, perfekt geschwungene Lippen. Der Duft ihrer Haut. Die Wärme ihres Lächelns. Wie in Zeitlupe kommt sie auf ihn zu. Will ihn umarmen. Löst sich in Luft auf.

Warum zur Hölle sieht sie ihr nur so ähnlich? Robin heißt ihre Tochter. Robin ... Warum nur musste sie dieses Kleid anhaben? Warum nur war sie an diesem Abend wie sie?

Seine Hand zittert, sein Kinn gleitet ab. Wie sehr er seine Schwäche hasst. Aber irgendetwas hält ihn am Leben. Als würde seine Seele an einem seidenen Faden hängen, der einfach nicht reißen will.

Welche Seele?, fragt er sich. Bitteres Lachen.

Sie hat ihm eine Seele gegeben. Weil sie besser war als er. Weil sie ebenso gut war, wie er schlecht ist.

Unten am Lagerfeuer grölen die Tauren wie wilde Tiere. So selbstsicher sind sie, so arrogant. Dabei wissen sie nichts. Nichts davon, dass die Geschichte es eigentlich anders erzählt. Aber davon werden sie auch nie etwas erfahren. Weil es besser so ist. So soll es sein. Die Tauren sind stark. Stärker. Wenn er nur herausfinden würde, wie es damals passiert ist … damals, vor Hunderten von Jahren.

Wieder taucht sie vor seinen Augen auf. Rehbraune Augen. Die Gutmütigkeit in jedem einzelnen ihrer Wimpernschläge. Wenn er wenigstens ihre Tochter in seiner Nähe haben könnte …

Sein Herz setzt ein paar Schläge aus. Setzt wieder ein. Alles ein ewiger Rhythmus.

Automatisch legt er seine Hand auf den Bernstein seiner Kette. Auf einmal dämmert ihm etwas. Er leckt sich über die blauen Lippen. Lächelt.

Was, wenn dieses Mädchen wichtiger ist, als er bisher angenommen hat?

BITTERKEIT

»Nein! Du machst es schon wieder falsch. Schau mal.« Emilian nimmt meine Hand und legt sie auf seinen Nacken. »Hier. Genau die Stelle. Ein kräftiger Ruck, und du brichst deinem Gegner das Genick. Und jetzt noch mal. Aber natürlich vorsichtig.«

»Aber ich könnte dich wirklich umbringen!«

»Ich habe dir doch gezeigt, wie du deine Kraft sparsamer einsetzt. Du sollst es auch nur andeuten, damit du weißt, wie du deine Hand bewegen musst.«

Ich zögere immer noch. Emilian legt seinen Kopf schief. »Ich vertraue dir. Also los. Sieh's doch mal positiv: Wenn du es zu kräftig machst, bist du mich los.«

»Haha«, entgegne ich scharf.

Emilian reißt diese Art von Witzen gerne. Er nimmt das alles hier so locker, dabei habe ich jedes Mal Angst, ihm etwas anzutun. *Ich vertraue dir.* Was soll das überhaupt bedeuten? Können Tauren und Leonen sich gegenseitig vertrauen, oder ist es bereits in ihrem Blut, einander zu verachten?

Schweiß rinnt mir meinen Rücken hinab, so sehr strenge ich mich an. Meine Hand zittert. Keine idealen Voraussetzungen. Ich schließe meine Augen, fahre über die Stelle. Das richtige Maß an Kraft. Spüre den Anfang seiner Wirbelsäule. Die leichte Erhebung. Mit ein wenig mehr Anstrengung könnte ich ihm jetzt seine Wirbel brechen. Ihm dabei sogar noch in die Augen sehen.

»Gut so«, flüstert er.

Ich kann seinen Atem auf meinem Arm spüren. Seine warme Haut unter meinen Fingern. Rieche seinen Duft nach Wald. Tannen, Erde, Sonne. Ich wage es nicht, meine Augen zu öffnen. Es macht mir Angst, wie nahe ich ihm bin. Was soll das hier?

Ich trete entschieden einen Schritt zurück. Öffne meine Augen. Zittere immer noch am ganzen Körper.

»Pause?«, fragt er nur.

Im Gegensatz zu ihm verhalte ich mich so lächerlich. Hoffentlich bemerkt er meine Unsicherheit nicht. Ich nicke. Wir gehen zum Fluss und kühlen uns im frischen Wasser. Das goldene Licht der Sonne spiegelt sich an der sprudelnden Oberfläche. Diese Jahreszeit liebe ich am meisten. Weil alles so saftig und frisch ist, so voller Leben.

Wie immer huschen die Fische in alle Richtungen davon, als er sich neben mich auf einen Stein setzt. Manche springen sogar flussaufwärts, nur um von ihm fortzukommen. Das einzige Geräusch ist das Rauschen des Wassers, und selbst dieses scheint leiser zu sein. Ich greife nach einem glitzernden Stein im Wasser und lasse ihn von einer Hand in die andere gleiten. Wir haben zwar schon mehrmals eine Pause gemacht, aber immer nur kurz. Nie sind wir gemeinsam zum Fluss gegangen. Ein komisches Gefühl.

»Wissen deine Leute, was du hier machst?« Die Frage brannte schon lange auf meiner Zunge.

»Nein«, antwortet er. Er sagt es so, als würde noch etwas kommen. Doch er schweigt.

Ein Eichhörnchen huscht unruhig von einer Baumspitze zur nächsten. Es flüchtet. Wäre ich alleine, würde es sich zu mir an den Fluss wagen. Der Stein gleitet aus meinen Händen und platscht ins Wasser. Jetzt zittern meine Hände wieder. »Warum machst du das hier?«

Er schweigt. So lange, dass ich schon glaube, er will mir nicht antworten. Sein Blick geht in den Wald, verliert sich dort im Dickicht. »Um ehrlich zu sein ... ich weiß es selbst nicht. Vielleicht habe ich das Gefühl, so wieder etwas gutmachen zu können.«

Seine Ehrlichkeit überrascht mich. Trifft mich. Ich sträube mich, seine Worte an mich ranzulassen. Aber ich kann nicht anders, als über das, was er da gerade gesagt hat, nachzudenken. Genau das ist es, was ich so sehr an den Tauren hasse. Ihr willkürliches Töten.

»Hast du viele ... ich meine, hast du ...«

»Umgebracht?«, kommt er mir zuvor. Er spricht das Wort so selbstverständlich aus, als ginge es ums Wetter. »Als ich sechzehn war, waren es dreiundzwanzig.«

Ich will mich mit meinen Händen an dem Stein, auf dem ich sitze, festkrallen, rutsche aber an seiner glitschigen Oberfläche ab. Dreiundzwanzig Leben. Einfach so vernichtet. Ausgelöscht. Als hätte es sie nie gegeben.

»Als du sechzehn warst?«, stammle ich unsicher.

»Danach habe ich aufgehört zu zählen.«

Ich keuche. Er wagt es nicht, mich anzusehen, starrt immer noch in den Wald. Ich betrachte ihn von der Seite. Seine perfekten Gesichtszüge. Hart, aber doch nicht blutrünstig. Mein Bild eines Mörders und Emilians Anblick passen nicht zusammen. Oder will ich es einfach nur nicht sehen?

»Und ... wie alt bist du jetzt?«

»Neunzehn«, antwortet er und lächelt selbstverachtend. »Wenn du jetzt irgendwie hochrechnen willst, wie viele Morde ich insgesamt bis heute begangen habe, dann vergiss es. Die Zahl hat sich mehr als verdoppelt.«

»Wer ... ich meine, wen hast du getötet?«

»Vornehmlich Menschen, die sich unvorsichtigerweise in unsere Siedlung verlaufen haben. Auch einige aus den anderen Stämmen, die irgendwie von Birkaras' Machenschaften erfahren haben.«

Mein Zittern wird stärker. Wandelt sich in ein Beben. Und trotzdem sitze ich hier und rede mit ihm. »Und ... Leonen?«, hauche ich zögerlich.

Er schweigt. Natürlich schweigt er. Ich versuche, mir Gesichter vorzustellen von Freunden und Nachbarn, die einfach so verschwunden sind. Viele sind es. So viele. Ob er ...? Ich sehe meine Mutter, kenne sie eigentlich nur aus Erzählungen und sehe sie dennoch so deutlich vor mir. Dann sehe ich ihn, wie er ihren Hals würgt und sie leblos zu Boden sinkt.

»Warum machst du das?«, frage ich schließlich.

Immer noch kann er mir nicht in die Augen sehen. Aber jetzt ist es mir wichtig. Ich nehme all meinen Mut zusammen, lege meine Hand auf seine Wange und zwinge ihn so dazu, sich mir zuzuwenden.

Er lässt es nicht zu, sein Rücken strafft sich, seine Gesichtszüge werden hart. Jetzt sieht er mir direkt in die Augen. Sein Blick ist undurchdringlich. Ich frage mich, ob er sich nur hinter einer perfekten Fassade versteckt oder ob er wirklich so ist. Doch dafür kenne ich ihn nicht gut genug. »So bin ich halt. Ich bin so groß geworden. Es war immer ganz normal, zu töten. Noch dazu bin ich einer der Stärksten. Es ist sogar als besondere Ehre anzusehen, dass ich schon als Kind töten durfte. Meine Freunde haben erst mit sechzehn angefangen.«

Schweigen breitet sich zwischen uns aus. Diesmal für längere Zeit. Mir fällt auf, dass sich ein paar Fische nähern. Nur zögerlich. Ich bin mir nicht sicher, ob es auch ihm bewusst ist. Ich will ihn nicht darauf hinweisen. Er scheint irgendwo weit weg mit seinen Gedanken zu sein. An einem Ort, zu dem ich nicht vordringen darf.

Irgendwann steht er auf. So plötzlich, dass ich erschrecke. »Ich weiß, dass du deine Begabung als Fluch begreifst. Ich verstehe das. Aber denk daran, dass du sie nutzen kannst.«

Dann dreht er sich um und geht zurück zu unserem Übungsplatz. An diesem Tag reden wir nicht mehr miteinander. Wir verabschieden uns schweigend. Stumm nickt er mir zu, dann verschwindet er im Wald.

Als ich diesmal in unserer Siedlung ankomme, gelingt es mir nicht, Laurin zu entgehen. Ich schäme mich dafür, es überhaupt zu versuchen. Ihm habe ich es zu verdanken, dass ich überhaupt noch hier bin. Er wartet in der Hängematte auf mich. Sitzt darin und schaukelt langsam hin und her. Die nahende Nacht lässt seine Konturen verschwimmen. Die rote Glut des Himmels ist wie eine bedrohliche Botschaft.

»Wo warst du?«, fragt er. Sein Tonfall gefällt mir überhaupt nicht.

»Bist du jetzt mein Vater, oder was?«, erwidere ich ebenso kalt.

Er springt von der Hängematte auf. »Nein, ich bin dein Freund. Ich bekomme aber überhaupt nichts mehr von dir mit! Den ganzen Tag bist du verschwunden. Ich mache mir Sorgen. Nicht einmal Almaras oder Marla wissen, wo du steckst. Was soll ich denn davon halten?«

»Halt am besten gar nichts davon, sondern halt dich einfach nur raus.« Ich beiße mir auf die Zunge. Ich kann nicht glauben, dass ich das gerade wirklich gesagt habe. Aber die Worte sind raus. Wo ist nur die Zeit geblieben, in der Laurin und ich unzertrennlich waren, wir uns wortlos verstanden haben? Ich vermisse sie. Aber ich kann nicht mehr zurück.

Laurin schlägt mit seiner Faust gegen die Wand. So kenne ich ihn gar nicht. Seine Knöchel bluten. Er starrt auf die rote Bahn, die sich langsam über seinen Handrücken zieht.

Dann fährt er sich durchs Haar. »Du trägst deine Kette gar nicht mehr.«

Die Kette, die er mir geschenkt hat. Sie liegt sicher verstaut in der Kommode neben meinem Bett. »Natürlich trage ich sie noch.«

»Ich habe sie schon lange nicht mehr an dir gesehen.« Er zieht eine Augenbraue hoch. Misstrauisch. Was soll das jetzt?

»Gleich morgen werde ich sie anziehen«, sage ich versöhnlich.

Er lacht. Ein unglückliches Lachen. »Du triffst dich mit ihm, nicht wahr?«

»Ich weiß nicht, von wem du sprichst«, weiche ich aus. Ich kann ihm nicht einmal in die Augen schauen. So weit ist es schon gekommen.

»Natürlich weißt du das«, sagt er verächtlich. »Ich habe euch zusammen gesehen. Auf dem Ball.«

»Na und?«, fahre ich ihn an. »Ich kann sehr gut selbst auf mich aufpassen, Laurin.«

Er packt mich an den Schultern. »Willst du, dass sich die Geschichte wiederholt?«

Ich reiße mich von ihm los. Doch das hält ihn nicht davon ab weiterzusprechen. Seine Worte sind wie Messerstiche. »Deine Mutter hat es das Leben gekostet. Willst du jetzt auch mit deinem bezahlen? Man kann ihnen nicht trauen! Versteh das doch!«

»Du weißt überhaupt nichts.« Ich schubse ihn. Er taumelt ein paar Schritte zurück. »Gar nichts.«

»Stehst du auf seine Muskeln? Gefallen dir seine grünen Augen? Seine Macho-Art?«, schreit er mich an. Ich bin mir sicher, die ganze Siedlung kann uns hören.

Ich will ihn schlagen, halbherzig. Es fällt ihm leicht, mich abzuwehren. Ich bin wütend, verletzt. Tränen laufen mir über die

Wange. Seit Ewigkeiten habe ich nicht mehr richtig geweint. Noch nie wegen Laurin. Jetzt ist es also so weit. Ich wische die Tränen mit meinem Handrücken fort.

Die Wut verschwindet aus seinem Gesicht. »Ich will dich nicht verlieren.«

Er zieht mich an sich und drückt mich so fest, wie er es schon lange nicht mehr getan hat. Ich erwidere seine Umarmung. Ein Glück, dass ich ihn habe. Ich genieße seine Nähe. Seine Wärme. Dass er einfach für mich da ist.

Dann löst er sich von mir. Küsst mich auf die Stirn. »Du denkst, dass ich nichts verstehe.« Er macht eine Pause. Seufzt tief. »Dabei bist du diejenige, die nicht versteht.«

Er geht, ohne sich noch einmal umzublicken. Lässt mich alleine zurück.

Die ganze Nacht lang grübele ich, wie ich seine Worte deuten soll. Ich komme nicht dahinter. Oder will ich es nur einfach nicht?

VERRAT

»Wofür brauchst du denn den Kuchen?«, fragt mich Donia. Misstrauisch stemmt sie ihre Arme in die Seiten.

Irgendwie werde ich das Gefühl nicht los, dass alle es wissen. Dass sie alle von Emilian wissen und davon, dass ich mit ihm trainiere. Selbst Almaras hat heute komisch reagiert, als ich ihm gesagt habe, dass ich nicht helfen kann, unser Dach zu reparieren. Aber das ist Schwachsinn. Laurin würde mich nicht noch einmal verraten.

»Picknick im Wald. Also hast du nun irgendwas für mich?«, dränge ich. Dem Stand der Sonne nach zu urteilen, bin ich spät dran.

»Ja, schon. Kirschtörtchen?« Sie wackelt mit ihrem wuchtigen Hinterteil geschäftig auf den verrosteten Lagerschrank zu.

»Klingt perfekt.«

Ich renne regelrecht aus der Siedlung. Laurin begegnet mir, eine Schaufel auf der Schulter. Er grüßt nicht, schaut nur auf den Kuchen in meiner Hand und dann in meine Augen. Sein Blick sagt alles. *Willst du den gleichen Fehler machen wie deine Mutter?* Aber er hat keine Ahnung. Bei mir geht es um etwas anderes. Ich interessiere mich für das Training, nicht für Emilian. Es ist der Nutzen, den ich daraus ziehe, nicht die Freude.

Der Kuchen in meiner Hand ist noch warm vom Ofen. Wie bescheuert ich mir auf einmal damit vorkomme!

Heute ist es stickig. Richtig heiß, obwohl die Sonne sich hinter einem grauen Wolkendach verbirgt. Schon das kleine Stück durch den Wald zu unserer Trainingsstelle treibt mir den Schweiß aus den Poren. Trotzdem renne ich beinahe. Ich entfliehe Laurins Blick. Der stummen Mahnung darin. Dem Gefühl in meinem Bauch, das Falsche zu tun.

Diesmal kommt auch Emilian zu spät. Er wirkt gehetzt, angespannt. Vielleicht sollten wir das mit dem Training doch besser lassen, denke ich. Aber das geht nicht. Nicht bevor ich mit meiner *Gabe* umzugehen weiß. Ganz gleich, wie egoistisch das ist. Von meinem Lauf hierher bin ich immer noch so außer Atem, dass ich erst einmal kein Wort herausbekomme.

»Ist irgendetwas vorgefallen?«, fragt er nur, als ahne er bereits, dass irgendjemand hinter unser Geheimnis gekommen ist. *Unser* Geheimnis, denke ich verächtlich.

»Nein«, lüge ich und hole tief Luft. »Ich habe mich einfach nur beeilt.«

Emilian zieht sich sofort sein Shirt über den Kopf und wirft es auf den Boden. »Lass uns gleich beginnen.«

Ich stelle den Kuchen auf einen Stein und sehe aus den Augenwinkeln, dass er lächelt. Jetzt komme ich mir wirklich bescheuert vor. Was zur Hölle habe ich mir nur dabei gedacht?

Wir trainieren konzentriert und ohne Rücksicht auf meine Schwächen. Ich merke, dass ich von Mal zu Mal besser werde, die Übungen strengen mich immer weniger an. Emilian sagt die ganze Zeit über kein Wort. Ich wage auch nicht, ihn anzusprechen.

Als der Abend naht, sitzen wir schweigend am Fluss. Ich würde ihn so gerne fragen, was sein wird, wenn der Tag morgen vorbei ist. Der fünfte Tag. Immer noch weiß ich nicht, wer er ist. Was er von mir will. Warum er das für mich tut. Er erzählt nichts von sich. Nichts von seiner Familie oder seinen Freunden, den Tauren oder von Dingen, die er mag oder nicht mag.

Er nimmt eines der Törtchen und bricht sich ein Stück davon ab. »Wenn du etwas an eurer Situation ändern könntest, würdest du es tun?«, fragt er auf einmal.

»Ich kann nichts an unserer Situation ändern«, antworte ich viel zu schnell. Dabei habe ich inzwischen schon so oft mit dem Gedanken gespielt, etwas zu unternehmen, es nicht länger zu ertragen. Vielleicht bin ich unsere einzige Chance.

»Doch. Ich weiß, dass du dir den Kopf darüber zerbrichst.« Er betrachtet mich von der Seite.

Verlegen öffne ich meinen Pferdeschwanz und lasse die Haare vor mein Gesicht fallen. »Ich glaube nicht, dass ich darüber mit dir reden möchte.«

»Verstehe«, sagt er. »Ich bin immer noch der Feind.«

Ich tauche meine Füße in das eiskalte Wasser. Mit einem Mal wird mir so warm, dass ich unter meinen dichten Haaren im Nacken zu schwitzen anfange. Ich will diese Art von Gespräch nicht führen. Weil ich Angst habe, dass mir etwas klarwird, über das ich mir nicht klarwerden will.

»Du machst dir das ziemlich einfach. Für dich ist es ja auch einfach«, sage ich. Mir fällt auf, dass die Fische heute nicht vor ihm fortgehuscht sind.

»Weil ich von uns beiden der Mörder bin? Weil du Angst vor mir haben musst und ich aber nicht vor dir?« Er formuliert es als Fragen. Aber wir wissen beide, dass er sich damit selbst die Antworten gibt. »Ich habe das, was ich bin, akzeptiert. Ich werde mich nicht ändern.« Seine Stimme ist leise, aber fest.

»Macht es dir Spaß, so zu sein?«, frage ich.

Er lacht. Ein bitteres Lachen. Ich bekomme keine Antwort. Ein Schmetterling fliegt ganz dicht hinter ihm vorbei. Verwundert blicke ich ihm nach. Vielleicht macht ihn das Wetter müde, oder vielleicht hat er einfach nur nicht gemerkt, dass ein Taurer neben mir sitzt. Emilian scheint es nicht einmal zu spüren. Ich will es ihm sagen. Aus irgendeinem Grund ist es mir wichtig, dass er es erfährt. Aber er kommt mir zuvor.

»Vertrauen spürt man, Robin. Es ist da oder nicht. Voraussetzung ist, dass man dafür auf sein Herz hören muss. Das ist dein Problem. Du hörst auf deinen Kopf.«

Ich schaue ihn an. Seine Worte verwirren mich. Sie passen nicht zu dem Bild, das ich von ihm habe. Jemand wie er redet nicht von Herz und Vertrauen. Was weiß er schon davon!

»Stammt das etwa von dir, oder hast du das irgendwo gelesen?« Ich weiche aus. Bin verletzend, nur um nicht darauf eingehen zu müssen.

»Du schenkst Leuten dein Vertrauen, die es vielleicht gar nicht wirklich verdienen. Und anderen misstraust du, nur weil es deine Herkunft von dir verlangt. Das ist alles, was ich damit sagen will.«

Damit ist unser Gespräch beendet. Ich kann nicht mehr weiter, und er spürt es. Spürt, dass ich wütend bin. Aufgewühlt. Nicht bei mir bin. Seine Worte ärgern mich so sehr, aber dennoch denke ich über sie nach, anstatt sie einfach abzutun. Ich rücke von ihm weg. Spüre ein Kribbeln in meinem Bauch. Ein Kribbeln, das ich mittlerweile gut kenne. Mein Blick fällt auf ein Gänseblümchen neben mir. Innerhalb weniger Sekunden ist es verdorrt. Abgestorben, nur weil ich es angesehen habe.

Ich hoffe, dass er es nicht bemerkt hat. Versuche, ruhig zu bleiben, mich zu kontrollieren. Aber natürlich hat er es bemerkt. Auch wenn ich ihn nicht anschaue, spüre ich seinen Blick. Ich kann nur ahnen, was er denkt. Ich fühle mich miserabel. Als hätte ich etwas Verbotenes getan. Einen Menschen getötet, nicht eine Blume.

»Ich weiß, dass du es kannst, Robin«, sagt er.

Aber ich habe keine Kraft mehr. Wende mich noch weiter ab.

»Du kannst es«, widerholt er.

»Ach ja? Sieht das für dich nach Kontrolle aus?«, schreie ich ihn an.

»Reiß dich zusammen.« Er will mich an den Schultern packen, doch ich weiche aus.

Als ich aufstehe, folgt er mir stumm. Wir erreichen den Trainingsplatz. Ich, meine Hände zu Fäusten geballt. Er, die Augen starr auf mich gerichtet, wie der Falke bei einer Maus. Dann geht alles auf einmal ganz schnell. Er wirft sich auf mich, schmettert mich zu Boden. Presst seinen Unterarm so fest gegen meinen Hals, dass ich keine Luft mehr bekomme. Ich versuche, mich zu wehren, strample mit den Beinen, doch er ist stärker. Ich atme schwer, huste. Aber er lässt nicht von mir ab. Ist das jetzt seine späte Rache? Mein Ende?

Für einen kurzen Augenblick lockert sich sein Griff. Ich nutze die Chance, stoße ihn von mir fort. »Spinnst du?«, schreie ich ihn an.

Doch etwas in seinen Augen ist anders. Nicht der Emilian, den ich mag. Der böse Emilian.

Jetzt habe ich Angst. Will, noch am Boden, fortkriechen. In meinem Bauch breitet sich das inzwischen bekannte Gefühl meiner Kraft aus. Ein Kribbeln, das bis in die Fingerspitzen reicht. Eine Kraft, die sich Raum verschaffen will. Krampfhaft halte ich sie zurück, doch das Gefühl ist so stark. Es wäre so einfach ... ich müsste nur loslassen. Das Kribbeln wird immer stärker. Breitet sich bis in meine Brust aus. Mir wird schwindelig. So einfach wäre es ...

Emilian packt mich an meinem Fuß. Reißt mich zurück. Ich keuche. Wieder ist da diese leise Gewissheit, wie Stromschläge in meinem Bauch fühlt sie sich an. Die Gewissheit, dass ich es tun könnte. Mich nicht einmal anstrengen müsste.

Ich beiße mir auf die Unterlippe. Versuche, mich zu konzentrieren. Nein. Ich bin nicht so wie er.

Meine Fingernägel kratzen über den Boden, reißen kleine Steine, Moosfetzen, Erde mit. Mit aller Kraft schleudere ich das, was ich zu fassen bekomme, in Emilians Gesicht. Sofort lässt er von mir ab, versucht, sich den Dreck aus den Augen zu wischen.

Ich springe vom Boden auf, renne. Höre im Lauf, wie er sagt: »Na also. Siehst du? Du kannst dich doch kontrollieren.«

Es dauert, bis ich begreife. Als ich schließlich stehen bleibe, fühle ich mich, als hätte er mich geschlagen. »Spinnst du?«, schreie ich. Meine Stimme hallt gespenstisch im Wald wider. Eine Krähe schreckt auf und flüchtet sich über die Baumkronen.

Er sitzt jetzt auf dem Boden und wischt sich den Rest Erde aus dem Gesicht. Nichts. Nichts versteht er. Nicht, was er gerade getan hat. Fast hätte er mich zum Monster gemacht.

Ich renne nach Hause. Wieder einmal gehen mir seine Worte nicht aus dem Kopf. Ständig höre ich sie, geistern sie in meinen Gedanken herum, ohne dass ich mir ihrer wahren Bedeutung bewusst werde. Vertrauen. Kontrolle. Vertrauen.

In der Siedlung erwartet mich ebenfalls nichts Erfreuliches. Es ist Abendessenszeit. Donia trägt gerade Schweinebraten auf, dazu Kartoffeln und Rübensalat. Marla und ein paar andere Frauen helfen ihr. Mein Magen knurrt fürchterlich.

Als Laurin mich kommen sieht, rückt er sofort ein Stück zur Seite, um mir Platz zu machen. Zu meinem Leidwesen muss ich mich zwischen ihn und Almaras setzen. Ich habe das Gefühl, in eine Falle geraten zu sein.

Die anderen Leonen beachten mich schon nicht mehr. Die Zeit, in der ich etwas Besonderes war, ist zu meinem Glück vorbei. Wortlos schaufle ich das Essen in mich hinein. *Ver-*

trauen. Wie kann er mir vertrauen? Warum erwartet er von mir, dass ich ihm vertraue? Ich weiß doch nichts von ihm. Ein anderes, neues Bild taucht in meinem Kopf auf. Ein Bild von meiner Mutter. Wie sie lacht, wie sie durch den Wald läuft und ihr langes Haar im Wind tanzt. Sie sieht aus wie ich. Birkaras nähert sich ihr von hinten. Sie bemerkt ihn, dreht sich aber nicht um. Lächelt glücklich. Weil sie ihm vertraut. Dann legt Birkaras seine Hände um ihren zerbrechlichen Hals. So, wie Emilian es mir gezeigt hat. Immer noch lächelt meine Mutter. Eine winzige Bewegung von Birkaras' Hand, und ihr Körper erschlafft in seinen Armen.

»Robin!« Laurin sieht mich von der Seite an. Er sieht müde aus, ernst. »Was ist mit dir?«

Ich kann nicht einmal antworten, so sehr bin ich noch in meinen Gedanken gefangen. Ich schüttle meinen Kopf, versuche, die Bilder zu verscheuchen.

»Wo bist du?« Laurin lächelt mich aufmunternd an. Sein Lächeln wirkt angestrengt, seine Augen traurig. Jetzt kommen mir seine Worte von gestern Abend wieder in den Sinn: *Du bist diejenige, die nicht versteht.* Mein Magen verkrampft, mir ist übel. Das ist einfach alles zu viel für mich.

Almaras legt seine Gabel auf den leeren Teller vor sich. Er beobachtet mich. Schon die ganze Zeit. »Können wir später reden?«, sagt er in einem Tonfall, der keinen Widerspruch zulässt.

Ich nicke stumm.

»Tut mir leid, Robin, aber ich wusste mir nicht anders zu

helfen.« Laurin sieht mich schuldbewusst an, erhebt sich von seinem Platz und verschwindet mit schnellen Schritten vom Feuer. Jetzt begreife ich. Er hat mit Almaras gesprochen. Was er ihm wohl gesagt hat? Dass ich mich heimlich mit dem Feind treffe? Mich verändert habe?

Almaras wartet, bis auch wirklich alle Leonen vom Feuer aufgestanden und in ihren Häusern verschwunden sind. »Laurin war heute bei mir«, beginnt er zu sprechen. »Er sagt, du verbringst viel Zeit im Wald.«

Ich kann es nicht fassen. Wie bei einem Verhör. Ich verdrehe meine Augen. Merkwürdig, so neben Almaras zu sitzen. Lieber würde ich stehen und ihm in die Augen sehen.

»Er macht sich Sorgen um dich.«

»Ach? Macht er sich?«, platze ich dazwischen. Ich bin mir im Gegensatz zu Almaras nicht sicher, dass Laurin sich nur Sorgen macht. Schon an dem Abend auf dem Ball hat er gekocht vor Eifersucht. Und das, obwohl er weiß, dass ich niemals etwas zwischen einem Tauren und mir zulassen würde. Niemals.

»Sei nicht ungerecht, Robin«, fährt Almaras fort. »Laurin meint, dass du dich mit einem von ihnen triffst. Mit einem Tauren. Stimmt das?«

Ich könnte aufspringen vor Wut. Nur mit großer Anstrengung gelingt es mir, mich zurückzuhalten. »Ja, das stimmt. Aber aus einem anderen Grund, als du denkst. Er hilft mir.«

»Wobei sollte er dir helfen? Tauren helfen nicht«, erwidert Almaras ruhig. Wenn er wenigstens aufgebracht wäre. Nicht so gefasst.

»Irgendwie hat er davon erfahren, dass ich … stärker bin.« Ich spreche langsam, wähle meine Worte mit Bedacht. Mein Herz schlägt mir bis in den Hals. »Er trainiert mich. Er bringt mir bei, wie ich meine Kraft kontrollieren kann, damit ich niemanden verletze.«

Almaras streicht sich nachdenklich über den Bart. »Tauren würden niemals etwas tun, was ihnen zum Nachteil gereichen könnte. Warum sollte er das also tun? Welchen Vorteil sollte er daraus ziehen?«

»Ich weiß es nicht«, antworte ich etwas ruhiger. Almaras ist zumindest nicht abgeneigt, mir zu glauben. »Aber es wirkt. Es fühlt sich sogar gut an. Wenn er mir nicht helfen würde, wäre ich vielleicht längst vor Kraft geplatzt.« Ich hole tief Luft. »Ich habe ihn selbst schon ein paarmal gefragt, warum er das macht. Aber er gibt mir darauf keine Antwort. Warum sehen wir nicht einfach den Nutzen?«

Almaras lächelt milde. »Weil du meine Tochter bist. Wie soll ich da ruhig sein, wenn du dich mit einem von ihnen triffst?«

»Aber sieh doch … vielleicht ist das die einzige Chance, die wir Leonen je haben werden.«

Mit einem Mal werden seine Gesichtszüge ernst. »Ich glaube, ich verstehe nicht ganz, was du mir sagen willst.«

»Wenn ich stark bin, dann können wir uns wehren. Uns muss nur etwas einfallen. Etwas, mit dem sie nicht rechnen. Vielleicht …«

Almaras' Blick bringt mich zum Verstummen. Wenn ich nur

wüsste, was in seinem Kopf vorgeht. »Ich muss darüber nachdenken«, sagt er schließlich nach langem Schweigen.

Zum Abschied legt er mir eine Hand auf die Schulter. Eine Wildtaube gurrt im Wald. Aufgeregt. Ganz leise höre ich, wie ein paar Tannennadeln auf das Moos hinabsegeln. Irgendetwas muss sie vom Zweig gelöst haben. Aus dem Augenwinkel sehe ich, wie eine dunkle Silhouette sich schnell hinter den Stamm einer mächtigen Fichte schiebt. Laurin hat nie gelernt, sich dem Wald anzupassen.

Nachdem Almaras aufgestanden und nach Hause gegangen ist, sitze ich noch eine ganze Weile am Feuer und starre in die tanzenden Flammen. Jetzt erst sehe ich, dass Titus mit ein paar Mädchen in einiger Entfernung am Waldrand auf dem Boden sitzt und raucht. Kräuter, die Salomé ihm ursprünglich einmal zusammengestellt hat, damit er nach einem Sturz, bei dem er sich mehrere Knochen gebrochen hatte, besser schlafen und die Schmerzen vorübergehend vergessen konnte. Seitdem raucht er das Zeug.

Er gibt die Zigarette weiter an ein Mädchen. Erst auf den zweiten Blick erkenne ich, dass es Minna ist. Sofort springe ich auf, um die Party zu sprengen, als jemand an meiner Hose zieht. Flora sieht mit ihren zwei Zöpfen und der Zahnlücke so unschuldig aus. Nicht vorzustellen, dass sie dieselbe Zukunft haben wird wie ich. Unterdrückt und voller Angst.

»In meinem Zimmer sitzt eine Spinne«, murmelt sie und schiebt die Unterlippe nach vorne.

»Will Almaras sie dir nicht wegmachen?«, frage ich hoffnungsvoll. Das Letzte, was ich will, ist, ihn heute noch einmal zu sehen.

Flora schüttelt ihren Kopf, so dass ihr Pony hin und her fliegt. »Papa ist nicht da. Mama auch nicht. Und Minna sitzt dahinten.« Sie zeigt mit ihrem Finger auf die Gruppe am Waldrand.

»Mit deiner Schwester muss ich mal ein Wörtchen reden«, murmele ich. Dann beuge ich mich zu Flora hinunter. »Ich hab dir doch gezeigt, wie das mit den Spinnen geht. Du schließt deine Augen und stellst dir ganz fest vor, wie die Spinne aus deinem Zimmer krabbelt.«

»Ich will aber meine Augen nicht schließen!« Flora schiebt trotzig ihre Hände in die Bauchtasche ihres Kleides. »Das ist eine Riesenspinne! Die frisst mich dann bestimmt auf!«

»Riesenspinnen gibt's nicht.«

»Bitte! Bitte! Bitte!«, fleht Flora und krallt sich an meinem Bein fest. »Ich kann sonst nicht schlafen!«

Ich seufze. »Also gut. Ich vermute mal, dass ich dir dann auch noch vorlesen soll. Oder?«

Flora nickt ganz aufgeregt. Ihr Mund verzieht sich zu einem frechen Grinsen, und die Zahnlücke kommt zum Vorschein. Wetten, dass gar keine Spinne in ihrem Zimmer ist. Sie schnappt sich meine Hand und schiebt ihre kleinen Finger zwischen meine. Wir sind schon fast am Haus, als Flora auf einmal stehen bleibt.

»Wer war das eigentlich in deinem Haus?«

Ich muss lachen. Flora und ihre Gedankensprünge. Wie so

oft, habe ich keine Ahnung, was in ihrem Kopf vorgeht. »Wann meinst du denn?«

»Als du dir weh getan hast und dich jemand aus dem Wald getragen hat. Zu dir nach Hause. Du warst ganz müde und hast in seinen Armen gelegen.«

»Ach«, ich streiche über ihr weiches Haar. »Das war Laurin.«

Flora schüttelt ihren Kopf. »Nein. Das war nicht Laurin. Laurin hat hellbraune Haare und keine schwarzen. Und Laurin ist auch nicht so stark.«

Mit einem Mal wird mir kalt. Eiskalt. Ich schaue mich um, ob jemand in der Nähe ist, uns hören kann. Aber da ist niemand. Dann knie ich mich vor Flora auf den Boden. »Wann hast du das denn gesehen, Flora?«

»Nachts. Als der Ball war. Ich konnte nicht schlafen, und da waren Schritte draußen. Zuerst hab ich gedacht, dass Mama und Papa endlich nach Hause kommen, und hab aus dem Fenster geschaut.«

»Und was hast du gesehen?«, frage ich sie so ruhig wie möglich.

»Dich. Aber du hast geschlafen. Ein Mann hat dich getragen. Aber nicht Laurin.«

Ich streiche Flora beruhigend über die Hand, obwohl ich diejenige bin, die sich beruhigen muss. »Schwarze Haare sagst du? Wie sah der Mann noch aus?«

»Groß. Und stark.« Sie hält die Arme wie ein Gewichtheber, um die Kraft des Mannes zu unterstreichen. »Er hat dich vor unser Haus auf die Bank gelegt und geklopft. Minna ist rausgekommen, und er hat ihr gesagt, dass sie Hilfe holen soll. Dann ist er ganz schnell verschwunden. Und niemand hat ihn gesehen. Außer ich. Minna hat alles vergessen.«

»Sie hat alles vergessen? Hast du sie gefragt?« Ich kann immer weniger glauben, was Flora mir da gerade erzählt.

»Ich hab sie gleich am nächsten Morgen gefragt. Aber sie weiß nur, dass sie Salomé geholt hat. Sie sagt, da war kein Mann. Aber ich hab's doch gesehen! Sie meint, ich hab wohl von Paoba geträumt.« Paoba ist ein kleiner Junge in Floras Alter, der zwei Häuser weiter wohnt. »Aber das stimmt gar nicht. Ich mag den gar nicht!« Ihre Wangen glühen regelrecht, so rot sind sie geworden. »Der ärgert mich immer nur.«

»Ist schon gut. Ich glaube dir ja«, flüstere ich und küsse sie auf die Stirn. »Danke, Flora. Toll, wie du immer aufpasst.«

Jetzt grinst sie ganz stolz und stellt sich auf die Zehenspitzen. »Liest du mir vor?«

Es ist der erste Abend, an dem Flora mich irgendwann bittet, mit dem Lesen aufzuhören. Ständig verrutsche ich in der Zeile oder verstumme einfach für ein paar Sekunden. Ich bin mit meinen Gedanken ganz woanders. Bei Laurin, der mich angelogen hat. Sich für jemanden ausgegeben hat, der er nicht ist. Dann sehe ich es auf einmal ganz deutlich vor mir. Wie *er* mich vom Boden aufhebt, als würde ich nicht mehr wiegen als eine Feder. Wie *er* mich durch den Wald trägt und auf die Bank vors Haus legt. Wie ich ganz benommen meinen Dank hauche.

Er. Emilian. Emilian hat mich gerettet.

GEFÜHL

Ich weiß nicht, wie ich die Nacht überstanden habe. Wie ich tatsächlich schlafen konnte. Zuerst wollte ich gleich zu Laurin, ihn zur Rede stellen. Dann aber habe ich mich gebremst. Marla hat oft zu mir gesagt, ich solle immer erst überlegen, warum Leute bestimmte Dinge tun. Erst dann solle ich urteilen und handeln.

Ich denke an die Kette mit dem selbstgeschnitzten Herzen, die er mir geschenkt hat. Immer war er bedingungslos auf meiner Seite. Er hat mich gedeckt und nicht verraten.

Den ganzen Vormittag lang verstecke ich mich in meiner Hängematte und warte darauf, dass ich endlich die Siedlung verlassen kann. Ich breche fast eine Stunde zu früh auf. Hauptsache fort von hier. Im Wald begegne ich Jendrik und seiner Frau. Sie fragen mich, wohin ich so schnell unterwegs bin. Es gäbe doch gleich Mittagessen. Ich antworte, dass ich Messerwerfen üben will. Beide runzeln sie die Stirn, sagen jedoch nichts. Erst als sie hinter einer Biegung verschwunden sind, fällt mir auf, dass ich meinen Messergürtel gar nicht dabeihabe.

Je näher ich unserem Treffpunkt komme, desto sicherer bin ich mir: Auch er wird heute früher da sein. Der Wald scheint mich bei jedem Schritt, den ich mache, warnen zu wollen.

Aber dennoch gehe ich weiter. Ich ignoriere die drohende Stille, vergesse Almaras Worte, verdränge Laurin.

Er sitzt auf dem Boden, den Rücken an einen Ahorn gelehnt. Es scheint, als hätte er mich nicht bemerkt. Wie auch? Im Wald bin ich unsichtbar. Ich werde langsamer, bleibe stehen. Gut verborgen hinter einem mannshohen Wildrosenbusch. Er beobachtet etwas, das ich nicht sehen kann. Die Sonne strahlt sein Gesicht an, so dass er blinzeln muss und die Hand über die Augen hält. Wie gerne wüsste ich, was er betrachtet. Ein Lächeln stiehlt sich auf seine Lippen. Kleine Lachfalten bilden sich in seinen Augenwinkeln.

Er streckt seine Hand aus. Mein Magen zieht sich zusammen. Was, wenn er mit seiner Freundin hier ist? Überhaupt kam mir noch nie der Gedanke, dass jemand in seiner Siedlung auf ihn wartet. Auf ihn, der mein Leben gerettet hat. Dann entdecke ich, was seine Aufmerksamkeit auf sich zieht.

Ganz langsam nähert sich ihm ein fuchsrotes Eichhörnchen. Zögerlich hüpft es ein kleines Stück, dann bleibt es am Boden sitzen und fixiert Emilian mit seinen schwarzen Augen. Es hüpft wieder ein kleines Stück auf ihn zu, bis es ganz nah bei ihm ist. Ich kann es kaum glauben. Wie kann es sein, dass es sich zu ihm wagt? Tiere fliehen vor den Tauren. Das ist, als würde sich ein Lamm an einen Wolf kuscheln.

Das Eichhörnchen springt auf Emilians ausgestrecktes Bein und bleibt dort sitzen. Wie selbstverständlich. Zwar spannt es seinen Körper immer noch fluchtbereit an, doch es rührt sich nicht von der Stelle. Emilians Gesichtszüge verändern sich. Das Lächeln verschwindet. Für einen kurzen Augenblick fürchte ich, dass er dem Tier etwas antun wird. Doch dann begreife ich, was es ist. Sehnsucht.

Für ihn ist es das erste Mal, dass ein Tier sich in seine Nähe wagt. Ich versuche, mir vorzustellen, wie sich das anfühlen muss. Egal, wo man hinkommt, stirbt der Wald ab. Alles flüchtet vor einem. Ich sehe die Trauer und gleichzeitig auch die Dankbarkeit in Emilians Augen. Dieses Eichhörnchen ist nicht vor ihm geflüchtet.

Es ist so wunderschön, den beiden zuzusehen, dass ich unvorsichtig werde. Ich mache einen Schritt vor und trete auf einen Ast. Es knackt. Das Eichhörnchen erschrickt und springt auf den nächsten Baum, um im dichten Laub zu verschwinden. Emilian bleibt einfach sitzen, bewegt sich nicht.

Ich atme tief durch, räuspere mich und gehe auf ihn zu. Als er mich bemerkt, steht er sofort auf. »Wenn du nur ein paar Minuten früher gekommen wärst! Gerade war ein Eichhörnchen bei mir ... auf meinem Bein!«

Aus irgendeinem Grund will ich nicht, dass er weiß, dass ich es beobachtet habe. Vielleicht, weil ich dann eingestehen müsste, dass ich ihn mit anderen Augen sehe. Ihn nicht ewig verachten kann. »Echt?« Ich ziehe meine Augenbrauen hoch.

»Du glaubst mir nicht«, sagt er enttäuscht. »Aber ich lüge dich nicht an.«

Ich antworte nicht darauf, ziehe mir wortlos meine Lederjacke von den Schultern. Heute ist einer von diesen wundervollen Tagen, an denen von morgens bis abends die Sonne scheint. Ein Vorbote des Sommers. Selbst die Blumen und Blätter atmen heute auf.

Als wir anfangen zu trainieren, ist etwas anders zwischen uns. Aber ich spüre es ganz deutlich. Es hat sich etwas verändert. Zumindest für mich. Ich weiß nicht mehr, was ich von ihm halten soll. Bisher war das immer einfach für mich. Er zählte zu den Bösen. Ich zu den Guten. Schwarz und weiß. Jetzt steht er vor mir, versucht, mir irgendetwas zu erklären, und mir gelingt es nicht, aufzupassen. Immer wieder vergleiche ich ihn mit dem Emilian, den ich kennengelernt habe. Der mich gejagt hat. Aber selbst der hat mich damals entkommen lassen.

Ich bin immer noch wütend darüber, dass er mich gestern so provoziert hat. Mich an meine Grenzen gebracht hat, ohne dabei an die Gefahren zu denken. Wir sprechen es nicht an. Tun so, als wäre nie etwas vorgefallen.

»Robin, ich will, dass du dir bewusst wirst, was du kannst. Denn das weißt du noch immer nicht so genau, scheint mir. Du musst dir selbst vertrauen.« Emilian fährt sich über den Nacken, will noch etwas sagen, lässt es dann jedoch.

»Was wird das jetzt? Der psychologische Teil?« Ich lege meinen Kopf schief, verkneife mir ein Lächeln.

»Nein, aber ... Was ich dir jetzt sage, ist wichtig. Warum, meinst du, sind die ganzen Taurer so unglaublich arrogant? Seit wir auf der Welt sind, wird uns beigebracht, dass wir die Besten sind. Und genau das hat für den Kampfunterricht eine ganz besondere Bedeutung. Man braucht Selbstbewusstsein, um sich kontrollieren zu können.«

»Willst du jetzt deine Arroganz vor mir rechtfertigen?«, scherze ich.

»Sehr witzig.« Emilian packt mich an den Schultern. Schaut mir in die Augen. »Du musst wissen, wozu du fähig bist, Darum geht es.« Er sieht sich um, als würde er etwas suchen. Seine Kiefermuskulatur ist angespannt. Ein mulmiges Gefühl breitet sich in meinem Bauch aus. Egal was Emilian vorhat, es wird mir nicht gefallen.

»Sind Tiere in der Nähe?«, fragt er.

Ich zucke mit den Schultern. »Tausende. Wenn wir bei den Ameisen anfangen …«

Er rollt mit den Augen. »Ich meine größere Tiere.«

Ich hole tief Luft, halte einen kurzen Moment inne. Der Boden ist ruhig, keine auffällige Vibration. Nicht weit von uns entfernt ist irgendetwas … Ich konzentriere mich, kneife meine Augen zusammen. »Am Fluss. Schwäne.«

»Sehr gut«, sagt er, und ein Lächeln stiehlt sich auf seine Lippen. »Dann weißt du ja schon, was es heute zum Abendessen geben wird.«

»Wie … was? Wie meinst du das?«, stammle ich.

Doch Emilian geht schon zielstrebig voraus, scheint mich beinahe vergessen zu haben. Für einen kurzen Augenblick bleibe ich stehen, warte darauf, dass er vielleicht noch etwas sagt. Nichts. Langsam setze ich mich in Bewegung. Folge ihm erst zögerlich, dann laufe ich, bis ich ihn eingeholt habe.

»Wohin gehen wir?«, frage ich vorsichtig.

»Zu den Schwänen«, antwortet er kurz angebunden.

»Aber du wirst ihnen doch nichts tun ... oder?«

»Ich nicht. Aber du.«

Er schiebt den dornigen Ast eines Wildrosenbusches vor mir zur Seite. Drängt mich noch ein paar Schritte weiter, bis ich nur wenige Meter vom Fluss entfernt zum Stehen komme. Langsam und gemächlich fließt das Wasser. So friedlich. Sonnenstrahlen tanzen auf seiner Oberfläche, werden reflektiert und tauchen die Umgebung in ein zartes goldenes Licht. Sanft wiegen sich die Blätter der Büsche, die rosafarbenen und weißen Blüten der Moosblumen strecken ihre Köpfe der Wärme entgegen. Vier Schwäne schmiegen sich auf dem Wasser aneinander, schlagen mit ihren majestätischen Flügeln, tauchen ihre Köpfe ins Wasser. Ein Kunstwerk.

»Einen von ihnen wirst du nun allein durch deine Gedankenkraft töten«, höre ich Emilian sagen, doch seine Worte dringen nicht zu mir durch. Zu sehr bin ich versunken im Anblick der vier majestätischen Vögel auf dem Wasser.

»Robin. Hast du verstanden?«, fragt er.

Ich nicke automatisch, erst dann begreife ich wirklich, was er von mir verlangt. »Wie bitte?«

»Du sollst einen von ihnen töten. Nur einen. Das ist die Aufgabe.«

»Nein. Niemals!«

»Doch. Das wirst du. Es ist eine wichtige Prüfung«, beharrt er, und ich sehe in seinem Blick, dass er sich nicht davon abbringen lassen wird.

»Was, wenn ich mich weigere?«

»Dann töte ich sie alle. Einen nach dem anderen.«

»Das würdest du nicht tun«, erwidere ich, doch er lacht nur. Schiebt mich noch ein Stück näher an den Fluss. Er selbst bleibt etwas zurück, damit die Tiere seine Anwesenheit nicht sofort spüren und flüchten.

Auch sonst töte ich Tiere. Reine Essensbeschaffung. Ich töte Hasen, Enten und Tauben. Alles, damit wir etwas zu essen haben und überleben. Aber einen Schwan ...

Ich mache einen weiteren Schritt auf die Tiere zu. Sie heben ihre Köpfe, sehen kurz in meine Richtung. Denken, dass von mir keine Gefahr ausgeht, und beschäftigen sich wieder ganz mit sich selbst. Ich betrachte sie fasziniert, immer noch verzaubert von diesem Bild des Friedens.

»Heute noch?«, lässt Emilian nicht locker.

»Aber das ...«, setze ich an, doch Emilian unterbricht mich sofort.

»Gut. Bringen wir mal ein bisschen Schwung in die Sache.« Emilian kommt mit eiligen Schritten auf mich zu. Die Tiere nehmen seine Anwesenheit sofort wahr, reißen ihre Köpfe hoch, geben Warnrufe von sich. Schlagen wie wild mit ihren Flügeln, um so schnell wie möglich fortzukommen.

»Jetzt entscheide dich. Ich warte zehn Sekunden. Dann sterben sie alle.«

In seinem Blick lese ich nichts als Entschlossenheit. Meine Augen huschen von ihm zu den Schwänen und wieder zurück.

»Sie entwischen dir«, weist er mich auf die nun flüchtenden Tiere hin. »Eins, zwei, drei ...«

Ich konzentriere mich auf die Schwäne. Es ist eine Übung. Und wir brauchen etwas zu essen. Ich tue nichts Verwerfliches.

»Aber was, wenn ich es nicht schaffe? Wenn ich sie alle töte?« Meine Stimme zittert. Warum muss Emilian mich immer in solch extreme Situationen bringen?

»Dann gibt es heute ein Festmahl«, scherzt er und trifft damit rein gar nicht meinen Humor. »Vier, fünf, sechs ...«

Die Schwäne sind bereits in der Luft. Meine Hände zittern. Mein ganzer Körper bebt. Ich bin viel zu nervös. »Ich kann nicht, Emilian. Wirklich ...«

»Sieben, acht ...«

Ich schließe meine Augen. Konzentriere mich. Spüre die Kraft der Natur. Das Leben in den Blättern, in den Wurzeln und der Erde. Die sanfte Vibration in der Luft. Meine Fingerspitzen beginnen zu kribbeln. Mein Herz schlägt schneller, immer schneller. Ich denke an die Schwäne. An den größten von ihnen. An den, der sich als Letzter aus dem Wasser erhoben hat. Konzentriere mich auf ihn.

Dann lasse ich es meinen Körper tun. Spüre die Kraft, die mich mit einem Mal durchströmt. Eine Kraft, machtvoll und zügellos. Nicht zu bändigen.

»Sehr schön«, höre ich Emilian sagen. »Jetzt komm wieder zu dir.«

Ich genieße das Gefühl. Vielleicht fühlt sich so Freiheit an. Ich will es noch weiter spüren, in all meinen Knochen und Muskeln, doch dann nehme ich Emilians Hand auf meinem Rücken wahr und reiße meine Augen auf.

»Einen Schwan. So wie besprochen.« Er zeigt mit seiner Hand in eine Richtung. »Dort drüben dürfte er irgendwo runtergefallen sein. Wollen wir ihn suchen?«

»Du hättest es nicht gemacht, oder?«, frage ich. Noch immer zittert mein Körper, doch das Zittern wird schwächer.

Emilian nimmt seine Hand von meinem Rücken. Er lächelt. »Nein, hätte ich nicht.« Er geht ein paar Schritte vor, dreht sich zu mir um. »Du kannst stolz auf dich sein. Jetzt weißt du, dass du deine Kraft beherrschst.«

Ja. Vielleicht sollte ich stolz auf mich sein. Aber das, was ich in diesem Moment verspüre, ist Angst. Es ist so einfach, viel zu einfach, ein Leben auf diese Weise auszulöschen. Ein Gedanke, und schon ist es geschehen.

Gemeinsam suchen wir den Schwan. Er liegt ein ganzes Stück von uns entfernt. Die ganze Zeit über sage ich kein Wort. Denke an das, was ich getan habe. Denke an das, was Emilian von mir verlangt hat. Ich weiß, dass er die Schwäne nicht alle umgebracht hätte. Er hat es nur behauptet, um mich unter Druck zu setzen. Emilian, dessen wahres Gesicht ich vielleicht immer noch nicht kenne. Als würde er meine innere Zerrissenheit spüren, redet Emilian ununterbrochen weiter, wie um mich zu beruhigen. Er erzählt mir, dass er als kleiner Junge immer Bilderbücher mit Tieren anschauen wollte, weil die echten Füchse und Hasen immer vor ihm geflüchtet sind. Er erzählt, dass er gerne einmal einen Luchs streicheln würde und dass er die Leonen darum beneidet, so im Einklang mit der Natur zu leben. Doch ich höre ihm nicht wirklich zu.

»Du weißt schon, dass heute unser letzter Tag ist?«, fragt er mich irgendwann.

Der Tannenzapfen, an dem ich den ganzen Weg über herumgespielt habe, gleitet mir aus den Händen.

»Das scheint dich ja ganz schön fertigzumachen«, scherzt er und legt mir einen Arm um die Schultern.

Mit einem Mal wird mir bewusst, was ich hier gerade tue. Wieder tauchen Bilder meiner Mutter in meinem Kopf auf. Bilder ihres Todes. Dann sehe ich, wie Emilian mich durch den Wald trägt. Mein Kopf an seine Brust gelehnt. Wie wir tanzen. Wie er mich durch den Wald jagt.

»Ich muss mit dir reden«, sage ich nüchtern und überrasche mich damit selbst.

Sofort lässt er von mir ab. Jegliche Freude ist aus seinem Gesicht verschwunden. »Gut«, antwortet er.

Ich weiß selbst nicht genau, was ich von ihm wissen will. Aber mein Herz sagt mir, dass wir reden müssen. Also werden wir reden.

Als wir uns auf die Steine am Fluss setzen, ist mir mit einem Mal eiskalt. Obwohl die Sonne auf meine Schultern scheint. Gänsehaut überzieht meine Arme. Ich versuche, es zu verbergen, schiebe meine Hände unter meine Beine.

Doch es entgeht ihm nicht. »Du hast wieder Angst vor mir.«

»Nein, hab ich nicht«, lüge ich. Ich kann es mir ja selbst nicht erklären. Wie sollte ich es dann für ihn in Worte fassen können?

»Dein Körper sagt aber etwas anderes.«

»Ignorier meinen Körper einfach.«

Emilian sagt nichts darauf. Schweigt. Es ist offensichtlich, wie wenig ihm meine Antwort gefällt. »Wie ist es, jemanden zu töten?«, platze ich heraus.

Mit dieser Frage hat er nicht gerechnet. Er lehnt sich vor. Stützt sich mit den Unterarmen auf die Knie. In diesem Augenblick ist es mir völlig egal, ob ich ihn mit dieser Frage vor den Kopf stoße. Ich muss es einfach wissen.

»Wahrscheinlich sage ich jetzt genau das Falsche. Aber es ist die Wahrheit.« Er schweigt für einen kurzen Augenblick, ehe er weiterspricht. »Es fühlt sich gut an. Sehr gut sogar. Berauschend.« Sein Blick schweift wieder hinüber ans andere Ufer. »Und deshalb ist es auch so wichtig, dass man sich kontrolliert. Nicht nur seine Kraft, sondern auch den Rausch. Damit man wieder aufhören kann.«

»Erzähl mir davon. Erzähl mir, wie du die Leute getötet hast.«

Jetzt sieht er mich an. Ich kann es kaum ertragen. Schmerz liegt in seinen Augen. Selbsthass. Und dennoch steht er zu seinem Wesen, stellt sich der Frage. »Es gibt viele Arten. Vom einfachen Genickbruch bis hin zum Kopfabreißen. Als ich das letzte Mal getötet habe, habe ich es mit Gedankenkraft gemacht.«

Ihm entgeht nicht, dass ich mehr wissen möchte. Atmet tief ein, als müsse er Kraft schöpfen. »Es war eine Acuarierfrau. Einer von den Tauren hatte sie nach dem Ball mit in die Siedlung geschleppt. Sie hat sofort gemerkt, dass wir mehr Macht besitzen, als die anderen Sternzeichen wissen dürfen. Sie wollte fliehen. Birkaras hat mich holen lassen und mir den Auftrag gegeben, es zu Ende zu bringen. Zu dem Zeitpunkt war sie bereits verletzt. Es ging ganz schnell. Ich musste nur daran denken, sie zu töten, und schon war sie tot.«

Ich kralle mich mit meinen Händen am Stein fest. »Danke«, flüstere ich, und er nickt schwach.

Eine Zeitlang starren wir beide ins Wasser. »Könnt ihr eigentlich auch Erinnerungen auslöschen?«, frage ich schließlich. Eine Frage, die mir schon seit gestern unter den Nägeln brennt. Die alles entscheidende Frage.

Sein Blick ist forschend. Ahnt er, worauf ich hinauswill? »Nicht alle. Nur die besonders Starken.«

»Kannst du es?«

Er nickt. »Ich kann es.«

Ich will etwas sagen, doch er legt mir seinen Zeigefinger auf die Lippen. »Lass uns nicht darüber reden.«

Er steht auf, watet ein paar Schritte in den Fluss hinein. Sofort saugt sich seine Jeans voll Wasser, doch es scheint ihm egal zu sein. Er dreht sich zu mir um, hält mir seine Hand entgegen. »Du bist mir noch einen Tanz schuldig. So, wie du mich auf dem Ball stehengelassen hast ...«

Etwas auf der anderen Uferseite bewegt sich. Ihm fällt er nicht auf, doch ich bemerke ihn sofort. Der Luchs sieht mich mit seinen warmen Augen an. Obwohl Emilian da ist, bleibt er, setzt sich hinter einen Busch und beobachtet uns aus seinem Versteck. Ich zwinkere ihm zu, will wissen, was er hier will. Er zwinkert einmal zurück. Ein langsames Zwinkern, als wolle er mir damit sagen, dass alles in Ordnung ist.

Ich erhebe mich von meinem Stein. Gehe auf Emilian zu. Lasse meine Hand in seine gleiten. Er zieht mich an sich. Unsere Oberkörper berühren sich. Ich kann nicht mehr atmen. Mit einem Mal fühle ich mich, als hätte ich Fieber. Mein Körper glüht, dennoch ist mir eiskalt. Ich weiß nicht, was ich hier mache. Möchte fliehen. Möchte an keinem anderen Ort der Welt sein. Er sieht mich mit seinen grünen Augen an, und ich verliere mich in seinem Blick. Vergesse alles um mich herum. Die Qual, das Leid, den Hass. Ich fühle die Freiheit, die Schönheit des Lebens. Leidenschaft.

»Warum machst du das alles?«, hauche ich benommen.

»Was?«, entgegnet er mir und hält meinen Blick. Als forsche er in mir. Ich will mich innerlich wappnen, doch es ist, als würde ich mich selbst nicht mehr kennen. Macht er das mit mir, oder bin ich das selbst?

»Mich unterrichten. Mit mir trainieren. Mit mir hier sein.«

Jetzt weicht er meinem Blick aus. Reißt eine Blüte von einem herunterhängenden Ast einer Trauerweide. Ich höre den Baum aufstöhnen. Emilian hört es nicht.

»Keine Ahnung«, antwortet er schließlich.

»Wie ...?«

»Ich weiß es nicht.« Seine Stimme ist schneidend.

Auf einmal weiß er nicht mehr, wie er sich verhalten soll. Er lässt meine Hand los, fährt sich über den Nacken, schiebt die andere Hand in die Tasche seiner Jeans. Kann mich nicht mehr ansehen. All seine Selbstsicherheit scheint dahin.

Diesmal sage ich nichts, genieße den Moment. Es überwältigt mich beinahe. Ich wünsche mir, dass er mich ansieht. Dass ich in seinen grünen Augen lesen kann.

Dann blickt er mich an. Als hätte er meinen Wunsch erhört. Meine Knie werden weich. Er steht einfach nur da. Seine braune Haut, seine perfekten Gesichtszüge, dieses Dunkle an ihm. Meine Wangen kribbeln. Ich kenne das nicht, will mich abwenden. Doch er ist schneller.

Er nimmt mein Gesicht in seine Hände. Küsst mich.

Ich fühle mich leicht, verliere den Boden unter den Füßen. Vergesse, wer ich bin und wo ich herkomme. Wer er ist. Wir sind zwei andere Personen. Nicht Emilian und Robin. Wir sind an einem anderen Ort. Nicht hier im Wald. Ein Ort, der nur uns gehört. Ich lasse mich fallen, lasse es zu, dass er mich enger an sich zieht.

Plötzlich tauchen wieder die Bilder von Mamas Tod in meinen Kopf auf. Wie ein Strudel reißen sie mich mit sich. Ich stoße Emilian von mir. Kann nicht fassen, was ich da gerade getan habe.

Ich renne. Lasse ihn alleine im Fluss stehen. Drehe mich nicht noch einmal zu ihm um. Er versucht nicht, mich aufzuhalten.

In dieser Nacht träume ich von dem Luchs. Ich weiß nicht, was in seinem Kopf vorgeht. Sein Blick ist verschlossen. Kann nicht deuten, ob er enttäuscht ist oder mich trösten will.

EINSAMKEIT

Er hasst es, diese Arbeiten zu verrichten. Über den Boden zu kriechen wie ein Wurm. Durch Schlamm und Matsch zu waten wie Ungeziefer. Er ist kein Hund, der Spuren lesen kann. Trotzdem schickt ihn Birkaras immer wieder los, um dieses Mädchen zu beobachten. Wieder ist Emilian bei ihr. Sein Herr duldet das, nimmt es einfach so hin. Unterstützt es sogar!

Sie ist stark. Muss nur lernen, damit umzugehen, sagt Birkaras. Dann ist sie wie ein geschliffener Edelstein für den Stamm der Tauren. Pah! Nichts muss sie dafür tun. Auch Emilian musste nichts tun. Ihm wurde diese Stärke in die Wiege gelegt, und nur deshalb sieht Birkaras ihn mit diesen vor Stolz glänzenden Augen an.

Emilian soll ruhig viel Zeit mit ihr verbringen, meint sein Herr. Sie beeinflussen. Ihr zeigen, dass es viel besser ist, stark zu sein und Macht zu besitzen. Wenn er das wenigstens tun würde … Seit gefühlten Stunden sitzen die beiden schon am Fluss und reden über die unwichtigen Dinge des Lebens.

Seine Knie schmerzen von der ungünstigen Position, in der er sich befindet, seit er die beiden hier beobachtet. Kniend auf nassem Moos. Er, der Berater des Anführers der Tauren! Versteckt hinter den dichten Ästen einer Trauerweide. Er kratzt sich am Rücken. Ein Ast pikt ihn direkt in die Seite. Doch er darf sich nicht bewegen, am Ende verursacht er nur ein Geräusch, und die beiden kommen ihm auf die Schliche. Eigentlich müsste das Mädchen ihn ohnehin bemerken, aber sie ist zu abgelenkt.

Er rollt mit den Augen. Emilian zählt ihr auf, wie viele Leben er schon auf dem Gewissen hat. Angeberei! Die beiden reden und reden und reden ... Wenn er Pech hat, muss er hier sitzen, bis es dunkel wird. Wie soll er dann noch zurück in die Siedlung der Tauren finden?

Sie stehen auf. Hand in Hand waten sie ins Wasser. Wie romantisch, denkt er verächtlich. Nie würde ein weibliches Wesen mit ihm Hand in Hand durch einen Fluss waten.

Dann küssen sie sich. Für ein paar Sekunden stockt sein Atem. Damit hätte er nicht gerechnet. Ist das jetzt gut oder ... Ja, es ist gut. Emilian weiß, wie er dieses junge Ding um den Finger wickelt. Sein Herr wird sicher zufrieden sein, wenn er ihm davon berichtet.

Ein Erfolg. Doch tief in seinem Bauch sticht es vor Wut. Vor Neid, Einsamkeit und dem Gedanken, vielleicht niemals einer Frau so nahezukommen.

ZEICHEN

Jede Sekunde denke ich an ihn. Jeder Herzschlag gehört ihm. Berechnung? Vielleicht. Ob er das so geplant hat? Wahrscheinlich. *Willst du, dass sich die Geschichte wiederholt?* Nur zu deutlich sehe ich Laurin vor mir. Höre seine Warnung. Wird sich die Geschichte denn wiederholen?

»Robin? Bist du da?«

Als hätte er meine Gedanken gehört, taucht Laurin vor meinem Haus auf. Er sieht aus, als hätte er nicht viel mehr geschlafen als ich. Dunkle Augenringe, Dreitagebart.

Ich drehe mich auf die andere Seite, ziehe die Bettdecke über meinen Kopf.

»Komm schon. Ich hab dich gehört«, ruft Laurin mir von draußen zu.

Kurz noch wartet er, dann kommt er einfach herein. Wie früher setzt er sich neben meine Füße und wartet, bis ich aus meinem Versteck hervorkomme.

»Ich weiß, dass du sauer bist, weil ich Almaras von deinen Treffen mit diesem Taurer erzählt habe … Aber versuch doch mal, mich zu verstehen. Auf mich hörst du ja nicht, auf Almaras schon … Und wenn ich dich so vor einem Unglück bewahren kann, dann nehme ich in Kauf, dass du mich womöglich nicht mehr magst.«

Laurins seltsame Logik. Vielleicht würde ich ihm verzeihen, wenn es nur das gewesen wäre. Aber die Tatsache, dass er sich immer noch als mein Retter ausgibt und mir nicht einfach die Wahrheit sagt, trifft mich schwer.

»Gibt's sonst noch was?«, murmele ich benommen von meinem miserablen Schlaf.

»Ein Luchs ist in eine Falle geraten. Wir sollen ihn zu Salomé bringen. Almaras meinte, dass du das wahrscheinlich am besten kannst, weil ...«

Ich fahre hoch. »Was sagst du? Ein Luchs? In unserem Gebiet?«

Laurin schüttelt den Kopf. »Grenzgebiet. Wir müssen vorsichtig sein. Aber die Schweine lassen ihn einfach liegen und verbluten.«

Ich stürze einen Abgrund hinab. Vielleicht bin ich auch schon all die Tage gestürzt. Vielleicht habe ich auch nur die ganze Zeit über an der Kante gestanden und gerade noch so das Gleichgewicht gehalten. Jetzt weiß ich, dass ich falle. Erwarte den Aufschlag.

»Ich bin sofort draußen.«

Ich zwänge mich in meine zerrissene Jeans, die Stiefel, werfe mir meine Lederjacke über. Spritze mir etwas von dem Rosenwasser ins Gesicht. Das muss reichen.

Laurin kommt im Wald kaum hinter mir her, so schnell renne ich. Die ganze Zeit über denke ich: War er es? Hat er das getan, um mir zu zeigen, dass er mit mir spielen kann? Wieder sehe ich ihn vor mir. Wie er auf dem Boden sitzt und seine ganze Aufmerksamkeit dem Eichhörnchen gilt. Wie er im Fluss steht und mir seine Hand reicht. Die ganze Nacht über haben mich diese Bilder verfolgt. Und immer wieder war da der Luchs.

Ich stolpere, kann mich gerade noch fangen. Laurin holt auf.

»Mensch, Robin! Was ist denn nur los mit dir?«, keucht er und meint damit nicht nur meinen Sprint. Er meint alles. Einfach alles. Und ich kann ihm keine Antwort auf seine Frage geben.

Als wir den Luchs erreichen, kann Laurin zu meinem Glück nicht mehr reden, so sehr muss er nach Luft schnappen. Ich habe nur noch Augen für den Luchs. Sehe nur noch das stolze Tier, die weiche Tatze voller Blut. Eingequetscht in eine Falle aus spitzen Eisenzacken, die mit Gift getränkt sind. Keine Falle von uns. Müde zwinkert mir der Luchs zu. So viel Wärme und Gutmütigkeit in seinen goldenen Augen.

Ich knie mich neben ihn auf den Boden und streiche über sein hellbraunes Fell mit diesen wunderschönen Tupfen. Ein Meisterwerk der Natur. So vollkommen, dass es noch viel mehr schmerzt, ihn jetzt hier verwundet auf dem Boden liegen zu sehen. Mit meinen Fingern umklammere ich jeweils eine Seite der Falle. Atme ein. Mit einem Ruck reiße ich die beiden Teile zurück. Der Luchs jault, knurrt, zittert. Blut strömt aus der Wunde. Die Falle lege ich neben mich, reiße anschließend ein Büschel Moos aus dem Boden und presse es auf die offene Stelle, um die Blutung zumindest ein wenig zu stillen.

Ich drehe mich zu Laurin um. »Wir haben Glück. Wir sind

noch auf unserer Seite. Wir werden also keinen ungebetenen Besuch bekommen.«

Mit Laurins Hilfe wird es kein Problem sein, das Tier zu transportieren. Das Gewicht kann ich inzwischen locker stemmen, ich brauche nur jemanden, der die blutende Tatze hält.

»Bekommst du das hin?«, frage ich Laurin, nachdem ich ihm meinen Plan erklärt habe.

Das Unbehagen ist deutlich von seinem Gesicht abzulesen. Aber er willigt ein. Ich zeige Laurin, wie er den verletzten Hinterlauf am besten stützt. Der Luchs knurrt. Vor Schmerz, nicht um zu drohen. Ich richte mich auf, überlege, wie ich am besten seinen Körper hochwuchte, ohne ihm weh zu tun.

Mein Blick schweift über den Wald. Sucht nach einer Lösung. Nebel hängt dicht über dem Boden. Ein milchiger Schleier, der sich um die Bäume schlängelt und langsam durch den Wald kriecht. Es ist dunkel hier. Nur wenig Licht dringt durch die eng beisammenstehenden Bäume hindurch. Tannen so hoch wie Berge. Erst jetzt erkenne ich die Felsen, die Stelle, an der ich hinabgesprungen bin, um zu flüchten. Dort, wo er mich festgehalten hat, um mich doch wieder laufenzulassen. Erst jetzt wird mir bewusst, dass wir uns an der Grenze zu *seinem* Revier befinden. Ein Zeichen? Ich will den Gedanken verdrängen. Doch der kalte Schauer, der meinen Rücken hinabrinnt, macht, dass sich der Gedanke in meinem Kopf festsetzt.

Ich suche mit den Augen die Stelle, an der er plötzlich vor mir stand. Den Eber tötete. Finde sie. Dort steht er. Bilde ich mir das ein? Nein. Wie eine Statue sieht er aus. Ein schwarzer Schatten. Beobachtet uns. Jede unserer Bewegungen.

Emilian.

Ob er darauf wartet, dass wir einen Fehler machen und die Grenze übertreten? Dass er uns töten kann? Ich kann meinen Blick nicht von ihm losreißen. So sehr zieht er mich in seinen Bann.

»Komm, lass uns gehen und den Luchs endlich von hier wegbringen. Der wird nämlich verdammt schwer«, mahnt Laurin.

Er befreit mich aus meiner Starre. Zum Glück hat er Emilian nicht bemerkt. Ich hole tief Luft, wuchte mir den Körper des Tieres auf die Schultern. Seinen Kopf neben meinen.

Einen einzigen Blick gestatte ich mir noch. Doch Emilian ist verschwunden. Als wäre er nie da gewesen. Ein Trugbild des Nebels.

Als wir zurück in die Siedlung kommen, werden wir bereits erwartet. Es gilt als Unglück, wenn ein Luchs verletzt gefunden wird. Ein Tier unseres Sternzeichens. Donia schlägt die Hände über dem Kopf zusammen, als sie den schwachen Körper des Luchses auf meinen Schultern sieht. Wenn mich nicht alles täuscht, dann weint sie sogar.

»Das ist ein eindeutiges Zeichen. Ein eindeutiges Zeichen. Unglück wird über uns kommen«, wimmert sie und läuft dabei einmal im Kreis.

»Spar dir dein Geheule und pack lieber mal mit an«, brummt Salomé.

Sie stapft vor in Richtung ihres Hauses. Laurin keucht, als

wir ihr folgen. Ich habe Angst, dass er den Hinterlauf nicht mehr lange halten kann. Bei mir macht sich noch nicht einmal die leiseste Erschöpfung bemerkbar.

Salomé hat bereits alles vorbereitet. Wir legen das Tier auf die sauberen Laken, dann scheucht sie uns schnell wieder nach draußen. Bis zum Abend verbringen wir die Stunden mit Warten. So, wie ich auch die nächsten Tage mit Warten verbringe. Ich weiß nicht einmal, worauf ich warte. Von Emilian keine Spur. Nicht einmal ein Lebenszeichen. Auf irgendeine unerklärliche Weise vermisse ich unsere gemeinsamen Stunden. Die Tage fühlen sich doppelt so lang an. Auch wenn ich von morgens bis abends den Männern im Wald bei der Arbeit helfe. Die nächsten Abgaben an die Tauren stehen an. Noch immer entdecke ich nicht den Sinn dieser Sklaverei. Was fangen sie mit dem Holz an, das wir ihnen bringen? Mit den Kräutern oder heilenden Salben? Genug Geld, sich einfach alles zu kaufen, hätten sie allemal ...

Der Luchs ist nach nur wenigen Tagen wieder so weit geheilt, dass er in die Wildnis entlassen werden kann. Keine Krankenbesuche mehr. Eine Beschäftigung weniger, mit der ich mir die Zeit vertreiben kann. Laurin und ich reden nicht mehr wirklich viel miteinander. Er sucht immer wieder das Gespräch, aber ich sehe in ihm nur den Lügner. Warum hat er mir nicht einfach sagen können, dass er es nicht war, der mich nachts aus dem Wald gerettet hat? Es hätte nichts an unserer Freundschaft geändert. Jetzt ist es zu spät.

So verbringe ich meine Zeit meistens in meiner Hängematte

oder am Fluss. Starre vor mich hin. Denke nach. Warte auf ein Zeichen von Almaras, endlich etwas unternehmen zu können. Einen Plan zu schmieden. Warte auf ein Zeichen von Emilian. Und zugleich auch nicht. Ich will ihn nie wiedersehen.

Nach drei Tagen ändert sich schließlich alles. Ich liege gerade in meiner Hängematte und beobachte ein Wildtaubenpaar in der Spitze einer Tanne, als Titus zu mir kommt. Sofort will ich ihm klarmachen, dass er sich gleich wieder verziehen kann mit seinem halboffenen Hemd und dem arroganten Blick. Doch dann sagt er mir, dass Almaras eine Versammlung einberufen hat. Etwas muss vorgefallen sein. Ansonsten hätte Almaras mich zumindest vorgewarnt.

Als ich das Versammlungshaus erreiche, haben sich bereits alle wichtigen Personen eingefunden. Auch Titus hat dieses Mal die Ehre, anwesend sein zu dürfen. Er nimmt Platz zu meiner Rechten, auf der anderen Seite Laurin. Wie letztes Mal sitze ich Almaras direkt gegenüber. Die Angeklagte.

Doch dieses Mal scheint es nicht um mich zu gehen. Almaras wirkt erschöpft. Niedergeschlagen. Er streicht sich über die Augenklappe, wirkt, als wäre er überhaupt nicht anwesend. Die Männer im Raum werden ungeduldig.

»Möchtest du uns nicht langsam mal verraten, weshalb wir hier sind?«, fordert Jendrik. Ein paar der Männer nicken zustimmend.

Almaras holt tief Luft. In diesem Moment betritt Marla den Versammlungsraum. Normalerweise ist sie nie anwesend bei solchen Treffen. Langsam mache ich mir ernsthafte Sorgen.

Laurin bemerkt es sofort und greift nach meiner Hand. Ich ziehe sie zurück.

»Die Tauren haben wieder eine neue Forderung gestellt. Holz und Lebensmittel reichen ihnen nicht mehr.«

Ein Raunen geht durch den Versammlungsraum. Marla setzt sich auf die Lehne von Almaras' Stuhl. Sie streicht ihm aufmunternd über die Schulter.

»Was wollen sie diesmal?«, hakt Jendrik weiter nach.

»Ein junges Mädchen. Ich hatte schon die Hoffnung, dass sie diese Forderung nie wieder stellen würden. Schon lange haben sie es nicht mehr getan. Aber jetzt ist es wieder so weit.«

»Was wollen sie mit einem unserer Mädchen?« Der dicke Parl ballt seine Hände zu Fäusten.

»Sie behaupten, sie bräuchten es als Dienstmädchen und es würde lediglich im Haushalt arbeiten. Es soll möglichst jung sein. Ich glaube aber, dass die Tauren es einfach nur töten werden. Dann können sie beim nächsten Mal wieder ein Mädchen fordern und so langsam unseren Stamm auszehren.«

Ich erschauere. Die Vorstellung, dass sie ein Mädchen aus unserer Siedlung fortschleppen und es … Der Gedanke, dass es Minna sein könnte. Wie viele Mädchen in ihrem Alter gibt es bei uns Leonen schon. Gerade einmal fünfzehn.

Ob Emilian davon weiß? Ob er es vielleicht sogar töten wird? Mit einem Mal fühle ich mich, als hätte er mich hintergangen. Schon seit gestern lauert dieses Gefühl in meinem Bauch. Viel zu stark, um es zu ignorieren. Dabei habe ich kein Recht, auch nur irgendetwas von ihm zu erwarten. Zu hoffen, dass er anders sein könnte. Denn das ist er nicht. War es niemals. Wird es niemals sein. Und trotzdem ist da diese Hoffnung. Was erwarte ich mir also?

Warum ist etwas, das so falsch, so verboten ist, gleichzeitig so ... schön. Verwirrend schön. Warum existiert so etwas überhaupt? Warum klammere ich mich daran fest?

»Und was sollen wir unternehmen?«, fragt Titus.

Seit wann engagiert er sich überhaupt für den Stamm? Laurin denkt anscheinend das Gleiche und rollt mit den Augen.

Almaras fixiert mich. Ich ahne nichts Gutes. »Robin hat schon vor einiger Zeit angeregt, ihre Stärke zu nutzen. Zunächst wollte ich davon nichts wissen. Doch vielleicht gibt es für uns keine andere Lösung mehr.«

»Wie sollten wir das tun?«, will Sepo skeptisch wissen. Unser schlauer Fuchs. Immer einen möglichen Ausweg im Kopf. »Robin kann nicht einfach alleine bei den Tauren einmarschieren und sie niederschlagen.«

»Es muss einen anderen Weg geben ...« Wieder Titus. Und wieder nervt er mich grenzenlos.

Sepo streicht sich gedankenversunken über seinen Hals. »Huldigungstag«, schießt es auf einmal aus ihm heraus. »Wir Leonen haben unseren Huldigungstag. Was ist mit den Tauren?«

Huldigungstag. Der Tag, an dem unsere Kräfte erneuert werden. Wir ernähren uns dann nur von Kräutern, Wurzeln, Früchten und Gemüse. Alles, was wir selbst im Wald anbauen können. Fleisch ist verboten. Abends huldigen wir gemeinsam der Natur. An diesem Tag werden unsere Kräfte neu erschaffen. Was bedeutet, dass wir am Morgen jegliche Verbindung zur Natur verloren haben. Wir spüren sie nicht, so als hätte sie sich selbst aus unserem Blut gespült. An diesem Tag darf niemand die Siedlung verlassen. Die Gefahr, dass etwas passieren könnte, wäre zu groß. Auf diese Weise erfahren wir jedes Jahr aufs Neue, wie wichtig unsere Gabe ist. So erzählen es zumindest die alten Schriften und Sagen.

»Du glaubst, dass die Tauren auch so einen Tag haben?«, werfe ich ein.

Wieder fixiert mich Almaras. Ein Blick, der mir irgendetwas sagen will, bevor seine Lippen es aussprechen. »Es gibt nur eine Möglichkeit, das herauszufinden ...«

Einen kurzen Augenblick lang ist es gänzlich still am Tisch. Alle schweigen. Alle wissen es also.

»Nein«, entfährt es mir. »Ihr wollt, dass ich ihn aushorche?«

»Was bleibt uns anderes übrig?« Wieder Titus. Noch so ein Satz, und er liegt am Boden.

»Nur nachfragen«, antwortet Almaras ruhig.

»Das werde ich nicht tun. Unsere Wege haben sich getrennt. Und wer sagt überhaupt, dass, wenn sie auch solch einen Tag haben, an dem sie ihre Kräfte erneuern, ich an dem Tag meine Kräfte behalte? Was, wenn ich sie auch verliere?«

»Noch eine Sache, die man herausfinden müsste.« Diesmal ist es Laurin. Aber bei ihm ist es nicht einfach nur ein Satz, mit dem er sich großtun will, so wie Titus. Aus diesem Satz spricht Laurins ganze Enttäuschung, seine Eifersucht. Du stehst doch auf diesen Kerl, was zierst du dich also?, scheint er eigentlich sagen zu wollen. Zumindest verraten mir das seine zu einem Strich zusammengepressten Lippen.

Wieder einmal habe ich das Gefühl, dass alle im Raum gegen mich sind. Ich springe von meinem Stuhl auf und verlasse das Versammlungshaus. Es macht sich nicht einmal jemand die Mühe, mich zum Bleiben aufzufordern. Vermutlich beratschlagen sie jetzt, wie man mich zur Vernunft, zum Einlenken bringen kann.

Ich renne los und pralle mit voller Wucht gegen Donia. Sie taumelt ein paar Schritte zurück. In ihrer Hand hält sie eine Schüssel mit Keksen, die sie den Leonen bringen will, die gerade verlangt haben, dass ich mich mit der Person treffe, deren Umgang sie mir bisher am liebsten verboten hätten ... Wie durch ein Wunder fällt keiner der Kekse auf den Boden. Ich entschuldige mich nicht einmal, stapfe nur stur auf den Wald zu.

»Was ist denn mit dir los?«, ruft mir Donia hinterher.

Ich antworte nicht. Es gibt nur ein Ort, an dem ich jetzt sein möchte. Am Fluss. Der Ort, an dem wir uns geküsst haben. Oder er mich geküsst hat. Habe ich seinen Kuss überhaupt erwidert? Ich hoffe, hier so etwas wie Klarheit zu finden. Ein Zeichen. Dass der Luchs wieder auftaucht oder der Wald mir eine Botschaft schickt. Doch nichts passiert.

Wie eine Ausgestoßene fühle ich mich. Vertrauen. Er hat gewusst, dass ich ihm nicht vertraue. Natürlich tue ich das nicht. Seit ich denken kann, warnt man mich vor den Tauren. Wie soll ich dieses Misstrauen auch abstellen? Es ist tief in mir verwurzelt. Aber da ist noch etwas anderes. Etwas, das ich nicht wahrhaben will. Etwas, das ich bisher nicht kenne. Nicht kennen will. Was, wenn mich dieser Ort hier verändert hat? Das, was an diesem Ort geschehen ist. Mich zu jemandem gemacht hat, der sich zu ihm hingezogen fühlt …

»Wartest du auf mich?«, sagt auf einmal jemand hinter mir. *Er.*

»Nein«, antworte ich. »Doch. Vielleicht.«

»So unentschlossen kenne ich dich ja gar nicht.«

»Warum bist du hier?« Aus irgendeinem Grund kann ich mich nicht mehr bewegen. Ich sitze auf meinem Stein, will atmen und kriege kaum Luft.

Er kniet sich hinter mich. Ich kann seinen warmen Atem in meinem Nacken spüren. Ich friere. »Sind wir jetzt wieder an diesem Punkt angekommen?«

Ich will mich umdrehen. Doch er lässt es nicht zu, küsst mich auf meine Schulter. Kein Kuss, nur ein leichter Hauch.

»Lass das«, sage ich barsch und rücke ein Stück nach vorne. Mir wird bewusst, dass ich so nicht weit komme. Nicht, wenn ich herausfinden will, was die Schwachstelle der Tauren ist. Doch will ich das überhaupt? Aber wie könnte ich es nicht herausfinden wollen? Nur will ich es nicht von ihm erfahren.

»Lass das.« Da ist diese Kälte in seiner Stimme, die mich erschaudern lässt. »Warum bist du nicht einfach du selbst?«

»Ich bin ich selbst!« Diesmal gelingt es mir, mich zu ihm umzudrehen.

»Nein, bist du nicht. Du bist das, was man von dir erwartet. Deshalb stößt du mich zurück.«

Viel zu nah sitzt er jetzt vor mir. So nah, dass mein Herz schmerzhaft gegen meine Brust schlägt. Ich suche irgendetwas Warmes in seinen Augen. Doch da ist nichts. Kein Licht. Grün. Im Schatten der Bäume ist es dunkel. Wie eine Schlucht. Wenn man zu lange hineinsieht, sieht man nur noch das Schwarze. Nichts, was auf ein gutes Herz schließen lässt. Besitzen die Tauren überhaupt so etwas wie ein Herz?

»Ist es, weil sie ein Mädchen von euch als Abgabe verlangen?«

Er weiß es also. Und tut nichts dagegen? Ich schweige.

»Robin, ich werde dir jetzt eine Frage stellen und bitte dich nur darum, mir ehrlich zu antworten. Ich kenne dich. Du wirst nicht zulassen, dass sie euch ein Mädchen nehmen. Du wirst etwas unternehmen, richtig?«

»Du kennst mich überhaupt nicht«, entgegne ich viel zu schneidend.

»Vielleicht besser, als du ahnst.« Er macht eine kurze Pause. »Also heißt das, du wirst etwas unternehmen?«

Ich will dieses Gespräch nicht führen. Alles in mir sträubt sich. Dabei wäre vielleicht genau jetzt meine Chance. »Als ob ich dir das verraten würde ...«

»Sag mir wenigstens, wann!«

»Ich weiß doch überhaupt nicht, wann!«, antworte ich so laut, dass ich selbst erschrecke. »Ich kenne mich doch mit euren Ritualen nicht aus!«

Ich beiße mir auf die Zunge. Hoffe, dass er nicht kapiert hat, worauf ich anspiele. Er sollte nicht einmal erfahren, dass wir etwas planen. Und jetzt ...

»Du sprichst von der Huldigungsnacht?«

»Ich spreche von gar nichts.«

»Ich will euch helfen.«

»Warum solltest du das tun?«, sage ich verächtlich.

»Was habt ihr vor? Du alleine hast keine Chance.«

»Ich weiß!«, fahre ich ihn an und stehe auf.

Ich will von hier verschwinden, doch er hält mich an meinem Arm zurück. »Warum vertraust du mir nicht?«

»Wie sollte ich dir vertrauen?« Ein Käuzchen schrickt von einem Tannenast hoch und steigt in den Himmel auf. Ich reiße mich los. »Wie sollte ich dir vertrauen?«, wiederhole ich meine Worte noch einmal etwas sanfter. »Wie?«

Ich vergrabe mein Gesicht in meinen Händen. Zwinge mich dazu, ruhig zu atmen. Nicht verlorenzugehen. Es kostet mich so viel Kraft, nicht einfach fortzurennen. Nicht einfach nachzugeben und ihm mein Vertrauen zu schenken. »Du hast welche von uns getötet. Freunde von mir. Leonen, die ich kannte. Unschuldige.«

Sein ganzer Körper erstarrt. Mir fällt auf, dass mir der Wald seine Ankunft dieses Mal nicht verraten hat. Kein Schweigen, das sich langsam ausbreitet. Als hätten sich die Pflanzen und die Tiere bereits an seine Anwesenheit gewöhnt.

»Willst du, dass ich gehe?«, fragt er unvermittelt. Seine Stimme ist ruhig. Gefasst.

Langsam hebe ich meinen Kopf, streiche mit meinen Händen über mein Gesicht. Sehe ihn an, als wolle ich die Antwort von ihm wissen. Will ich, dass er geht? Ich will, dass die Kälte aus seinen Augen verschwindet.

»Ja.« Ich wende mich von ihm ab.

Er wartet noch einen Augenblick. Gibt mir die Chance, meine Worte zurückzunehmen. Doch das wird nicht geschehen. Dann nickt er, blickt zu Boden. »Wenn es das ist, was du willst.«

Spott. Arroganz. Eine Maske, um zu kaschieren, dass er verletzt ist. Er beherrscht sie nur zu gut.

Als er geht, sehe ich ihm nicht nach. In meinen Gedanken schon. In meinen Gedanken laufe ich ihm sogar hinterher, greife nach seiner Hand, und wir lächeln uns an. Wir lächeln, weil wir wissen, dass alles gut wird.

Aber das wird es niemals.

BOTSCHAFT

Die Nacht ist kalt. Eiskalt. Trotzdem hole ich mir keine Decke, sondern betrachte meine Haut, wie sich die kleinen Härchen aufstellen. Der Himmel über mir ist ein einziges Kunstwerk. Ein schwarzes Gewölbe mit Tausenden von Sternen. Nicht schwarz, eher dunkelblau. Große und kleine Sterne. Der Löwe ist so deutlich zu erkennen, dass ich schon meine, ihn vom Himmel herabspringen zu sehen. Marla hat mir als Kind gesagt, dass er über mich wacht. Warum tut er es denn jetzt nicht?

So langsam weiß ich gar nicht mehr, welche Fehler ich überhaupt begehe. Aber dass ich das Falsche tue, scheint unvermeidbar. Niemals dürfen Laurin oder Almaras erfahren, dass ich gestern die Chance hatte, Emilian nach dem Huldigungstag zu fragen, und sie nicht genutzt habe. Und mich gleichzeitig noch so ungeschickt angestellt habe. Jetzt weiß Emilian, dass ich etwas plane. Etwas vorhabe, um die Mädchen in unserer Siedlung zu schützen. Er ist es, der nun etwas herausgefunden hat. Nicht ich.

Ist es falsch, Emilian für das zu verachten, was er ist? Kann ich einen Wolf hassen, weil er ein Lamm reißt? Selbst wir Leonen essen Fleisch, weil es in unserer Natur liegt. Emilians Natur ist es zu töten. Aber er tötet nicht, weil er Hunger hat.

Er tötet aus Lust. Reine Willkür. Ihm sind seine Opfer egal. Er hasst sie nicht einmal. Muss sich nicht einmal verteidigen. Sie sind ihm einfach gleichgültig. Das ist vielleicht die schlimmste Art zu morden.

Aber ist er wirklich so grausam? So kalt? Warum hat er mich dann damals entwischen lassen? Mich gerettet?

Ich atme langsam ein und aus. Versuche, mich zu beruhigen. Mein Atem gefriert in der Kälte der Nacht zu einer grauen Wolke. Ein Ast knackt, sanfte Schritte auf dem weichen Grasboden. Mein erster Gedanke ist, dass Laurin unterwegs zu mir ist. Doch dann verlieren sich die Schritte schnell wieder. Zu laut für einen Fuchs. Wahrscheinlich nur jemand, der das Waschhaus aufsuchen will und sich in seiner Müdigkeit verlaufen hat.

Ich schlafe ein, sein Bild in meinem Kopf.

Als ich am nächsten Morgen in der Hängematte aufwache, weiß ich, dass sich niemand verlaufen hat. Es war jemand da, der will, dass ich ihm Vertrauen schenke. Auf dem Boden liegt ein Zettel. Hastig von einem Block abgerissen. Ich knie mich auf den Boden, hebe ihn auf. Darauf steht mit fester Handschrift geschrieben: *Beim nächsten Vollmond. Huldigungsnacht.*

Ich erstarre. Der Zettel wiegt zentnerschwer in meiner Hand. Warum tut er das?

Ich will es nicht von ihm wissen. Will nicht, dass er mir hilft. Will ihn nicht ausnutzen. Nicht gefährden. Ihm nicht dankbar sein müssen. Ich will, dass alles wieder so wird wie früher.

Oder besser: Ich will fort von hier. Eine andere Person sein. Ich will, dass ich Emilian in einem anderen Leben kennenlerne. Dass wir frei sind von Urteilen, befreit vom Hass und unserer Geschichte.

Mit keinem Wort habe ich ihn darum gebeten, dass er mir in irgendeiner Weise zur Seite steht. Sich auf meine Seite schlägt. Nur, dass ich nicht weiter tatenlos unsere Unterdrückung hinnehmen würde, wusste er. Will er also am Ende vielleicht selbst, dass sich etwas ändert?

Es ist Laurin, der mich aus meinen Gedanken reißt. »Guten Morgen, Robin!«, begrüßt er mich. Mir fällt auf, dass ich ihn immer noch nicht auf seine Lüge angesprochen habe. Vielleicht will ich das auch gar nicht mehr.

»Morgen«, antworte ich.

»Was hast du denn da?« Er kommt näher und legt seine Hand auf meine Schulter.

Ich will einfach weggehen und ihn stehenlassen, doch er springt vor mich. Ich bin gezwungen, ihm zuzuhören. »Du ... Robin ...«, setzt er zaghaft an.

Ich rolle mit den Augen. Mit verschränkten Armen wende ich mich von ihm ab, damit ich ihm nicht ins Gesicht sehen muss. Auch wenn ich genügend andere Probleme habe, nehme ich mir immer noch die Zeit, nachtragend zu sein. In diesem Moment ist alles an mir abweisend.

»Ich weiß, du bist echt wütend, weil ich dich an Almaras verraten habe ...«

»Verraten trifft es ganz gut, Laurin!«

»Das hab ich doch nur gemacht, weil ich dich schützen will!«

»Freunde verraten sich aber nicht!«

»Freunde erzählen sich auch alles. Du erzählst mir aber gar nichts mehr. Ich mache mir Sorgen … In letzter Zeit ist einfach alles so …«, er fährt sich durch die Haare, »… so wahnsinnig kompliziert.«

Ich frage mich, was für ihn kompliziert sein soll. Doch er ist wirklich verzweifelt, das ist nicht zu übersehen. Wenn ich ehrlich zu mir bin, mag ich auch eigentlich nicht sauer auf ihn sein. Denn irgendwie verstehe ich ihn sogar. Aber trotzdem schiebe ich ihn barsch zur Seite und gehe kommentarlos an ihm vorbei.

»Wohin gehst du?«, ruft er mir nach.

»Versammlung«, sage ich schlicht. »Es gibt etwas zu besprechen.«

An diesem Tag fällt das Frühstück aus. Nach und nach treffen die Mitglieder ein. Jendrik ganz verschlafen. Er ist noch dabei, sich sein Hemd zuzuknöpfen, als er den Raum betritt. Almaras ist als Erster da. Ich mache mir Sorgen um ihn. Der dunklen Färbung seiner Augenringe nach zu urteilen, hat er nicht viel Schlaf gefunden. Von draußen dringt der köstliche Duft von gebratenem Speck zu uns herein. Titus reibt sich schmollend seinen knurrenden Magen.

»Was gibt es so Wichtiges?«, fragt Almaras und lässt sich auf seinen Stuhl fallen.

Heute stehe ich lieber. Zwar wieder meinem Ziehvater am Tisch gegenüber, doch diesmal will ich nicht das Gefühl des

Angeklagtseins verspüren. Sogar Laurins Kette habe ich angelegt. Vielleicht, weil ich ihm irgendwie verziehen habe, ohne ihn auf seine Lüge anzusprechen. Und weil ich will, dass die Leonen jetzt zusammenhalten, wo es nur geht.

»Ich weiß jetzt, wann die Tauren ihre Huldigung feiern. Beim nächsten Vollmond. Jetzt brauchen wir nur noch einen Plan.«

Almaras lacht. Ein verbittertes Lachen. Ohne Kraft, ohne Hoffnung. »Jetzt brauchen wir nur noch einen Plan«, wiederholt er meine Worte mit rauer Stimme. Er streicht sich über die Stirn, als könne er meine Worte nicht fassen.

Titus lacht ebenfalls ungläubig. Irgendwie hat er es heute geschafft, seine braunen Haare glatt zurückzukämmen. Obwohl es so etwas wie Haargel bei uns nicht gibt. Die anderen Männer bleiben ernst. Jendrik nickt mir aufmunternd zu. Nicht aufgeben, Robin.

»Das ist unsere einzige Möglichkeit. Oder wollt ihr wirklich so weiterleben? Es kann sein, dass es schiefgeht. Vielleicht wird es sogar so sein. Aber wenn wir es nicht versuchen, werden wir es nie wissen! Diese Chance bekommen wir nie wieder.«

»Was stellst du dir vor?«, fragt Sepo mit der Stimme eines Generals. Trocken. Konzentriert. Angespannt.

»Irgendetwas muss sie ablenken. Wir müssen versuchen, rund um ihre Siedlung die Auslöser zu betätigen. So haben wir mit Sicherheit schon über die Hälfte der Tauren aufgescheucht und von der Siedlung weggelockt. Unser Ziel muss Birkaras sein. Mit meiner Hilfe schaffen wir es vielleicht, zu ihm vorzudringen.« Ich stütze mich auf die Lehne von Laurins Stuhl, der sofort seinen Körper strafft. Er ist auf meiner Seite.

»Vielleicht«, wiederholt Almaras angespannt.

»Vielleicht ist nicht besonders erfolgversprechend«, setzt Titus nach. Ich werde Laurin bitten, ihn nach der Sitzung zu knebeln und zu foltern.

»Das ist – verdammt nochmal – unsere einzige Möglichkeit!«, sage ich so laut, dass Laurin zusammenzuckt. Sein Ohr ist direkt auf der Höhe meines Mundes.

»Gut.« Almaras stützt seinen Kopf in seine Hände. »Wir wissen aber nicht, ob du deine Kräfte am Tag der Huldigung behältst. Was, wenn nicht?«

»Ich kann mit Messern umgehen. Bogenschießen. Ich bin stark«, antworte ich kalt.

Jemand lacht auf. Verstummt dann aber sofort wieder, räuspert sich verlegen. Entschlossenheit liegt im Raum. Plötzlich ändert sich etwas in Almaras' Gesicht. Er lächelt. Ein zuversichtliches Lächeln. So etwas wie Stolz blitzt darin auf.

Sepo räuspert sich. Ihm ist anzusehen, dass ihn mein Plan noch nicht überzeugt. Ich kann es ihm nicht verdenken. Fast alle Männer hier am Tisch haben Familie. »Gut, aber woher wissen wir, dass wir deiner Quelle vertrauen können? Du hast die Information doch von diesem Jungen ...«

Die Frage ist verständlich. Eigentlich habe ich sogar auf sie gewartet. Und dennoch ärgert sie mich. Mehr noch, sie verletzt mich. »Natürlich können wir ihm trauen ...«

Diesmal ist es Laurin, der sich einschaltet. Er dreht sich zu mir um. Es ist ihm nicht wohl dabei, das sehe ich, dennoch schließt er sich Sepo an. »Er ist ein Taurer. Man kann ihm nicht trauen.«

Wem kann man hier nicht trauen?, denke ich bissig. Immerhin ist nicht Emilian derjenige, der sich als falscher Held ausgibt. Beschämt senkt Laurin seinen Blick, als hätte er meine Gedanken gelesen.

Ich warte ein paar Sekunden. Überlege mir genau, was ich als Nächstes sagen werde. Horche in mich hinein. Ich weiß nicht, warum es mich so ärgert, dass sie ihn nur als Feind betrachten. Ich habe kein Recht, mich darüber aufzuregen. Denn ich habe es genauso getan. Aber jetzt spüre ich es ganz deutlich: Etwas hat sich geändert. Da ist etwas in mir, das den Männern beweisen will, dass Emilian anders ist. Dass ich ihm glaube.

Ja, ich glaube ihm. Ich vertraue ihm.

In diesen Sekunden wird mir bewusst, dass Emilian nicht so ist wie die anderen Tauren. Und dass ich das schon die ganze Zeit gewusst habe. Es nur nicht wahrhaben wollte.

Ich straffe meine Schultern. Lasse meinen Blick über jeden einzelnen der Männer schweifen. »Ihr kennt jetzt meinen Plan. Ich bin dazu bereit. Die einzige Bedingung ist, dass ihr Emilian als Teil davon akzeptiert. Überlegt es euch.«

Dann drehe ich mich um und verlasse mit wehenden Haaren den Versammlungsraum.

Ich stehe einfach nur im Wald, atme ein und aus. Es fängt

an zu regnen. Leise, leichte Tropfen. An solchen Tagen ist der Wald noch viel dunkler. Ein tiefes Grün. Wie seine Augen. Mir fällt auf, dass ich keine Schuhe anhabe. Wenn es trocken ist, kein Problem. Aber jetzt hält mich das sonst weiche Moos nicht mehr. Ich rutsche darauf aus. Kleine Äste und Tannennadeln piken mich in die Fersen. Egal.

Langsam laufe ich los. Ich muss nicht rennen. Diesmal nicht. Weil ich diesmal nicht flüchte. Weil ich diesmal mein Ziel kenne. Trotzdem pocht mein Herz, als hätte ich bereits einen Sprint hinter mir. Das, was ich vorhabe, ist gefährlich. Verrückt. Total wahnsinnig. Vielleicht werde ich nicht davonkommen.

Ich bleibe stehen. Lege meine Hände vors Gesicht. Kann ich noch umkehren? Nein, umdrehen kann ich schon lange nicht mehr. Ich laufe weiter meinem Ziel entgegen.

Ich spüre seine Gegenwart. Ich suche ihn nicht, lasse ihn versteckt in den Büschen. Seine Gegenwart ehrt mich. Der Luchs hat mich also nicht verlassen. Bedingungsloses Vertrauen. Wie viel er mir nur voraushat. Ich sauge die Luft in meine Lungen, spüre so viel. Spüre den Wald, das Leben darin, all die Farben der Natur.

Innerhalb kürzester Zeit bin ich durchnässt. Aber das ist eine Nichtigkeit in Anbetracht dessen, was ich vorhabe. Nicht einmal meine schützende Lederjacke trage ich. Schwarze, enganliegende Stoffhose. Viel zu weites weißes T-Shirt. Eigentlich dürfte ich den Wald so nie betreten. Kein einziges Messer habe ich dabei.

Dann sehe ich den Felsen. Ohne zu zögern, gehe ich darauf zu. Lege meine Hände auf den Stein, ziehe mich hoch. Der Stoff meiner Hose bleibt an einer spitzen Kante hängen und reißt auf. Egal, ich klettere weiter. Vorsprung für Vorsprung erklimme ich. Meine Füße finden sicheren Halt. In meinen Armen spüre ich nicht einmal die kleinste Anstrengung. Vielleicht ein leises Kitzeln. Ich muss lächeln. Wie irrwitzig das alles ist.

Ich weiß nicht einmal, ob der Auslöser bereits angeschlagen hat. Ob Emilian schon unterwegs ist. Was, wenn sie die Gebiete getauscht haben? Was, wenn einer seiner Freunde kommt? Breitstirn? Nein. Nicht jetzt, wo vielleicht alles gut werden könnte.

Das letzte Stück. Ich fange an zu zittern. Mein ganzer Körper bebt. Meine Finger fühlen ebene Fläche. Moos. Rauer als das, was bei uns wächst. Ich bin also angekommen. Als ich mich hochwuchten will, greift eine Hand nach meiner.

Emilian hält sie fest. So, als würde er mich niemals mehr wieder loslassen. Dann zieht er mich nach oben. Mit einem einzigen Ruck stehe ich vor ihm. Viel zu dicht. Er hält immer noch meine Hand. Allein das hat verhindert, dass ich mit meinem Oberkörper gegen seinen pralle.

»Was willst du?«, fragt er und wendet sich von mir ab.

War das nicht eigentlich immer meine Frage? Jetzt stehe ich vor ihm und weiß keine Antwort. Will keine geben.

»Danke«, flüstere ich.

Er nickt. Starrt auf den Boden. Was würde ich nur dafür geben, hinter seine Fassade blicken zu können. Es kann einfach nicht sein, dass er das alles nur für mich tut. Wo ich ihn doch so verletzt habe.

Das Schweigen brennt in meiner Brust. »Ich wollte eigentlich nur sagen ...«, setze ich an, doch sein Blick bringt mich zum Verstummen.

»Was wolltest du eigentlich nur sagen?« Seine Stimme ist rau.

»Ich will dir sagen, dass ... Ich glaube dir.«

Jetzt lacht er. Kein fröhliches Lachen. Bitter. »Du glaubst mir. Das ist wirklich schön.«

»Ich meine, ich war so dumm ... aber du warst mir um so vieles voraus.« Jetzt beginne ich auch noch, wild mit den Armen zu rudern. Dass ich so etwas mache, ist mir neu. »Als du dann den Zettel vorbeigebracht hast, da haben die anderen gesagt, dass das vielleicht eine Falle ist. Aber ich habe geglaubt ...«

Er streicht sich über den Nacken. Seine Armmuskulatur zuckt. Kein gutes Zeichen. »Robin, genau das meine ich. Es geht nicht um diesen Zettel, den ich vorbeigebracht habe. Es geht nicht darum, was dein Stamm von mir hält. Es geht nicht darum, ob du geglaubt hast, dass stimmt, was da draufsteht.« Jetzt sieht er mir fest in die Augen. Seine Stimme wird etwas sanfter. Fast so, als wäre ich ein kleines Kind. »Es geht um Vertrauen.«

Ich schüttle meinen Kopf, dabei verstehe ich ihn nur zu gut. Tränen schießen mir in die Augen. Nein, das ist nicht die Robin, die ich kenne. Das ist die Robin, die er aus mir macht. Stärker. Verletzlicher. Er taut mich auf. Als wäre ich all die Jahre eingefroren gewesen.

Er fasst mir unter mein Kinn. Zwingt mich, ihn anzusehen. »Das ist viel verlangt. Das weiß ich. Seit du denken kannst, trichtern die Leonen dir ein, dass wir böse sind. Lügen. Verraten. Töten. Das machen wir auch. Aber vielleicht gibt es einen einzigen bei den Tauren, der anders ist. Wenn auch nur ein bisschen.«

Jetzt läuft mir auch noch eine Träne die Wange hinab. Ich beiße mir auf die Unterlippe. Hoffe, dass er es nicht merkt. Was soll er nur von mir denken, wenn ich jetzt vor ihm heule? Wie all die Mädchen, die ich sonst so lächerlich finde? Aber er zeigt mir, wie einfach es sein kann.

Natürlich merkt er es. Sanft streicht er mir über die Wange und fängt die Träne auf. »Wenigstens zitterst du nicht mehr in meiner Gegenwart. Wenn ich die Wahl zwischen Tränen und Angst habe, dann nehme ich lieber Tränen.«

Ich versuche zu lachen, doch es ist nur ein verunglücktes Wimmern. Was wiederum ihn zum Lachen bringt. Er nimmt mein Gesicht in seine Hände, sieht mich an. Ich hoffe so sehr, dass er mich küssen wird. Ein zweites Mal. Diesmal bin ich vorbereitet. Aber es passiert nicht.

»Weißt du was?«, sagt er nur. »Ich glaube, du kannst das einfach nicht. Deine Gefühle offenbaren.«

Er lässt von mir ab, tritt einen Schritt zurück. Ich fühle mich so hoffnungslos, so verletzlich. Atme tief ein. Spüre die Kraft, die aus dem Boden in mich hineinströmt.

»Ich habe das auch nicht gelernt. Um ehrlich zu sein, hätte ich nie gedacht, dass solche Gefühle bei uns Tauren überhaupt existieren. Ich meine solche, wie sie zwischen uns sind. Aber ich lasse sie zu. Du verdrängst sie.«

Ich will den Kopf schütteln, doch stehe einfach nur völlig regungslos da. Wie eine Statue. Höre seine Worte und kann nichts erwidern.

Er strafft seine Schultern, so dass es in seinem Nacken knackt. Als er mich wieder anschaut, sehe ich in seinen Augen, dass er die Mauer wieder gezogen hat. Die Mauer, die uns trennt.

»Vielleicht ist es auch besser, sie zu verdrängen«, sagt er leise. »Ziemlich sicher ist es besser. Wir wissen beide, was sonst passiert.«

Ich bin nicht fähig, Widerworte zu geben. Schweige.

»Morgen komme ich vorbei und zeige euch, wie ihr am besten in unsere Siedlung kommt.« Er wendet mir den Rücken zu und geht. Stumm blicke ich ihm nach.

Als ich zurück in unsere Siedlung komme, ist alles wie immer. Donia räumt mit Minnas Hilfe und ein paar anderen Mädchen den Frühstückstisch ab. Der dicke Parl ist mit einem Hasen in der Hand auf dem Weg zu seinem Metzgerhaus. Titus sitzt mit ein paar Mädchen auf den Bänken am Wald. Immer wieder schauen sie zu Minna hinüber. Es ist offensichtlich, dass die Mädchen über sie lästern. Neid, weil Minna mit ihrem langen, gewellten Haar viel hübscher ist als sie. Alles nimmt weiter seinen Lauf. Natürlich.

Warum sollte es anders sein? Warum sollte die Welt stehenbleiben? Nur weil er mir gesagt hat, dass niemals mehr etwas zwischen uns sein wird?

GIER

Seine Hand streicht über den kalten Stein der Wand. Seine Hand ist rau. Rissige Haut, blutige Nagelbetten. Unwissende finden den Hebel nicht, aber er weiß, wo er sich befindet. Er streicht darüber, und das Fach in der Wand öffnet sich. Gerade einmal so groß wie ein Schuhkarton. Sein Geheimversteck. Durch Zufall hat er es gefunden. Über wie viele Generationen hinweg wusste wohl niemand von der Existenz dieses Faches?

Aber es ist nicht das verborgene Fach, das ihn so sehr fasziniert, dass seine Hände beinahe zittern. Es ist das kleine Buch, das darin liegt. Kein Licht brennt in seinem Zimmer. Gerade einmal eine Kerze spendet spärliches Licht. Dunkelheit. Das ist es, was er braucht. Niemand darf jemals etwas davon erfahren. Gerade einmal Vincente weiß von diesem Geheimnis. Weil er ihm helfen muss. Alleine ist er zu schwach.

Vorsichtig holt er das Buch aus dem Fach. Streicht sanft darüber, wie über die Haut eines Säuglings. Das ist es. Sein Geheimnis. Seine Waffe. Seine Macht.

Er schlägt die erste Seite auf. Fährt mit seinem Finger über die inzwischen halbverblasste Tinte. Dickes, raues Papier. Wie Pergament. Schnörkelige, unruhige Schrift. Ganz langsam formen seine Lippen tonlos die ersten Worte. *Ich habe etwas Schreckliches getan.*

Schrecklich. Er lacht. Spöttisch. Ganz im Gegenteil. Sein Vorfahre hat etwas Großartiges getan. Nur wegen ihm können die Tauren in diesem Luxus leben. Diese Macht besitzen. Und doch reicht ihm das nicht. Sie könnten noch viel mehr Macht haben. Noch viel mehr Kraft. Die ganze Welt könnten sie beherrschen!

Nur weiß er nicht wie. Er weiß aber, dass es möglich ist. Dank dieses kleinen Buches. Jeden Tag liest er darin. Seine Bibel. Sein Vorfahre hat es bewiesen. Es ist möglich. Aber sein Vorfahre hat nicht aufgeschrieben, was er getan hat ... Er wird es herausfinden. So lange forschen, bis er es weiß.

Ich weiß nicht, ob sie noch lebt. Aber manchmal meine ich, ihr Herz schlagen zu hören. Nie wieder werde ich von ihrer Seite weichen, liest er weiter.

Es scheint, als wären die Leonenfrauen schon immer eine Schwäche der Taurenmänner gewesen. Nur was er hier liest, ist etwas anderes. Eine ganz andere Dimension ...

Schritte nähern sich. Schwerfällige Schritte. Sein Berater. Schnell legt er das Buch zurück und schließt das Fach. Auch, wenn Vincente von dem Buch weiß, so soll er doch nicht wissen, wo es sich befindet.

Ich habe etwas Schreckliches getan, wiederholt er noch einmal flüsternd. Er lacht. Das, was er plant, ist noch viel schrecklicher.

ENTSCHEIDUNG

»Er wird kommen«, sage ich mit fester Stimme.

Laurin steht seit ungefähr einer Stunde neben mir, ohne sich von der Stelle zu rühren. Er versucht, es zu überspielen, doch die Tatsache, dass er beinahe unentwegt seine Hände knetet, offenbart, wie nervös er ist.

Aber nicht nur Laurin wartet. So ziemlich alle Leonen haben sich versammelt und warten. Selbst die kleine Flora ist da. Ich kann es kaum ertragen. Was erwarten sie? Dass Emilian auf einem Einrad angefahren kommt und dabei mit Bällen jongliert?

Durch die graue Wolkendecke schieben sich immer wieder einzelne Sonnenstrahlen und beleuchten uns wie Scheinwerfer. Ich muss blinzeln. Flora schiebt ihre Hand in meine. Ich drücke sie. Vermutlich hat sie keine Ahnung, was wir hier gerade machen. Mit jeder Sekunde wird die Situation unerträglicher.

Laurins Holzherz brennt auf meiner Haut. Zentnerschwer wiegt die Kette um meinen Hals. Es fühlt sich falsch an, sie zu tragen. Dennoch tue ich es. Er hat nichts dazu gesagt, aber das Leuchten in seinen braunen Augen ist mir nicht entgangen. Zugleich ist sein Blick voller Sorge, so als würde mit Emilians Eintreffen seine Welt auseinanderfallen.

Eine Krähe schrickt auf. Schlägt mit den Flügeln und schwingt sich aus einer Tanne in die Luft. Ein Raunen geht durch die Menge. Die meisten Leonen erwarten, dass Emilian gleich erscheint. Aber es passiert nicht. Die Krähe hat sich an einer anderen Krähe gestört. Mehr nicht.

Jetzt ist es völlig still. Seit Sonnenaufgang warte ich. Erst vor meinem Haus. Dann im Wald. Als die ersten Leonen sich versammelt haben, bin ich zu ihnen in die Siedlung zurückgekehrt. Die Stunden wollen einfach nicht vergehen. Jetzt ist Mittag, und er ist immer noch nicht da.

Was, wenn er wirklich nicht kommt?

Auf einmal verändert sich etwas. Die Leonen mit schwacher Begabung merken davon nichts. Laurin, Titus, die Kleinen, der dicke Parl. Aber Almaras bemerkt es. Und Marla. Sepo scheint auch etwas zu spüren.

Das leichte Zittern der Blätter verstummt. Das Wispern der Wurzeln, wenn sie Wasser aus dem Boden ziehen, hört auf.

Als er aus dem Wald tritt, halten alle die Luft an. Niemand sagt etwas. Er sieht aus wie immer. Schlichte Jeans, heute das weiße Shirt. Allein Almaras wagt es, einen Schritt auf ihn zuzugehen. Ich rechne es ihm hoch an.

»Willkommen«, sagt er und streckt ihm seine Hand entgegen.

Emilian schlägt ein. Sie sehen sich fest in die Augen, ehe er wieder loslässt. »Es ist mir eine Ehre.«

Er sucht mich in der Menge. Entdeckt mich. Lächelt kurz, mehr nicht. Marla tritt nun ebenfalls vor und schüttelt Emilian die Hand. Es ist ihr anzusehen, wie viel Überwindung es sie kostet. Ob sie wissen, welche Kraft er besitzt? Dass er welche von uns getötet hat?

»Wir fangen am besten gleich an«, durchbricht Emilian die angespannte Stille. Als er einen Schritt auf die Menge zumacht, weichen sie alle vor ihm zurück. Ich könnte meinen Kopf gegen eine Wand schlagen.

»Richtig.« Almaras weist Donia mit einer Handbewegung an, Getränke und etwas zu essen zu holen. Dann führt er Emilian zum Versammlungshaus. Sie reden nicht miteinander.

Die Menge löst sich auf. Die Frauen gruppieren sich ums Feuer. Natürlich. Jetzt wird alles bis ins kleinste Detail ausdiskutiert. Die Männer nehmen ihre Arbeit wieder auf. Nur ein kleiner Teil darf mit in den Versammlungsraum. Marla und ich sind die einzigen Frauen. Eine Ehre.

Wir warten, bis Donia die Getränke und ein paar Kekse gebracht hat. Sie zieht eine enttäuschte Schnute, als sie merkt, dass sie zu früh gekommen ist. Emilian greift nach einem Keks und lehnt sich in seinem Stuhl zurück. Er lässt ihn zwischen seine Finger gleiten, bricht ihn in der Mitte durch. Alle starren auf die zwei Hälften. Als sei es ihr eigener Kopf gewesen, den er da in zwei Stücke gerissen hat. Emilian bemerkt es auch. Trotzdem schiebt er sich zu allem Überfluss eine Kekshälfte in den Mund, grinst, kaut genüsslich. »Köstlich.«

Zunächst bleiben die Stühle direkt neben Emilian frei. Niemand will sich dort hinsetzen. Also mache ich den Anfang. Ich hoffe, dass Laurin mir den Gefallen tut und sich auf die andere

Seite von ihm setzt. Doch er tut es nicht. Obwohl ich heute ihm zuliebe extra das Herz trage.

Es ist Sepo, der es schließlich wagt. Dabei wirkt er sogar so selbstsicher, dass man denken könne, es sei eine Selbstverständlichkeit und Emilian ein netter Nachbarsjunge. Jetzt ist die Runde komplett.

»Also, verschwenden wir keine Zeit«, beginnt Almaras. »Robin hat uns von Ihrer Botschaft erzählt. Ich möchte Ihnen natürlich dafür danken, jedoch im selben Zug sagen, dass wir Leonen unsicher sind. Unsicher, ob sie vielleicht doch eine Falle ist.«

Ein zustimmendes Raunen geht durch die Runde. Emilian nickt, als hätte er vollstes Verständnis für uns. Er schiebt sich die zweite Kekshälfte in den Mund. Streicht sich die Krümel von den Händen. Kaut. Schluckt. »Vermutlich bleibt Ihnen nur leider keine andere Wahl, als sie zu glauben.« Er hält kurz inne. »O doch. Ewig so weiterzuleben.«

»Für Sie mag das alles einfach sein. Ich habe das Leben von über hundert Leonen zu verantworten. Ich kann Ihnen nicht einfach leichtfertig vertrauen.« Almaras greift nach Marlas Hand, die sich wie immer auf die Stuhllehne an seine Seite gesetzt hat.

Hilfesuchend blicke ich aus den Augenwinkeln zu Laurin, der wie versteinert neben mir sitzt. Kurz begegnen sich unsere Blicke. Unwillkürlich nehme ich seine Hand und halte sie fest. In meiner Brust spüre ich ein Gefühl absoluter Verlorenheit. Ich kann kaum atmen. Wie soll das nur werden?

Emilian strafft seine Schultern und setzt sich aufrecht hin. »Zuerst einmal würde ich es begrüßen, wenn wir zum Du übergehen.«

Doch Almaras ignoriert das Angebot. »Welches Motiv haben Sie?«

Emilian schweigt. Er legt seine Arme auf die Lehnen und sieht Almaras eindringlich an. Ein Machtspiel.

Es ist Almaras, der aufgibt. »Also gut. Welches Motiv hast du?«

Aus dem Augenwinkel sehe ich, wie Laurin seine Augen verdreht. Ich versuche, mich in ihn hineinzuversetzen. Wie fühlt es sich an, wenn man mit dem größten Feind an einem Tisch sitzt und er jede einzelne Person im Raum zu einer Marionette werden lässt? Noch dazu mit *dem* Feind, der einem das Mädchen, das man ... Was eigentlich?

Ich beobachte Laurin unauffällig. Er merkt es nicht. Laurin zählt zu den Menschen, denen ihre Gutmütigkeit ins Gesicht geschrieben steht. Er kann sie nicht verbergen. In jeder kleinsten Bewegung wird sie deutlich. Die braunen Augen, die niemals böse schauen können. Die weichen Gesichtszüge, die nur dann Falten schlagen, wenn er sich Sorgen um mich macht.

Emilian räuspert sich künstlich. Eine Ausflucht. Er zögert mit der Antwort. »Lass das Motiv meine Sache sein«, sagt er schließlich nur.

Jemand schlägt mit der Faust auf den Tisch. Ich zucke vor Schreck zusammen. Es ist Jendrik. »Versetz dich doch mal in unsere Lage! Sollen wir dir blind glauben und dann am Ende vielleicht alles verlieren? Nenn uns einen Grund, warum dich ein Kampf gegen deinen eigenen Stamm interessieren könnte! Nur einen!«

Emilian und Jendrik schauen sich in die Augen. Keiner der beiden wendet seinen Blick ab. Es ist, als würde ein unsichtbares Band zwischen ihnen entstehen. Jendrik beginnt zu schwitzen. Niemand wagt, etwas zu sagen. Erst als Laurin mir seine Hand entzieht, merke ich, wie fest ich sie gedrückt habe. Laurin vergräbt sein Gesicht in seinen Händen. Was ist bloß los mit ihm?

Vielleicht ist es jetzt Zeit für mich einzugreifen. »Er hat mich mehrmals laufenlassen. Er hätte mich töten können. Aber er hat es nicht getan.«

Mehrere Atemzüge lang herrscht vollkommene Stille. Jetzt richten sich alle Blicke auf mich. Eigentlich hatte ich erwartet, sie mit dieser Offenbarung zu überraschen – mehr noch, sogar zu überzeugen –, doch in ihren Gesichtern sehe ich, dass ich sie nicht beeindruckt habe.

»Das wissen wir bereits«, stellt Almaras bitter fest. »Dass er dich *gnädigerweise* nicht getötet hat, ist jedoch kein Argument dafür, ihm sofort zu vertrauen.«

Ich will ihnen sagen, dass Emilian mich nicht nur hat entkommen lassen, sondern mich sogar gerettet hat. Er hat ein gutes Herz, und die Leonen sollen es wissen! Doch wenn ich die Wahrheit offenbare, falle ich meinem einzigen Freund in den Rücken.

Jendrik schnalzt mit der Zunge. »Mir scheint, wir kommen hier nicht wirklich weiter.«

Almaras nickt. Er zwingt sich ein Lächeln auf, das allein mir gilt. *Sei mir nicht böse*, scheint es zu sagen, *aber es geht nicht anders.* »Wir sollten hier abbrechen.«

»Nein.« Ein leises Murmeln nur, und dennoch habe ich es klar und deutlich gehört.

Im ersten Moment denke ich, dass alle Anwesenden mich anstarren, doch dann wird mir klar, dass ihre Blicke direkt neben mir hängengeblieben sind. Laurin fährt sich mit den Händen über sein Gesicht, dann hebt er zögerlich seinen Kopf. Seine Augen glänzen, als hätten sich in ihnen Tränen angestaut. Laurin blinzelt hastig. Jetzt ist sein Blick wieder klar.

Er schluckt ein paarmal, ehe er das Wort wiederholt, mit dem er uns alle zum Schweigen gebracht hat. »Nein.«

»Was meinst du damit?« Almaras schüttelt verwirrt den Kopf.

»Ich muss euch etwas sagen.« Laurin sieht mich flehend an, so dass mein Herz noch in derselben Sekunde erweicht. »Ihr alle denkt, dass ich Robin in der Nacht des Sternenballs gerettet habe. Aber das stimmt nicht. Emilian war es.«

Wenn es eben schon still war, dann ist es jetzt totenstill.

»Was meinst du damit: *Emilian war es?*«, fragt Almaras nach einer Weile. Ruhig, gefasst. Aber die Art, wie er mit seinen Händen die Lehnen seines Stuhls umklammert, verrät mir, wie angespannt er innerlich ist.

Ich starre auf den Tisch, auf die feinen Maserungen im Holz.

Hoffe, dass dieser Moment einfach nur vorübergeht und niemand Laurin böse sein wird.

»Laurin! Was meinst du damit?«, bohrt Marla nach. Ihre Stimme ist jetzt eine Tonlage höher als gewöhnlich. Ein sicheres Zeichen dafür, dass sie restlos überfordert ist.

»Ich bin mir ziemlich sicher, dass Emilian Robin in der Nacht gerettet hat. Wer sollte es sonst gewesen sein? Ich war es auf jeden Fall nicht ... Es tut mir leid, dass ich euch angelogen habe. Ich bin da irgendwie so reingerutscht ... Ihr wart alle so stolz auf mich.«

Ich hole tief Luft, werfe noch einmal einen Blick zu Laurin hinüber, dessen Wangen inzwischen feuerrot glühen.

»Ich ...«, setze ich an.

»Robin, ich flehe dich an, mir zu verzeihen«, kommt mir Laurin zuvor. »Ich wollte es dir immer sagen, aber es gab einfach nie den richtigen Moment. Da ist so vieles, was ich dir sagen will, aber irgendwie habe ich Angst, dass alles ... Ich weiß doch gar nicht mehr, was in deinem Kopf vorgeht. Und bisher wusste ich doch immer alles von dir.«

Ich halte den Atem an. Tief in mir weiß ich, dass er recht hat. Deswegen kann ich ihm auch nicht böse sein.

»Auf einmal hatte ich das Gefühl, dass du mich irgendwie ... ernst nimmst. Sonst war ich doch immer nur der Tollpatsch an deiner Seite.«

Marla schüttelt ungläubig den Kopf. Ich kann es ihr nicht verübeln. Wie würde ich reagieren, wenn ich erfahren würde, dass meine Tochter schon mehrmals knapp dem Tod entkommen ist, sich heimlich mit dem größten Feind trifft und Laurin seit Tagen den gesamten Stamm anlügt?

Auf einmal habe ich das Gefühl, mich verteidigen zu müssen. Laurin ist für mich nicht der Tollpatsch an meiner Seite, er ist mein bester Freund. »Laurin, du weißt, wie viel du mir bedeutest!«

»Ja, das weiß ich. Aber ich hatte die Hoffnung, dass es mehr ...« Laurin bricht ab. Erleichterung durchströmt mich, weil er den Satz nicht zu Ende ausgesprochen hat. Kraftlos nickt er in Emilians Richtung. »Emilian ist der wahre Held. Wir können ihm vertrauen. Darum geht es doch in dieser Versammlung, oder?«

Emilian winkt nur mit der Hand ab, als wäre das alles eine Kleinigkeit. »Danke, Laurin. Also: Mein Motiv ist simpel«, kommt er wieder zum Thema zurück. »Ich glaube nicht an die Regeln meines Stammes. Es ist Zeit, die herrschende Ordnung auszuhebeln. Gleichheit zu schaffen.« Er schweigt für einige Augenblicke. Senkt seine Stimme. »Frieden.«

Diese Stille ist das Schlimmste. Wenn mir nur etwas einfallen würde, um die Situation erträglicher zu machen, aufzulockern. Doch Jendrik kommt mir zuvor. Er erhebt sich von seinem Platz. Klatscht in die Hände. Erst langsam, dann immer schneller. Sein Gesicht eine hasserfüllte Fratze. Nicht der Jendrik, den ich kenne und mag. »Sehr schön gesagt. Wirklich schön.« Er schiebt seinen Stuhl so ruckartig zurück, dass der nach hinten umkippt. »Ich hoffe, ihr denkt auch an unsere Frauen und Kinder.«

Dann dreht er sich um und verlässt den Raum. Sein leerer Platz ist wie ein schwarzes Loch, das sich von Sekunde zu Sekunde weiter ausbreitet. Die Anspannung zeigt sich in den Gesichtern. Bringt die Luft zum Vibrieren. Zwei weitere Männer erheben sich von ihren Plätzen und folgen Jendrik hinaus. Es wundert mich, dass Titus nicht dabei ist. Ich ziehe meine Lederjacke aus, so heiß ist es auf einmal im Raum.

Lange Zeit passiert gar nichts. Ich wage es nicht, Emilian anzusehen. Keiner im Raum hebt den Blick. Jeder starrt irgendwohin. Auf den Tisch, an die Wand, auf seine Hände.

Nach einer gefühlten Ewigkeit erhebt sich Almaras von seinem Stuhl. Marla folgt ihm, legt ihre Hände beruhigend auf seine Schultern. »Ich danke den Leuten, die hiergeblieben sind. Ich deute euer Bleiben als eine Zustimmung, diesem jungen Taurer zu vertrauen. Wer doch noch gehen will, sollte dies jetzt tun.«

Niemand geht. Aber auch niemand wagt es, Almaras in die Augen zu sehen.

»Gut«, sagt er schließlich. »Damit ist die Sache beschlossen.« Er wendet sich an Emilian. »Wie sieht dein Plan aus?«

Emilian kommt am nächsten Tag bereits bei Sonnenaufgang. Alles ist noch nass vom Tau, die Lichtkugeln neben dem Waschhaus flackern unstet. Es duftet ungemein frisch, als wäre unsere Siedlung neu geboren worden. Gerade einmal ein paar Mücken tanzen in der Luft. Ansonsten schlafen auch die Tiere noch.

Die Anspannung ist Emilian ins Gesicht geschrieben. Zwei große Papierrollen hat er sich unter den Arm geklemmt. Peinlicherweise bin ich so ziemlich die Einzige der Leonen, die bereits wach ist. Ich sitze am Waldrand auf einer bemoosten Baumwurzel und warte auf ihn. Schlafen konnte ich ohnehin nicht.

»Guten Morgen«, begrüßt er mich. Sein Lächeln ist nur schwach. Er macht sich Sorgen.

»Guten Morgen.« Ich stehe auf, klopfe mir das Moos von meiner schwarzen Stoffhose. »Du hast genauso wenig geschlafen wie ich.«

Es fühlt sich komisch an, wieder allein mit ihm zu sein. Nachdem ich ihn gemeinsam mit meinem Stamm empfangen habe. Nachdem ich ihm gesagt habe, dass ich ihm vertraue. Jetzt steht er vor mir wie ein Fremder. Vielleicht ist er das auch. Wie sollte ich ihn auch kennen? Ich weiß nichts über ihn. Nicht, wer seine Eltern sind, was er am liebsten isst, welche seine Lieblingsjahreszeit ist.

Und trotzdem habe ich tief in mir das sichere Gefühl, ihn zu kennen.

»Wo sind denn die anderen?«, fragt er, um die Stille zu durchbrechen.

Ich streiche mir verlegen über den Nacken. Eine Geste, die ich mir von ihm abgeschaut habe. »Ich gehe und wecke sie.«

Er will etwas sagen, schluckt die Worte dann aber hinunter. Nur zu gerne wüsste ich, was ihm auf der Seele liegt. Stattdessen nickt er nur.

Almaras ist sofort wach, als ich in sein Schlafzimmer schleiche. Bis der Rest der Siedlung geweckt ist, wird es länger dauern. Also wecke ich Laurin gleich als Nächsten, damit er mir helfen kann. Als wären wir ein undisziplinierter Haufen. Aber dass Emilian schon so früh hier auftauchen würde, konnte niemand ahnen.

Nachdem wir unseren Stamm geweckt haben, laufen Laurin und ich nebeneinanderher zurück zum großen Platz. Seit der Versammlung ist dies jetzt auch der erste Moment, in dem ich mit Laurin alleine bin. Es ist nicht zu übersehen, wie unangenehm ihm seine Lüge immer noch ist, so wie er die Schultern hochzieht und die Hände in seinen Hosentaschen vergräbt.

»Es ist schon in Ordnung, Laurin«, durchbreche ich die Stille, die sich zwischen uns ausgebreitet hat.

Laurin weiß natürlich sofort, wovon ich spreche. Er hebt seinen Kopf. »Wirklich?«

»Versprich mir einfach, dass du mich nicht noch mal anlügst.«

Er nickt. »Versprochen. Hoch und heilig.«

Titus, der bereits eingetroffen ist und in einem übertrieben großen Sicherheitsabstand zu Emilian auf die restlichen Leonen wartet, hat unser Gespräch leider mitbekommen. »Du machst es diesem Lügner aber ziemlich einfach, findest du nicht?«

»Sei still, Titus. Wie oft hast du schon Mist gebaut, und keiner war dir böse?«

»Er hat uns alle angelogen!«

»Ich habe ihm verziehen.«

Titus zischt verächtlich. »Schön, dann können wir jetzt ja alle ab sofort lügen und ...«

»Genug jetzt!«, schneidet Sepo Titus barsch das Wort ab. Ich habe gar nicht gemerkt, dass er inzwischen ebenfalls eingetroffen ist. »Führ dich nicht auf wie ein kleines Kind! Wir sind immer noch ein Stamm und halten zusammen. Und wenn Robin Laurin verziehen hat, dann haben wir alle noch viel mehr Grund, ebenfalls nachsichtig zu sein.«

Titus murmelt seine bissige Antwort in Richtung Boden, so dass niemand sie versteht. Aber ohnehin hätte sie auch niemanden interessiert.

Emilian wartet nicht lange. Legt sofort los. Er breitet eine der beiden Papierrollen auf dem Tisch im Versammlungsraum aus. Ich halte sie auf der einen Seite fest, damit sie nicht wieder zusammenschnappt. Auf die andere Seite stellt er die Keksschale von gestern. Welches Risiko er auf sich nehmen musste, um die Karten aus der Siedlung der Tauren zu schmuggeln, will ich mir gar nicht ausmalen.

»Die beste Möglichkeit, in unsere Siedlung zu kommen, ist über die Felswand. Nicht die in der Nähe des Flusses, sondern die auf der anderen Seite. Robin kennt sie.«

Ich nicke. »Aber warum? Der Aufstieg ist nicht gerade einfach.«

»Es ist mein Gebiet. Und von dort aus seid ihr am schnellsten in unserer Siedlung.«

Er zeigt mit seinem Finger auf die Karte. Ein großer Platz

ist darauf eingezeichnet, darum herum ist der Wald in Grün skizziert. Emilian weist auf den oberen Bereich. »Hier befindet sich Birkaras' Rückzugsort. Ihr werdet nachts angreifen. Vermutlich wird er sich schon schlafen gelegt haben. Vergesst nicht, dass seine Räumlichkeiten in den Fels gebaut sind.«

»Aber wie kommen wir da hin?«, fragt Sepo. Er stützt sich dicht neben Emilian auf den Tisch.

»In der Huldigungsnacht werden die meisten damit beschäftigt sein, ihre Kräfte zu erneuern. Die wenigen Wachen, die sich außerhalb der Siedlung befinden, müssen abgelenkt werden. Das übernehmen circa zwanzig eurer Männer. An jedem einzelnen Auslöser positionieren sich zwei von ihnen. Das sorgt dafür, dass schon einmal der Großteil der Wachen beschäftigt ist.«

Emilian streicht sich über die Stirn. Er wirkt so erschöpft, so müde. »Eine andere Gruppe kümmert sich um die Tauren in der Siedlung, ungefähr fünf eurer Leute kämpfen sich in den Fels zu Birkaras vor.«

Almaras lehnt sich in seinem Stuhl nach vorne. Er räuspert sich, mustert Emilian eindringlich. »Was bedeutet für dich vorkämpfen?«

Emilian weiß, worauf Almaras hinauswill. Er fixiert meinen Ziehvater, strafft seine Schultern. »Töten. Und zwar so viele Tauren wie möglich.«

Jendrik springt von seinem Stuhl auf. »Dafür sind wir nicht geschaffen.«

»Aber Robin. Ich gehe davon aus, dass sie ihre Kräfte behalten wird«, antwortet Emilian trocken. »Außerdem werde ich euch Kampftechniken zeigen. Wenn ihr etwas verändern wollt, dann müsst ihr sie schwächen.«

Jendrik scheint kurz davor, den Versammlungsraum zu verlassen. Aber dann setzt er sich doch wieder. Er will nichts verpassen. Alle übrigen Männer schweigen nur. Ich kann nicht anders als zu denken, wie lächerlich wir uns doch aufführen. Innerhalb kürzester Zeit steht die Luft im Raum. Angstschweiß. Die meisten Männer haben einen starren Blick. Hoffen, dass sie irgendwie doch nicht an dem Angriff teilnehmen müssen.

»Und was machen wir, wenn wir Birkaras getötet haben?«, fragt Sepo.

»So schnell wie möglich verschwinden. Die Huldigungsnacht ist schnell vorbei. Wenn die Tauren ihre Kräfte wiedererlangen, werden sie euch jagen. Also werden eure Frauen und Kinder mit gepackten Sachen im Wald auf euch warten. Flieht dann. Flieht, so weit ihr könnt. Ein Leben hier wird es für euch nicht mehr geben.« Er schweigt einen kurzen Augenblick. Sieht jedem einmal in die Augen. »Ihr seid dann frei.«

Auf einmal ändert sich etwas in den Augen der Männer. Es ist dieses kleine Wort. Ein magisches Wort. Die eben noch verkniffenen Gesichter entspannen sich, als würden sie träumen. Frei. Nach all den Jahren der Geißelung.

Emilian greift nach der anderen Papierrolle und legt sie auf den Tisch. Sie zeigt den Fluss und das Waldstück dahinter. »Folgt dem Fluss in Richtung Osten, bis ihr zu einem Hang kommt. Dort müsst ihr hinauf. Lauft immer weiter geradeaus, dann werdet ihr die Siedlung der Aries erreichen. Ich bin mir sicher, dass ihr bei ihnen Unterschlupf finden und sicher sein werdet.«

Er weist kurz mit dem Finger auf die Stelle, an der sich der Hang befindet. Dann lässt er die Rolle wieder zuschnappen. »Morgen komme ich wieder. Um dieselbe Zeit. Uns bleiben nur noch ein paar Tage bis Vollmond. Bis dahin müsst ihr lernen zu kämpfen.«

TRAINING

»Am leichtesten wird es euch fallen, mit dem Messer zu kämpfen. Bohrt ihnen das Messer direkt in die Brust, ungefähr hier.«

Emilian rammt das Messer mit solcher Kraft in die bemalte Strohpuppe, dass es fast schon auf der anderen Seite wieder herauskommt. Er selbst lacht, die Männer hinter mir wagen es nicht einmal mehr zu atmen. Wir trainieren seit Tagesanbruch auf unserem Platz.

»Vergesst nicht, dass ihr viel Kraft aufbringen müsst. Wie, wird euch gleich Robin zeigen.«

»Ich?«, platzt es aus mir heraus. »Aber ich kann doch …«

»Das sind alles Übungen, die ich dir schon gezeigt habe. Du wirst sie den Männern schon erklären können.«

Leichter gesagt als getan. Den Männern ist anzusehen, wie wenig ihnen dieser Gedanke gefällt. Ein Mädchen zeigt ihnen Kraftübungen!

»Also«, fährt Emilian fort. »Teilt euch in drei Gruppen auf. Die eine Gruppe trainiert hier bei mir mit den Puppen. Die zweite mit Robin, die dritte macht Pause. Während ihr Pause macht, wird euch Marla noch einmal die Strategie erklären. Dann wechseln wir durch.«

Es ist erstaunlich, wie viele Männer doch auf einmal zu mir

wollen. Die, die ich nicht mehr aufnehmen kann, wollen sofort Pause machen. Nur der gute Sepo stellt sich brav an Emilians Seite. Kurz darauf auch Almaras. Emilian schüttelt genervt den Kopf. Was für ein Kindergarten!

»Kommt schon, Männer. Ihr wollt in eine Schlacht ziehen!«, feuert Almaras seinen Stamm an.

Es dauert eine Weile, bis sich noch einige zu Emilian gesellen. Ich sehe mich auf unserem Platz um. Gestern war es hier noch friedlich und unschuldig. Heute wird hier das Kämpfen und Töten geübt. An der freien Seite zum Wald hin hängt an jedem Baum eine Strohpuppe, bereit, in Stücke zerfetzt zu werden. Donia hat sie gestern zusammen mit ein paar Frauen hergerichtet. Hier, bei mir, stehen schwere Kessel zum Heben bereit, liegen Matten, damit die Männer das richtige Fallen üben. Außerdem Pfeile und Bögen und allerlei verschiedene Messer. Weiter hinten bei Marla hängen alle möglichen Pläne. Pläne vom Wald, Pläne von der Siedlung der Tauren und von Fluchtwegen. In einem kleinen Waldstück werden praktische Fluchtübungen gemacht. Die Männer sind es nicht gewohnt, über Wurzeln und durch Gestrüpp zu flüchten. Nicht so wie ich.

Laurin schließt sich zuerst meiner Gruppe an. Ich muss lachen. Zum Spaß hat er auf seine Wangen mit Erde Kriegsbemalung geschmiert.

»Na, das nenn ich mal einen Musterschüler«, scherze ich.

»Jetzt hoffe ich nur, dass ich von dir überhaupt was lernen kann«, lacht er. Ich fackle nicht lange, boxe ihn in die Seite, packe seinen Arm und werfe ihn über meine Schulter. Laurin kracht auf den Boden. Völlig wehrlos und keuchend.

»Ich glaube, du kannst sogar viel von mir lernen.«

Laurin hält sich den Rücken. Einige Männer klatschen. Aus den Augenwinkeln sehe ich, dass Emilian lacht. Als ich mich zu ihm umdrehe, schaut er jedoch schnell weg.

Ich fange mit dem waffenlosen Zweikampf an, obwohl es mich in den Fingern juckt, wieder einmal ein Messer in die Hand zu nehmen. Zuerst sollen unsere Männer Kraft aufbauen. Etwas, das sie nur in Maßen haben. Zumindest im Vergleich zu den Tauren. Zusammen machen wir zwanzig Liegestütze. Ich lasse sie auf der Stelle laufen. Von der Hocke in die Luft springen. Bei jeder Übung sind sie nach wenigen Minuten so aus der Puste, dass ich ihnen eine Ruhepause gönnen muss. Fünf Minuten. Nicht mehr.

Dann lasse ich sie miteinander ringen. Ich zeige ihnen, wie sie ihre Kraft richtig einsetzen, um nicht sofort erschöpft zu sein. Jämmerlich, wie sie aneinander zerren und ziehen. Mal hat der eine die Oberhand, mal der andere. Titus hat Laurin bereits nach ein paar Sekunden auf den Boden gerungen. Jendrik offenbart sich zunächst als überraschend geschickter Kämpfer, bis sich der dicke Parl einfach mit seinem ganzen Körpergewicht auf ihn wirft. Bob, einer der wenigen wirklich trainierten Männer in der Siedlung, ist mein einziger Lichtblick. Ich übe mit ihm. Zwar bin ich überlegen, doch bringt er mich zumindest ins Schwitzen.

Als ich irgendwann umgeben bin von jammernden Männern, entscheide ich, eine längere Pause zu machen. Erst jetzt wird mir bewusst, dass Emilians Gruppe schon auf den Bänken um das Feuer sitzt. Emilian sitzt alleine auf dem Übungsplatz. Er stochert mit einem Ast in der Erde. Warum nur habe ich immer noch ein schlechtes Gewissen?

Langsam gehe ich zu ihm herüber. Er sieht nicht zu mir auf. Vielleicht hat er mich nicht bemerkt, vielleicht will er mich auch nur nicht bemerken. Ich sinke neben ihm auf den Boden in den Schneidersitz. Fahre mit meinem Zeigefinger den Abdruck eines Männerstiefels in der weichen Erde nach.

»Alles klar bei dir?«, frage ich vorsichtig.

Er nickt schwer, sieht mich immer noch nicht an. »Ich bin ein bisschen erschöpft.«

»Du?«, necke ich ihn. »Kannst du das denn überhaupt sein?«

Er geht nicht darauf ein. »Deine Leute mögen mich nicht. Dieser Sepo und dein Vater geben sich ja wenigstens noch Mühe. Aber die anderen ...«

»Die anderen sind Idioten«, sage ich schnell. »Das, was du für uns tust, das erfordert so viel Mut und Kraft. Wenn sie das nicht sehen, dann sind sie einfach nur dumm. Aber ohne sie geht es nicht. Alleine kommen wir nicht weit.«

Ein Lächeln stiehlt sich auf seine Lippen. »Ich habe dich eben mit den Männern beobachtet. Sie gehorchen dir.«

Ich werfe einen Blick hinüber zum Lagerfeuer. Ein Haufen halb schlafender Männer. Manche lassen sich von ihren Frauen die verschwitzte Stirn tupfen, andere verschlingen bergeweise Kekse, als hätten sie monatelang nichts gegessen.

»Nein, sie gehorchen mir nicht. Sie wissen nur nicht, wie sie mit mir umgehen sollen.«

»Sie wissen nicht, mit dir umzugehen, weil sie zu dir aufschauen. Sie bewundern dich.« Jetzt sieht er mich an. »Ich kann sie nur zu gut verstehen.«

Ich versuche, dem Blick seiner grünen Augen standzuhalten. Scheitere. »Was, wenn etwas schiefgeht?«, hauche ich kraftlos.

Damit meine ich nicht, dass unser Plan scheitern könnte. Er wird nicht scheitern. Ich meine vielmehr, wenn sie Emilian schnappen und er zur Verantwortung gezogen wird. Ob sie ihn töten?

»Was sollte denn schiefgehen?«

Trauer, die er mit einem Lächeln zu überspielen versucht. Er ist bereit, sich zu opfern. Warum nur? Weil er wirklich etwas ändern will? Für mich?

»Ich könnte nicht ...«, hebe ich an, doch ich verstumme mitten im Satz.

Er legt seine Hand direkt neben meine, nicht darauf. Doch ich verstehe das Zeichen. Es wird alles gut werden.

Er steht auf, winkt den Männern. Schwerfällig erheben sie sich von ihren Plätzen. Sich Emilian zu widersetzen, wagen sie nicht.

Langsam gehe ich zu meiner Gruppe hinüber. Kämpfen wollen sie erst einmal nicht mehr, weil ihre Muskeln und Knochen schmerzen. Also gehen wir in den Wald und trainieren das Fliehen und Rennen in unwegsamem Gelände.

Es ist frustrierend. Bereits nach der Hälfte der Strecke ist nur noch ein Drittel der Männer auf den Beinen. Der Rest liegt auf dem Boden und hält sich die aufgeschürften Knie. Selbst Laurin, der schon so oft mit mir durch den Wald rennen musste.

»Was ist denn bloß los mit euch?«, herrsche ich sie an. Denn wenn sie so weitermachen, werden die Tauren nur über uns lachen. »Ihr seid doch so oft im Wald! Die Natur spricht mit euch! Warum hört ihr nicht auf sie?«

Von den anderen erwarte ich erst gar keine Antwort. Deshalb sehe ich Laurin erwartungsvoll an.

»Weil wir verdammt nochmal nicht auf der Flucht sind und es nie waren!« Er greift nach einem Tannenzapfen auf dem Boden und schmettert ihn gegen den nächsten Baum. »Wie soll man denn auf die Natur hören, wenn man mit Rennen beschäftigt ist?«

»Reine Übungssache«, antworte ich trocken.

Wäre ich jetzt mit Laurin allein, würde ich versuchen, ihn aufzumuntern. Hier vor den Männern würde er das aber bestimmt nicht wollen.

»Wir machen besser Schluss für heute«, presse ich hervor. »Lasst euch von Marla noch einmal die Einzelheiten des Plans erklären, und dann könnt ihr Feierabend machen.«

Emilian scheint mit seiner Gruppe auch keinen größeren Erfolg gehabt zu haben. Fast alle Puppen liegen vollkommen zerfetzt auf dem Boden. Die Messer in alle Richtungen verteilt. Emilian sitzt auf einem Baumstumpf. Das Gesicht in seinen

Händen vergraben. Fragt er sich, was zur Hölle er sich nur mit uns angetan hat? Weshalb er seinen Kopf für einen Haufen Vollidioten hinhält?

Natürlich lässt sich keiner der Männer noch einmal von Marla in den Plan einweisen. Hätte ich mir auch denken können. Stattdessen lassen sie sich von ihren Frauen Essen auftischen. Almaras steht mit Marla weiter hinten bei den Plänen. Er sagt etwas. Fährt sich mit dem Daumen dabei über seine Augenklappe. Ich kenne diesen Blick, diese Geste. Er weiß nicht weiter. Marla streicht ihm über den Rücken, doch er reagiert nicht darauf. Dreht sich um und geht mit schnellen Schritten auf sein Haus zu.

Ich hole tief Luft. Nähere mich langsam Emilian. Doch ich setze mich nicht neben ihn. »Hast du Hunger?«

Er sieht nicht einmal zu mir auf. »Ich glaube kaum, dass mich deine Männer auch noch an ihrem Tisch dulden.«

»Erstens sind das nicht meine Männer, und zweitens haben sie hier rein gar nichts zu sagen. Almaras würde sich sicher freuen.«

Emilian seufzt, erhebt sich langsam. »Ich sollte auch bald zurück in meiner Siedlung sein.«

»Du sollst ja auch nicht bis in die Nacht bleiben.« Ich klopfe ihm auf die Schulter. Eine freundschaftliche Geste, die sich falsch anfühlt.

»Also gut«, willigt er schließlich ein.

Wie sich herausstellt, eine dumme Idee von mir. Ausgesprochen dumm.

»Was will der denn hier?«, zischt Laurin, als ich Emilian bitte, neben mir Platz zu nehmen. Ist Laurin eifersüchtig?

»Essen«, versuche ich, so ruhig wie möglich, zu antworten.

Die Leonen um uns herum verstummen. Hören sogar auf zu essen. Aber sie sagen nichts. Wollen hören, was Laurin vorzubringen hat.

»Wie kannst du ihn jetzt auch noch an unseren Tisch einladen?« Seine Stimme überschlägt sich. So habe ich Laurin noch nie erlebt. Er springt von seinem Platz auf, schüttelt fassungslos den Kopf. »Er hat vielleicht meine Eltern getötet. Es klebt so viel Blut an seinen Händen! Wie kannst du ihn nur mit uns essen lassen? Sollen wir etwa so tun, als wäre nie etwas gewesen?«

Ich senke den Kopf. Darauf, dass Laurin den Tod seiner Eltern erwähnt, bin ich nicht vorbereitet. Nur ganz selten spricht er darüber.

Als er zehn Jahre alt war, haben sie es nicht mehr ausgehalten. Die ständige Angst, die Sklaverei, dieses Gefängnis. Sie haben ihre Sachen gepackt und Laurin zurückgelassen. Über Nacht sind sie verschwunden. Wollten fliehen. Wurden erwischt. Natürlich wurden sie das. Nicht einmal einen Abschiedsbrief haben sie hinterlassen. Man fand nur ihr Blut. Ein ganzer See in der Nähe des Flusses. Steine, überzogen mit Blut. Im Umkreis von mehreren Metern. Wer auch immer die beiden umgebracht hat, er hat sie leiden lassen. Kein schneller Tod. Sondern ein langsames, qualvolles Gemetzel.

Dass Laurin ausgerechnet jetzt damit anfangen muss. Wo er

doch weiß, dass er mich damit völlig aus der Bahn wirft. Ich weiß nicht, was er sich nun von mir erwartet. Dass ich Emilian fortjage? Dass ich Mitleid mit ihm habe? Ich reiße mir die Kette von meinem Hals und werfe sie ihm vor die Füße. Schnappe mir Emilian und zerre ihn hinter mir her in den Wald hinein. Fort von hier. Vorbei an den zerfetzten Strohpuppen. Vorbei an den Waffen. Vorbei an Gestrüpp und mächtigen Tannen. Immer tiefer in den Wald. »Was sollte das?«, fährt er mich nach einer Weile an und reißt sich von mir los.

»Laurin darf nicht so mit dir umgehen«, antworte ich bestimmt. Ich will weitergehen, doch nun ist es Emilian, der mich festhält.

»Er gehört zu deinem Stamm. Und du musst immer auf der Seite deines Stammes sein. Ihr habt jetzt etwas, für das ihr gemeinsam kämpft. Ihr dürft euch nicht streiten.«

»Aber er hat dich ...«

»Du musst aufhören, so viel an mich zu denken. Das ist falsch. Und das weißt du auch.« Seine Stimme ist hart. Schneidend. Eiskalt.

Ich schaue ihn verwirrt an. Geht es ihm nur um die Sache? Die Gerechtigkeit? Er scheint seine Gefühle für mich im Zuge der Kampfvorbereitungen ganz vergessen zu haben. Ich fühle mich allein. Ganz allein. Ich falle. Kann mich nicht zusammenreißen. Kann nicht weinen. Ich stehe einfach nur da. Hoffnungslos. Warte, dass er etwas sagt.

Emilian scheint zu überlegen. Schüttelt den Kopf. Streicht sich über den Nacken. Dann geht er. Ohne eine Wort.

Ich bleibe reglos stehen. Bis mich irgendwann Laurin ruft. Er sucht nach mir. Findet mich. In seiner Hand hält er die Kette.

»Ich glaube, die hast du verloren«, sagt er sanft.

Ich wende mich zu ihm um, strecke ihm meine Hand entgegen. Er legt mir die Kette auf die Handfläche.

»Es tut mir leid«, sagen wir gleichzeitig.

Ich starre verlegen auf den Boden. »Ich hätte die Kette nicht fortwerfen dürfen. Das war gemein.«

»Nein, ich war gemein.« Mein guter Laurin. Er fährt sich durchs Haar. »Aber ich mag ihn einfach nicht. Ich weiß, er will uns nur helfen. Nur irgendwie …«

»Ist schon in Ordnung«, komme ich ihm zuvor, ehe er noch etwas sagt, das er vielleicht gar nicht sagen will. Das ich vielleicht gar nicht hören will.

Ich hänge mir die Kette wieder um meinen Hals. Von dem Ruck, mit dem ich sie mir vom Leib gezerrt habe, ist das Lederband gerissen. Laurin hat es mit einem Knoten wieder zusammengebunden.

»Wollen wir nach Hause gehen?«, fragt er.

Ich nicke. Laurin nimmt meine Hand. Ich lege meinen Kopf auf seine Schulter. »Gehen wir nach Hause.«

FREUNDE

»Vergesst nie, auch hinter euch zu schauen. Davon kann euer Leben abhängen«, erklärt Emilian ruhig. Doch die Hälfte der Männer ist bereits völlig erschöpft, hört nicht mehr zu. »Wer möchte mich mal angreifen? Ich denke, so üben wir das am besten.«

Niemand rührt sich. Seit fast einer halben Stunde mache ich mit meiner Gruppe schon Pause. Emilian und ich haben heute getauscht. Ich trainiere die Männer, die er gestern unterrichtet hat. Das heißt, er und Laurin haben heute mehr Kontakt miteinander, als mir lieb ist. Jetzt sitze ich mit meiner Gruppe auf den Bänken um das Feuer und sehe Emilian zu.

»Wer traut sich?«, fragt Emilian. »Es passiert nichts. Ihr wollt doch vorbereitet sein, oder?«

Ich werfe Almaras einen hoffnungsvollen Blick zu, doch er reibt sich sein Kniegelenk. Marla hat mir schon erzählt, dass er bei einer Übung unglücklich gefallen ist. Also kann ich auf seine Unterstützung schon einmal nicht mehr bauen. Zu meinem Glück steht Laurin nicht weit von mir entfernt. Ich pfeife kurz durch meine Zähne. Er kennt das Zeichen und dreht sich zu mir um. Sein Gesicht verzieht sich zu einer weinerlichen Grimasse, als ich in Emilians Richtung nicke. Er versteht nur zu gut.

»Ich möchte gerne«, sagt er zögerlich. Besonders überzeugend klingt es nicht.

»Sehr gut.« Emilian klatscht aufmunternd in die Hände.

Laurin schleicht regelrecht auf Emilian zu. Seine Schritte sind so klein, dass er schon fast über seine eigenen Füße stolpert. Er lächelt verlegen.

Emilian packt ihn an den Schultern und zieht ihn direkt vor sich. »Ich drehe mich gleich um, und du tust so, als würdest du mich von hinten angreifen wollen. Ich zeige euch dann, wie man sich in diesem Fall am besten wehrt.«

»Und was, wenn ich dir weh tue?«, scherzt Laurin, doch seine Stimme zittert.

Ein paar der Männer lachen gepresst. Ich rechne es Laurin hoch an, dass er das für mich tut.

Emilian legt seinen Kopf schief. Grinst. »Dann töte ich dich.«

Noch nie war es so still bei uns in der Siedlung. Als wäre die Zeit stehengeblieben. Dann lacht Emilian. Zunächst ganz leise in sich hinein, dann immer lauter. Laurin dreht sich verwirrt zu den anderen Leonen um, schüttelt fassungslos den Kopf. Lacht auch. Erst schüchtern und unsicher. Irgendwann so laut, dass er gemeinsam mit Emilian eine Taube aufschreckt und sie flüchtet.

Ich kann kaum glauben, dass das hier gerade wirklich passiert ist. Im Stillen danke ich Laurin. Niemals hätte ich ihm diese Stärke zugetraut.

»Dann wäre das ja geklärt«, sagt Laurin und geht in Position.

Emilian wendet ihm den Rücken zu, nickt. Laurin greift an. Emilian beachtet ihn nur mit einem kurzen Blick, schaut sofort wieder nach vorne, so als würde ihn Laurin kein bisschen interessieren. Laurin versucht, sich an Emilians Hals zu hängen. Wie jämmerlich seine dünne, schlaksige Gestalt im Vergleich zu Emilians muskulöser Statur wirkt. Emilian packt ihn an der Hüfte, geht etwas in die Hocke und wirbelt den vermeintlichen Feind über seinen Kopf hinweg. Kurz bevor Laurin auf den Boden aufprallt, fängt Emilian ihn sicher in seinen Armen auf und lässt ihn beinahe zärtlich zu Boden sinken.

»Alles in Ordnung?«, fragt er Laurin.

Der nickt nur ganz benommen. Ein paar der Leonen klatschen zögerlich in die Hände. Zum ersten Mal, seit Emilian zu uns in die Siedlung kommt, blitzt so etwas wie Freude in seinen Augen auf. Ich knie mich neben Laurin auf den Boden und streiche ihm über den Arm. »Danke«, flüstere ich.

Er lächelt. »Gern geschehen.«

»Genau das werden wir jetzt üben«, erklärt Emilian. »Zwar ist es immer besser, den Feind direkt vor sich zu haben, aber manchmal ist das leider nicht möglich.« Er klatscht in die Hände. »Gut, dann teilt euch mal in Zweiergruppen auf.«

Irgendwie schaffen wir es heute, dem Training neuen Schwung zu geben. Auch meine Gruppe scheint motivierter denn je zu sein. Beinahe macht es Spaß. Wenn da nicht immer der bittere Beigeschmack wäre, dass wir das alles nur aus einem bestimmten Grund tun. Abends gehen wir alle gemeinsam noch einmal den Plan durch. Besonders kompliziert ist er nicht. Die Hälfte unserer Männer betätigt die Auslöser und zwingt damit einen Großteil der Taurer, sich von ihrer Siedlung zu entfernen. Der Rest, angeführt von mir, dringt in den Stammessitz vor. Unsere Ziele sind, Birkaras zu töten und zugleich die größtmögliche Verwüstung anzurichten. Wir wollen, dass sie nicht fähig sind, uns auf unserer anschließenden Flucht zu folgen. Die Frauen und Kinder warten dann auf der anderen Seite des Flusses. Eigentlich kein unmöglicher Plan. Es ist nur die Umsetzung, an der alles scheitern kann.

An diesem Abend ist es fast schon selbstverständlich, dass Emilian gemeinsam mit uns isst. Almaras klopft ihm auf die Schulter, weist ihm einen Platz zwischen Titus und Sepo zu. Ich kann mir ein Grinsen nicht verkneifen, als sich eine großzügig geschminkte Minna, begleitet von ihren nicht weniger gestylten Freundinnen, wie ein Schatten auf die freie Bank hinter Emilian setzt. Minna zieht schnell ihr viel zu eng anliegendes Kleid zurecht. Die Ohrringe, die ihr Laurin einmal aus Haselnussschalen und getrockneten Blaubeeren gebastelt hat, klimpern gegen ihre geröteten Wangen. Ihre Freundinnen tuscheln aufgeregt, Minna strafft die Schultern und bringt damit ihre Oberweite nur noch mehr zur Geltung.

Emilian bemerkt das Getuschel und wirft einen Blick hinter sich. Sofort sind die Mädchen still. Wie erstarrt.

»Alles klar?«, fragt Emilian. Ganz offensichtlich in einer sehr respekteinflößenden Tonlage.

»Ähh ... ja?«, piepst eines der Mädchen. Obwohl der Boden unserer Siedlung aus Wiese, Erde und Sand besteht, hat sie ihre Füße in die besten Schuhe gequetscht. Schuhe, die es wert sind, auf dem Sternenball getragen zu werden.

»Na dann.« Emilian dreht sich wieder um, sucht mich in der Menge. Ich sitze an einem Tisch gleich schräg gegenüber. Laurin sitzt neben mir und redet auf mich ein, davon, dass er gar keine Angst während des Kampfes mit Emilian gehabt habe und sich vielleicht auch hätte wehren können. Aber die anderen Leonen hätten ja etwas lernen sollen, und deshalb wäre er es ja auch besser gewesen, dass er verloren habe ...

Seine Worte dringen kaum zu mir durch. Ich sehe nur Emilian an. Er lacht. Verdreht die Augen, als die Mädchen hinter ihm anfangen, sich gegenseitig bewusst gegen ihn zu schubsen, um dann hysterisch zu kichern. Es sieht einfach zu lustig aus, wie sein Oberkörper bei jedem Schubser ein Stück nach vorne federt, während er dieses undurchdringliche Ich-ignoriere-es-einfach-Grinsen aufgesetzt hat. Immer wieder sieht er zu mir herüber.

Langsam erhebe ich mich von meinem Platz. Laurin kann gar nicht aufhören zu reden und merkt gar nicht, dass ich ihm nicht zuhöre. Aber Emilians Blick fesselt mich viel zu sehr, als dass ich noch irgendetwas anderes wahrnehmen könnte. Donia und einige andere Frauen sind dabei, das Essen aufzutragen. Wurzelgemüse mit geräuchertem Lachs und frisch gebackenem Brot. Die Männer stürzen sich darauf. Jeder lädt sich Mengen auf, die er niemals wird bezwingen können. Aber das ist jetzt egal. Es geht ihnen gut. Sie verlieren langsam die Angst. Oder vielleicht haben sie sie schon verloren.

Donia grinst schüchtern, als Emilian ihr für das Essen dankt. Ihre runden Wangen glühen.

Ich gehe außen um die Tische herum und setze mich neben Minna auf die Bank. Unauffällig flüstere ich ihr ins Ohr: »Ich glaube nicht, dass Emilian das so toll findet, was ihr hier gerade veranstaltet.«

»Och ...«, schmollt Minna. »Aber er ist doch so süß!«

»Dann frag ihn doch nach dem Essen einfach, ob er noch ein Glas Wein trinken möchte. Darüber freut er sich sicher mehr.«

Minna schiebt ihre Unterlippe vor. Ganz überzeugt ist sie anscheinend nicht. »Also gut«, sagt sie aber schließlich. »Mädels, wir essen bei uns zu Hause und schmieden Pläne.«

»Danke«, formen Emilians Lippen lautlos.

Ich schließe kurz meine Augen, anstatt zu antworten. Dann gehe ich wieder zurück zu meinem Platz neben Laurin, der natürlich inzwischen meine Abwesenheit bemerkt hat und nicht weniger schmollt als Minna.

»Du hast mich einfach sitzenlassen!«, beschwert er sich und wirft ein Stück Brot auf seinen Teller zurück.

Ich nicke. Kann mir ein Grinsen nur schwer verkneifen. »Ja, hab ich.«

»Aber das macht man nicht!« Seine Stimme klingt rau. Er ist wirklich verärgert. Mein Laurin.

Ich will etwas erwidern, doch Almaras erhebt sich von seinem Platz neben Marla und hält sein Glas mit dunkelrotem Beerenwein in die Höhe. Sofort verstummen alle Gespräche.

»Meine lieben Männer«, beginnt er und greift nach Marlas

Hand. »Wir haben heute viel erreicht. Wir sind enger zusammengewachsen, wir haben uns selbst übertroffen und endlich einen Großteil unserer Ängste abgeschüttelt. Das alles haben wir diesem jungen Mann zu verdanken.«

Er wendet sich in Emilians Richtung, prostet ihm zu. »Danke. Danke, Emilian, vom Stamm der Tauren.«

Nun erheben sich alle. Alle halten ihre Gläser in die Höhe, sehen Emilian an. »Auf Emilian!«, sagt Almaras, und alle wiederholen seine Worte.

Der schönste Abend seit langem. Als es bereits dunkel wird und Donia mit ihren Kräften die Fackeln rund um unsere Siedlung anzündet, beschließe ich, mich mal wieder meiner Hängematte zu widmen.

Irgendwo in der Ferne tobt ein Gewitter. Eine Ferne, die ich vielleicht nie kennenlernen werde. Sehe das Leuchten des Blitzes bis hierher, gefolgt vom leisen Grollen des Donners. Ich klettere in meine Hängematte, verschränke meine Arme unter meinem Kopf. Erstaunlicherweise fühle ich mich gut. So, als wäre alles in Ordnung. Dabei ist gar nichts in Ordnung. Nicht das Geringste. Die Männer am Lagerfeuer grölen vor Lachen. Irgendjemand hat seine Gitarre hervorgekramt. Vermutlich Bob. Wie lange es her ist, dass wir gemeinsam am Feuer gesessen haben und er auf seiner Gitarre gespielt hat? Jahre.

Jemand nähert sich meiner Hängematte. Noch ist er ein Stück entfernt, doch der Boden flüstert es mir bereits. Schwere Schritte. Zu schwer für Laurin.

»Da bist du ja«, sagt Emilian in die Dunkelheit.

Ich mache mir nicht die Mühe, eine Lichtkugel zu bilden. Die Dunkelheit gefällt mir. »Am Feuer war mir zu viel los.«

Ein weiterer ferner Blitz durchzuckt den Sternenhimmel. Erhellt kurz Emilians Gesicht. Er wirkt entspannt. Seine Hände hat er in die Taschen seiner Jeans geschoben. Die schwarze Lederjacke lässt ihn noch härter wirken, als er ohnehin schon aussieht. Trotzdem steht sie ihm so unwiderstehlich gut. »Kann ich verstehen«, sagt er mit sanfter Stimme.

Ich richte mich, so gut es geht, in der Hängematte auf. Wie sehr ich mir wünsche, dass er zu mir kommt. Dass ich ihn spüren kann. Doch das wird nicht geschehen. Nicht mehr. »Vermissen dich deine Leute nicht schon?«

Er lacht verächtlich. »Die vermissen mich nur, wenn sie etwas von mir wollen.«

Ich weiß nicht, was ich dazu sagen soll, also schweige ich. Emilian lässt sich etwas umständlich auf den Boden nieder. Mein Gefühl sagt mir, dass er noch nicht nach Hause zurückkehren mag. Ihn so im Schneidersitz auf der Erde sitzen zu sehen gefällt mir nicht. Also zeige ich neben mich. »Hier wäre auch noch ein Platz frei.«

Emilian zieht fragend eine Augenbraue hoch. »Da?«

»Hier haben sogar bis zu drei Leute Platz.«

Er lacht. »Schon mit Laurin ausprobiert?«

Ich beiße mir auf die Unterlippe. Eigentlich habe ich auf diese Frage schon lange gewartet. Aber nicht jetzt. »Laurin ist mein bester Freund.«

Emilian hebt abwehrend die Hände. »Was anderes hab ich nie behauptet.«

Langsam steht er vom Boden auf. Ich rücke ein Stück zur Seite. Als er sich neben mich legt, macht sich wieder dieses komische Gefühl in meinem Bauch breit. Ein Gefühl, das ich inzwischen nur zu gut kenne. Das nicht zu mir passt.

»Schön hier«, sagt er.

Er ist so viel lockerer als ich. Die Art, wie er seinen Arm unter seinen Kopf legt und mir dabei so nah ist, wirkt ganz selbstverständlich. Als hätte er das schon tausendmal gemacht. Ich hingegen traue mich nicht einmal mehr zu atmen.

Eine Zeitlang liegen wir einfach nur nebeneinander. Es bedarf keiner Worte. So wunderschön, wie die Sterne golden schimmern. Ferne Blitze für Sekunden den gesamten Himmel in sanftes Licht tauchen. Der Duft des Waldes. *Sein* Duft. Tannennadeln, Erde, warme Haut. Mit jeder Faser meines Körpers möchte ich diesen Moment in mir aufsaugen. Ihn für immer genießen können. Das ist nicht mehr die Robin, die ich einmal war.

Als ich fast schon einschlafe, merke ich, wie sich neben mir etwas bewegt. Emilian will einfach so verschwinden. Flüchten.

»Du gehst?«, frage ich.

»Wenn ich schon den ganzen Tag hier verbringe, sollte ich wenigstens in meinem eigenen Bett schlafen.« Er sagt es, als wäre es ein Scherz. Aber ich höre den bitteren Unterton.

Er kann nicht hierbleiben. Weil er vor mir wegläuft.

»Warum bleibst du nicht?«

Emilian steht aus der Hängematte auf, als hätte er meine Frage nicht gehört. Doch das lasse ich nicht zu. Ich fasse seine Hand, halte sie fest. Ein wunderbares Gefühl.

»Du weißt, dass es falsch ist.« Er wendet mir den Rücken zu. Natürlich. Das kann er gut. Mir ausweichen.

»Warum hast du mich dann am Fluss geküsst?« Nun stehe ich ebenfalls auf. Vielleicht kann er mir so in die Augen sehen.

»Du wolltest mich nie«, stößt er auf einmal hervor. Die Luft zittert regelrecht, so sehr schmerzen ihn die Worte. »Ich war es doch, der dir hinterhergelaufen ist. Ich habe dich gezwungen, deine Angst ausgenutzt …«

Er hat recht. Natürlich hat er das. Doch die Dinge haben sich geändert. Nur weiß ich nicht, wie ich das in Worte fassen soll. Ihn für mich gewinnen kann. »Du weißt, dass es nicht so ist.«

»Weiß ich das?«, sagt er und klingt dabei so niedergeschlagen und einsam, wie ich ihn noch nie erlebt habe.

Ich lege meine Hand an seine Wange. Will ihn so dazu bewegen, mich anzusehen. »Aber ich brauche dich doch.«

Jetzt sieht er mich an. Sein Blick reißt mir den Boden unter den Füßen weg. »Nein. Brauchst du nicht.« Ich will etwas erwidern, doch er legt mir seinen Zeigefinger auf die Lippen. »Ich bin so viel schlechter als du. Ich bin all das, was du so sehr hasst. Das, was du nie sein willst.«

Dann lächelt er. Lächelt, als hätte er etwas Schönes gesagt. Lächelt so, dass ich nichts mehr darauf erwidern kann.

NEID

Er riecht ihren Duft. Den Duft der Unschuld. So köstlich. Wie rein ihre Hände nur sind. Noch nie haben sie den Tod gebracht.

Der Junge ist bei ihr. Das wird seinem Herrn gefallen. Und wie es ihm gefallen wird. Denn so wie diese Göre Emilian anhimmelt, vertraut sie ihm sicher auch einige Geheimnisse der Leonen an. Doch nicht nur das. Was, wenn es Emilian gelingt, sie davon zu überzeugen, dass die Tauren besser sind? Besser als die Leonen, stärker und machtvoller. Wenn sie sich freiwillig den Tauren anschließt ... Ja, dann würden sich die Dinge so entwickeln, wie Birkaras es sich vorstellt.

Vielleicht wird er ihm jetzt endlich den Respekt zollen, der ihm schon so lange gebührt! Bis auf die Knochen hat er sich abgearbeitet! Nie ein Wort des Dankes.

Aber sei es, wie es ist. Sein Herr ist mächtig. Und wenn man selbst keine Macht hat, dann sollte man sich an die Leute hängen, die Macht besitzen.

Ab heute wird sich alles ändern. Beinahe rührend, diese Szene mit anzusehen. Was für ein Glück, dass Emilian das Mädchen so fasziniert. Ansonsten hätte sie ihn sofort bemerkt. Die Natur ist verräterisch. Aber all ihre Sinne sind auf den Jungen gerichtet. Was sie schwach macht. Nein, ein solcher Fehler dürfte ihr eigentlich nicht passieren. Doch das zeigt nur umso deutlicher, wie sehr sie an dem Bastard hängt.

Emilian. Nie hat er etwas geleistet. Und schon immer hat ihn sein Herr bewundert. Für seine Stärke.

Wenn sein Herr ihn jetzt nur so sehen könnte! Unsicher. Überhaupt nicht der kalte Mörder, der er immer vorgibt zu sein. Alles nur Täuschung? Wohl kaum. Er mag das Mädchen. Verübeln kann man es ihm nicht. Schön ist sie, mit ihrem langen Haar und ihrem strammen Körper.

Ein Blitz erhellt für einige Sekunden den Himmel. Schnell huscht Vincente hinter einen Baum, damit er nicht entdeckt wird. Aber die beiden sind ohnehin viel zu sehr mit sich selbst beschäftigt.

Jetzt klettert Emilian zu ihr in die Hängematte. Wie er das nur immer anstellt? Die jungen Dinger liegen ihm zu Füßen. Nie muss er etwas dafür tun. Vincente ist das nicht vergönnt. Wenn er sich einem weiblichem Geschöpf nähern darf, dann nur, um einen Dienst zu erweisen. Um ein gutes Wort beim Herrn einzulegen oder einen schweren Korb zu tragen.

Aber ab heute wird es anders werden. Vincente wird nach Hause kehren und dem Herrn davon berichten, wie überaus vorteilhaft sich die Lage entwickelt hat. Dass Emilian das dumme Gör zum Schmelzen gebracht hat wie das Wachs einer Kerze. Dann wird der Herr erkennen, dass er gute Arbeit geleistet hat. Dass Vincente schon immer gute Arbeit geleistet hat. Dann wird er ihn endlich loben.

Lange liegen die beiden einfach nur so da. Schweigen. Fast

schon wird es Vincente langweilig. Als Emilian endlich aus der Hängematte steigt und das Mädchen ihn zurückhält, ist das seine Chance, sich wieder davonzuschleichen. Auch wenn es jetzt vermutlich erst wirklich spannend wird.

GEWISSHEIT

Wildrosen. Der süße Duft ihrer Knospen liegt heute schwerer als bisher in der Luft. Ganz leise rascheln die Gliedmaßen des Waldes. Blätter, Äste Wurzeln. So friedlich ist es. Als würde der Wald schlafen.

Mein Rücken schmerzt von der Nacht in der Hängematte. Als ich mich qualvoll aufrichte, knacken meine Schultern, so als würde ich auf Nüsse treten. Aber das nehme ich gerne in Kauf. Draußen in der Natur zu schlafen gibt mir eine Idee von Freiheit. Freiheit, die ich nie hatte.

Heute werden wir ein letztes Mal trainieren, morgen ruhen wir nur noch aus. Sammeln all unsere Kräfte. Denn übermorgen ist der Tag. Der Tag, der alles entscheidet.

Heute wird Emilian noch einmal hier sein.

Noch immer spuken seine Worte in meinem Kopf herum wie Geister. So gerne würde ich ihm sagen können, dass ich bereit bin, mich voll und ganz auf ihn einzulassen. Egal, was er getan hat. Egal, wie viel Blut an seinen Händen klebt. Dass ich ihm glaube, wenn er sagt, dass er anders ist. Ehrlich. Vielleicht sogar das Herz an der richtigen Stelle trägt. Nein, sicher sogar.

Dass ich ihm vertraue.

Laurin bringt mir Frühstück ans Bett. Er setzt sich neben

mich und sieht glücklich aus, als ich einen Löffel von dem Haferbrei in meinen Mund schiebe. Viel Schlaf scheint er nicht bekommen zu haben. Zumindest deuten seine dunklen Augenringe darauf hin. Er ist sogar noch dünner geworden, habe ich den Eindruck. Ich mache mir Sorgen um ihn. Laurin ist kein Kämpfer. Wenn er etwas gut kann, dann ist es, die Kleinen durch unsere Siedlung zu jagen oder mit ihnen Verstecken zu spielen. Er erzählt die wundervollsten Märchen. Die Worte sprudeln einfach nur so aus ihm heraus, ohne dass er darüber nachdenken muss.

Ja, das kann er gut. Aber kämpfen?

»Was denn? Bist du schon von einem Löffel satt?«, fragt er. Wie sehr ich diese kleinen Falten mag, die sich immer um seine Augen schleichen, wenn er lacht.

Schnell schüttle ich den Kopf und schaufle Haferbrei auf den Löffel. »Hast *du* denn überhaupt schon was gegessen?«

Er fährt sich verlegen durchs Haar, so dass eine Strähne senkrecht nach oben absteht. »Irgendwie haben die Männer alle einen Bärenhunger entwickelt. Das ist die einzige Schüssel Haferbrei, die ich noch ergattern konnte.«

Ich verschlucke mich. Laurin klopft mir auf den Rücken.

»Und die hast du mir gebracht? Du bist doch schon so dünn! Du musst das Zeug hier essen!« Ich will ihm die Schüssel in die Hand drücken, doch er wehrt ab.

»Nein, wirklich nicht. Irgendwie hab ich keinen richtigen Hunger. Ist schon seit ein paar Tagen so.«

»Was? Wieso das denn?«

Er zuckt mit den Schultern. »Na ja. Ich weiß auch nicht. Ist halt viel los zurzeit.«

»Wie lange geht das schon?«, hake ich nach. Irgendwie ist mir auch der Appetit vergangen. Aber dennoch schiebe ich mir widerwillig einen weiteren Löffel von der grauen Pampe in den Mund. Jetzt auch nichts zu essen wäre bestimmt nicht sinnvoll.

»So ungefähr seit drei Tagen«, antwortet Laurin und kann mir dabei nicht in die Augen sehen.

Aber das muss er auch nicht. Ich weiß ohnehin, was er mir sagen will. Seit drei Tagen. Vor drei Tagen kam Emilian das erste Mal zu uns in die Siedlung. Am liebsten würde ich ihn in die Arme nehmen, ihm über den Rücken streichen und ihm sagen, dass alles gut wird. Genau das, was Laurin jetzt braucht. Was er für mich tun würde. Aber das kann ich nicht.

Stattdessen schiebe ich einen weiteren Löffel von dieser ekelhaften Pampe in den Mund. Nicht einmal ein paar Wildbeeren sind darin. Eine Frage der Zeit, wie lange die Tauren noch bereit sind, auf ihre Abgaben zu warten. Normalerweise hätte Almaras gestern bei ihnen auftauchen müssen. Holz, Beeren, Wurzelwerk, Salomés Heilsalben. Und dieses Mal noch ein junges Mädchen.

Ich bin nicht stolz darauf, dass ich eine harte Schale habe. Nein. Wirklich nicht. Aber ich habe sie mir über die Jahre mühsam erarbeitet, und sie hat mich gut geschützt. Ich werde sie nicht so einfach aufgeben.

»Na ja. Ich werde dann jetzt mal gehen. Flora hat sich gewünscht, dass ich mit ihr ein Bild male.« Wie in Zeitlupe erhebt sich Laurin, als würde er darauf warten, dass ich etwas sage. Ihn aufhalte.

Aber ich kratze mit dem Holzlöffel den restlichen Brei zusammen und lecke den Löffel ab. »Wir sehen uns dann später«, ist alles, was ich von mir gebe.

Laurin nickt enttäuscht. »Ja. Beim Training.«

Dann geht er. Ich schlage den Löffel gegen meine Stirn. *Wir sehen uns dann später!* Ich habe mich mal wieder selbst übertroffen.

Das Training ist heute noch um einiges härter. Die Männer werden wieder in zwei Gruppen aufgeteilt. Eine Gruppe, von der jeder einmal gegen Emilian kämpfen muss, und eine Gruppe, von der jeder einmal gegen mich kämpft. Die Männer, die gerade nichts zu tun haben, sollen Liegestütze machen oder um die Siedlung joggen. Ein Wunder, sie tun es wirklich. Sie tun es sogar mit Eifer. Langsam gewöhnen sie sich an die neue Disziplin.

Ich werfe einen Blick zur anderen Gruppe hinüber. Emilian ringt gerade mit Bob. Endlich einmal ein annähernd würdiger Gegner für Emilian. Trotzdem hat Bob keine Chance.

Auf seltsame Weise sieht es wunderschön aus, wie Emilian seine Muskeln anspannt und Bob auf den Boden zwingt. Er schwitzt ein wenig. Beißt seine Zähne zusammen, als Bob es irgendwie schafft, sich ihm zu entwinden und auf ihn zu werfen. Gemeinsam fallen sie zu Boden. Bob auf Emilian. Bob wittert bereits seinen Sieg, als Emilian ihn ruckartig von sich stößt, sich auf ihn setzt und seine Arme auf den Boden presst. Emilian verharrt für ein paar Sekunden. Dann lachen beide. Emilian lässt von Bob ab und rollt sich neben ihn auf den Boden. Sie reichen sich die Hände und helfen sich gegenseitig auf. Stundenlang könnte ich Emilian so zusehen.

»Bist du bereit?«, reißt mich auf einmal jemand aus meinen Gedanken.

Almaras steht vor mir, sieht mir aufmerksam in die Augen. Ich nicke schnell und stelle mich aufrecht hin. Dann greift Almaras schon an. Er ist stärker, als ich dachte. Seine Chance wittert er, als er mich um meine Taille zu fassen kriegt und versucht, mich zu Boden zu werfen. Doch den Gefallen tue ich ihm nicht. Mein Trick ist unfair. Aber fair kämpfen die Tauren sicher auch nicht.

Hinterlistig ziehe ich von hinten so fest am Bund seiner Hose, dass er aufjault. Ich lache, während Almaras von mir ablässt und ich mich auf dem Boden abfange.

Auch Almaras lacht. »Darfst du das überhaupt?«

»Ich darf alles.«

Doch sein Gesicht wird auf einmal ernst. »Können wir in der Pause einmal miteinander reden?«

Nur wenig später ist es so weit. Er und Marla warten auf der Bank vor ihrem Haus auf mich. Almaras hat eine Hand auf Marlas Bauch gelegt. Eine leichte Erhebung sieht man bereits. Ein neues Leben. Hoffentlich wird es anders aufwachsen. In einer besseren Zeit.

Almaras rückt seine Augenklappe zurecht. »Robin, ich glaube, ich finde den richtigen Moment einfach nicht. Deswegen sage ich es dir jetzt.«

Auf einmal habe ich Angst. Das, was Almaras mir zu sagen hat, will ich nicht hören. Es ist sein Gesichtsausdruck. Die Art, wie Marla ihn aufmunternd und tröstend ansieht. Mein Körper erstarrt. Ich beiße mir auf die Unterlippe. Schmecke Blut.

»Es geht um meine Nachfolge. Wenn mir etwas passieren sollte, dann will ich ...«

»Dir passiert nichts«, schießen die Worte aus mir heraus. Meine Stimme ist erstaunlicherweise fest und sicher. Ich weiß, dass ihm nichts passieren wird. Nicht Almaras. Nicht dem Vater von Marlas ungeborenem Kind.

»Aber wenn doch, dann möchte ich, dass du meine Nachfolge antrittst. Es ist mir wichtig zu wissen, dass jemand für unseren Stamm sorgt.«

Marla legt ihre Hand auf seine. Gemeinsam streicheln sie ihren Bauch. Als wäre es bereits sicher, dass er nicht wiederkommt.

»Ja. Von mir aus«, sage ich patzig. Ich kann nicht darüber reden. Ich fühle mich wie in einer Falle. Als würde ich Almaras töten. Wie können sie nur daran denken?

»Danke.« Almaras atmet tief ein.

»Ein Anführer muss sich um seine Nachfolge kümmern. Das gehört dazu, Robin. Nur vorsorglich«, versucht mich Marla zu beruhigen. Sie klingt so zuversichtlich. Lächelt sogar. Schafft es, dass mein Puls etwas langsamer wird.

»Aber warum ausgerechnet ich?«

»Weil du es kannst. Die Leonen hören auf dich. Sie sehen zu dir auf. Du hast die Stärke, die Reife und den Mut. Ich könnte mir keinen besseren Nachfolger vorstellen.«

Almaras erhebt sich von der Bank. Flora kommt auf uns zugerannt und umschlingt mit den kleinen Armen ihre Mutter. »Laurin hat mich gejagt«, stößt sie aufgeregt hervor, aber das Leuchten in ihren Augen ist nicht zu übersehen.

Marla streicht ihr über das weiche Haar. »Wie gemein.«

Ich will gehen. Einfach so. Ohne noch etwas zu sagen. Doch Almaras hält mich an der Schulter fest. »Robin, ich brauche deine Unterstützung. Bitte, hilf mir.«

Ich reiße mich von ihm los. »Aber ich helfe dir doch. Alles was ich hier mache, ist, dir zu helfen.«

»Ich muss wissen, dass du weiterhin da sein wirst.«

Warum die Tränen in meine Augen schießen, weiß ich selbst nicht. Normalerweise weine ich nie. Aber in letzter Zeit kommt es immer öfter vor. Verflucht.

»Kann ich jetzt gehen?«, frage ich barsch.

Almaras nickt schwach. Ich warte nicht lange. Gehe einfach. Genau in der Sekunde, als Emilian das Ende der Pause ausruft. Mechanisch gehe ich zu dem Trainingsplatz zurück. Mein Blut ist aus meinem Körper gewichen. Wie eine leere Hülle fühle ich mich. Zum ersten Mal wird mir wirklich bewusst, welche Ausmaße unser Plan haben könnte.

Ich sehe mich um. Sehe, wie Flora sich immer noch an Marla krallt. Wie Donia einen Korb voller Wäsche in die Seite stemmt und sich auf den Weg zum Fluss macht. Wie Minna und ihre Freundinnen Titus angaffen, der sich nach der Pause sein verschwitztes Hemd wieder überstreift. All das könnte bald vorbei sein.

»Träumst du?«, flüstert Laurin mir ins Ohr.

Ich schrecke vor seiner plötzlichen Nähe zurück. »Nein. Alles gut.«

»Wirklich alles in Ordnung?«, hakt er nach. Wie so oft legt er seinen Kopf dabei schief. Als könnte er in mir lesen wie in einem offenem Buch.

Ein kühler Wind fährt durch den Wald und bringt die Blätter der Bäume zum Rascheln. Meine offenen Haare fliegen mir ins Gesicht. Verstecken mich vor Laurin. »Alles bestens«, lüge ich und gehe einfach.

Ich spüre einen Blick in meinem Rücken. Als ich mich umdrehe, ist es nicht Laurin, der mich beobachtet. Es ist Emilian. Doch ich kann den Ausdruck in seinen Augen nicht deuten.

Irgendwie bringe ich das Training hinter mich. Ich kann nicht einmal genau sagen, was wir gemacht haben. Meine Gedanken waren ganz woanders. Waren nicht hier. Eigentlich will ich nur noch in mein Haus. In mein Bett. Mir die Decke über den Kopf ziehen. Doch als Donia mich entdeckt, hält sie mich auf und drückt mir den leeren Wäschekorb in die Hand.

»Wärst du so lieb und würdest den ins Waschhaus bringen?«, bittet sie mich. Natürlich kann ich nicht nein sagen.

Ein Fehler. Als ich den Korb abstelle, höre ich eine Stimme. Aus nächster Nähe. Vielleicht von außerhalb des Waschhauses. Eine Stimme, die ich unter tausend anderen heraushören würde. Tief. Klar. Kalt. Und trotzdem wird mir warm, als ich sie erkenne.

»Es ist nur ein einziger Gefallen, um den ich dich bitte. Ich weiß, wir sind keine Freunde. Das werden wir auch nie sein. Aber es geht hier nicht um mich«, sagt Emilian.

Ich erstarre in meiner Bewegung. Mit wem spricht er? Was für einen Gefallen meint er?

»Wenn es unbedingt sein muss.« Laurin.

»Es geht um Robin«, fährt Emilian fort.

Ich atme nicht mehr. Blinzle nicht einmal. Sie sind hinter dem Waschhaus. Glauben sich versteckt. Sicher. Was für ein Irrtum.

»Natürlich geht es um Robin«, erwidert Laurin spitz. »Um wen sonst?«

Emilian holt tief Luft. »Ich weiß nicht, ob ich das hier überlebe. Mit großer Wahrscheinlichkeit nicht.«

»Worauf willst du hinaus?« Laurin klingt etwas milder. Beinahe verunsichert.

»Ich will, dass du dich dann um sie kümmerst. Für sie da bist.«

»Ich bin immer für sie da! Immer!«

»Nein. Ich meine an ihrer Seite. Sie wird jemanden brauchen, der sie auffängt.«

Dann ist es still. Totenstill. Eine Minute, wenn nicht länger. »Was nimmst du dir raus?« Es klingt, als würde er ihn vor die Brust stoßen. »Du mieser Drecksack! Wie kannst du sie so an mich weiterreichen wie ein gebrauchtes Paar Schuhe! Robin ist das wundervollste ...«

»Ich weiß«, unterbricht Emilian ihn kalt. Eiskalt.

Erst jetzt wird mir die wahre Botschaft seiner Worte bewusst. Er will, dass ich und Laurin ein Liebespaar werden. Wenn ihm etwas zustoßen sollte. Wovon er ausgeht. Ich keuche. Presse mir schnell die Hand auf den Mund, aus Angst, dass sie es gehört haben könnten. Doch sie sind zu sehr mit sich beschäftigt.

Emilian räuspert sich. »Ich will sie nicht an dich weiterreichen wie ein altes Paar Schuhe. Ich will nur, dass du sie auffängst. Ich weiß, dass du Gefühle für sie hast. Die du aber vor ihr verheimlichst. Wenn ich nicht mehr da bin, dann fang sie auf, zeig ihr deine Gefühle.« Er macht eine kurze Pause. »Außerdem reiche ich sie nicht an dich weiter. Wir hatten nie etwas miteinander.«

Ich pralle mit meiner Schulter gegen die Wand. Merke es nicht einmal. Kraftlos gleite ich den kalten Stein hinab, bis ich auf dem Boden aufkomme. Dort sitzen bleibe. Auf Tränen warte, die nicht kommen wollen.

»Ihr hattet nie etwas miteinander?« Die Hoffnung in Laurins Stimme versetzt mir einen Stich in die Brust.

Anscheinend schüttelt Emilian nur den Kopf. Denn Laurin fragt weiter. Fasst Mut. »Warum ist es dir so wichtig, dass ich mit ihr zusammenkomme?«

»Sie darf nicht schwach sein. Egal wie es für euch Leonen ausgeht. Sie muss Stärke zeigen. Und das kann sie nur, wenn jemand an ihrer Seite ist und sie stützt. Und das wirst du müssen.« Wieder ist es kurz still. »Glaub mir. Dich darum zu bitten fällt mir weiß Gott nicht leicht.«

»Liebst du sie?«, platzt es auf einmal aus Laurin heraus.

Ich kralle meine Finger in den Steinboden. Schließe meine Augen. Warte, ohne zu atmen.

»Nein.«

Ich sterbe. Sterbe innerlich. Irgendwie ziehe ich mich langsam vom Boden hoch, stoße dabei gegen den Waschkorb. Er fällt um. Es scheppert. Nicht laut. Dennoch laut genug.

»Was war das?«, fragt Laurin.

Doch dann bin ich schon draußen. Setze einen Fuß vor den anderen. Bobs Frau grüßt mich. Ich kann nichts erwidern. Denke nicht mehr. Will nur noch fort. Schritte hinter mir. Jemand rennt.

»Robin! Warte mal!«

Ich presse meine Augenlider zu. Will ihn nicht sehen. Nicht jetzt. Nie wieder.

Emilian legt mir eine Hand auf die Schulter und zwingt mich so stehen zu bleiben. »Du warst gerade im Waschhaus, oder?«

Ich reiße mich los. Will nur noch in mein Haus. Fort. Stürze davon, doch er folgt mir. Mühelos. Ich bin viel zu aufgewühlt, um mich darauf zu konzentrieren, wohin ich laufe. Stolpere über eine Wurzel, kann mich gerade noch fangen. Renne in den Wald hinein. Irgendwohin. Nur fort von hier. Fort von Emilian.

Doch habe ich all das nicht eigentlich schon gewusst?

Natürlich habe ich es gewusst. Ich habe es nur nicht wahrhaben wollen.

Zu wem hat er mich gemacht? Ich bin nicht mehr ich selbst. Schwach. Verwundbar.

Vielleicht ist das doch alles ein gemeiner Plan?

Ich schiebe mich an einer Tanne vorbei, streife sie mit meiner Schulter. Rotes Abendlicht fällt durch die dichten Baumkronen auf mich. Wie der Strahl eines Scheinwerfers. Ich will ausweichen, doch es ist, als würde das Licht mir folgen. Wie sehr ich diesen Wald doch hasse. Mein Gefängnis.

»Robin, bleib stehen«, höre ich Emilian hinter mir sagen. Seine Stimme ist immer noch ruhig. Als würde er einen angenehmen Spaziergang machen.

Natürlich bleibe ich nicht stehen. Niemals.

»Sprich mit mir!«, bittet er. Seit wann ist er überhaupt so schrecklich erwachsen? So, als wäre ich ein störrisches Kind und er mein Vater?

Auf einmal hält er mich am Arm fest. Reißt mich zur Seite. Drückt mit gegen den nächsten Stamm. Ich versuche, mich zu wehren, doch er presst beide Arme gegen meine Schultern. Keine Chance.

»Lass mich los!«, zische ich.

»Erst, wenn du mit mir sprichst«, antwortet er ruhig. »Was ist los mit dir?«

»Was los ist mit mir?«

»Das, was ich zu Laurin gesagt habe, ist nichts Neues. Für dich zumindest nicht. Was hat Almaras dir gesagt?«

Nichts Neues für mich. Werde ich verrückt? Gestern noch hatte er mir gesagt, dass etwas zwischen uns nicht sein kann. Warum zur Hölle habe ich mir immer noch Hoffnungen gemacht?

Ich starte einen neuen Versuch, mich zu befreien. Er hält mich fester. Ich trete nach ihm. Treffe ihn in den Bauch. Er keucht. Meine Chance. Ich winde mich aus seinem Griff. Aber er bekommt mich an meinem Hemd zu fassen, zieht mich zurück. Ich schlage meine Handkante gegen seinen Arm. Für ein paar Sekunden lässt er los. Triumphierend lächle ich. Doch er ist schneller und bekommt mich in meinen Kniekehlen zu fassen. Er reißt sie nach vorne, so dass ich im Schwung mit dem Rücken auf den Boden pralle.

Dann presst er sich mit seinem ganzen Gewicht auf mich. Stemmt beide Arme seitlich von mir ab. Sein schwerer Oberkörper liegt auf meinem. »Also, was hat Almaras zu dir gesagt? Ich hab doch gesehen, wie aufgewühlt du warst.«

Ich strample wie eine Verrückte. Presse meine Lippen aufeinander, um ja keinen Laut von mir zu geben. Keinen Laut. Aber die Tränen kann ich nicht zurückhalten. Sie kommen einfach, ohne dass ich ihnen Einhalt gebieten könnte.

Er streicht mir über die Wange, wischt eine salzige Bahn fort. Ich beiße ihn in seine Hand, bis er vor Schmerz aufschreit.

»Verdammt! Wofür war das denn?«

Ich lasse meinen Hinterkopf zurück auf den Boden prallen. Wieder fällt das Licht direkt auf mein Gesicht. Ich muss blinzeln. Sollte die Sonne nicht langsam untergegangen sein?

»Ich kann nicht mehr«, flüstere ich auf einmal. Die Worte fließen einfach aus mir heraus. Wie meine Tränen. Ohne dass ich sie aufhalten kann.

Die Anspannung weicht augenblicklich aus seinem Körper. Er gleitet seitlich von mir herunter, bleibt neben mir liegen. Ich fühle mich wie eine Tote. So, wie das Licht direkt meine Augen blendet, könnte das wirklich der Tod sein.

»Ich weiß«, sagt er nur und erwärmt damit mein Herz mehr, als er sich vermutlich vorstellen kann. Er greift nach meiner Hand und hält sie fest. Legt sie auf seine Brust, dort wo sein Herz ist. Das halte ich nicht aus. Ich ziehe meine Hand fort. Laurin gegenüber konnte er nur zu gut verständlich machen, wie er zu mir steht. Warum spielt er mir nur etwas vor?

»Ich kann nicht mehr«, wiederhole ich noch einmal.

Sein Blick ruht auf mir. Beobachtet mich sanft. Wie sehr ich im Grün seiner Augen versinken möchte. Sein Geruch vermischt sich mit dem des Waldes. Feuchte Erde, harziges Holz, süße Pollen, die durch die Luft schwirren. So traumähnlich, wie sich der Wind in den Bäumen verfängt und mit ihren Blättern spielt. Wie die letzten Knospen sich schließen, als das Licht nun doch allmählich verschwindet. Kein Gold mehr, das auf mich herabstrahlt. Mir wird bewusst, was ich hier eigentlich tue. Schutzlos auf dem Boden. Neben ihm. Er mir so verboten nahe. Wie einfach ich es ihm mache. Aber dieser Moment ist so schön. So friedlich.

»Vergiss, was du gehört hast«, beschwört er mich plötzlich. Sein Blick ist drängend.

»Wenigstens habe ich jetzt verstanden, was ich für dich bin.«

»Nein, das stimmt nicht! Du ...«

»Vielleicht kannst du ja nur dich selbst lieben.« Die Wucht meiner Worte trifft ihn, er ist wie erstarrt. Ich stehe auf. Jetzt zieht er sich langsam hoch. Kniet vor mir auf dem Boden. Unverständnis in seinem Blick.

Ehe ich meine Worte bereuen kann, gehe ich.

Er folgt mir nicht.

ABSCHIED

Dann ist es so weit. Die Nacht der Nächte wartet auf uns. Verblüffend, wie still auf einmal alle sind. Alle sitzen sie irgendwo herum. Manche haben sich mit ihren Familien in die Häuser zurückgezogen, andere sitzen gemeinsam am Feuer. Sprechen tun sie nicht miteinander. Alle hängen ihren eigenen Gedanken nach. Woran sie wohl denken? Wie es ist, endlich frei zu sein, oder wie es ist zu sterben?

Ich würde gerne eine aufmunternde Ansprache halten, doch dafür fehlen mir die passenden Worte. Ich kann ihnen keinen Mut zusprechen, muss sie sich selbst überlassen. Almaras hat sich mit Marla ebenfalls auf eine Bank ans Feuer gesetzt. Minna und Flora sitzen auf seinem Schoß.

Gestern verlief das Training einigermaßen erfolgreich. Einfache Kampfübungen, um das Selbstvertrauen der Leonen zu stärken. Den Rest des Tages wurde geruht. Alle können sie nun unseren Plan im Schlaf herunterbeten. Besser vorbereitet könnten sie nicht sein.

Starten werden wir, wenn die Sonne untergegangen ist. Dann beginnen auch die Zeremonien der Tauren. Die Huldigungen am Gemeinschaftsfeuer. Beschwörungen, die Opferung eines ahnungslosen Menschen, wilde Tänze. Tänze, die den Verlust ihrer Kräfte und die damit verbundene innere Zerrissenheit widerspiegeln sollen. Genau in diese Zeremonie werden wir hineinplatzen, nachdem wir schon einige Tauren durch das Betätigen der Auslöser aus der Siedlung fortgelockt haben.

Was, wenn es schiefgeht? Bin ich es dann, die das Unglück über uns gebracht hat? Allein der Gedanke ist mir unerträglich.

Emilian kommt mit Laurin aus dem Versammlungshaus. Sie geben sich die Hände, dann trennen sie sich wortlos. Keine Ahnung, was sie noch besprochen haben.

Emilian sieht mich. Bleibt stehen. Geht nicht auf mich zu. Sein Blick ruht auf mir. Wie vertraut sich das inzwischen anfühlt. Er schiebt die Hände in die Taschen seiner Jeans. Dann wendet er sich ab, geht auf den Wald zu.

Ich drehe mich zu den Leonen am Feuer um, ob irgendjemand von ihnen Anstalten macht, Emilian zu danken. Doch sie lassen ihn gehen. Ohne ein Wort. Sind versunken in ihre finsteren Gedanken voller Aufruhr und Angst.

Emilian ist schon fast in der Dunkelheit des Waldes verschwunden, als ich meine Füße endlich vom Boden lösen kann und ihm nachrenne. Ich muss wahnsinnig sein. Absolut verrückt. Selbstzerstörerisch. Aber das ist mir in diesem Moment egal. Es ist leicht, ihn einzuholen. Er geht langsam. Obwohl er mich hören muss, bleibt er nicht stehen. Geht einfach weiter. Langsam, aber bestimmt.

Ich erreiche ihn, lege meine Hand auf seine Schulter. Er schüttelt sie ab, geht weiter. Ein Gefühl, als hätte mich jemand einen Abgrund hinuntergestoßen. Ich kann mich nicht mehr bewegen. Spüre nur noch die Einsamkeit, die mich erfasst.

Er geht einfach fort. Lässt mich alleine. Was, wenn wir uns nie wiedersehen? Den Gedanken kann ich nicht ertragen.

Auf einmal bleibt er stehen. Mein Herz schlägt so heftig, dass ich nicht mehr fähig bin zu atmen. Er dreht sich nicht zu mir um. Als hätte er Angst davor, mir ins Gesicht zu sehen.

»Was willst du?«, fragt er. Seine Stimme ist erfüllt von Bitterkeit. »Habe ich mich nicht klar ausgedrückt?«

Der Satz bohrt sich wie ein Pfeil in mein Herz. »Ich ... Ich wollte dich nicht einfach so gehen lassen.«

Ich zittere. Hasse mich selbst dafür. Warum ausgerechnet jetzt, wo es doch so wichtig wäre, ruhig zu bleiben?

Er blickt über seine Schulter. Dreht sich immer noch nicht zu mir um. »Hast du wieder Angst vor mir?«

Ich schüttle den Kopf. »Ich habe Angst vor dem, was jetzt kommt.«

»Was kommt denn jetzt?«

»Der Abschied.« Ich hole tief Luft. Versuche meine Stimme zu beruhigen. »Bitte sieh mich an.«

Vielleicht ist es das letzte Mal, dass wir uns ansehen können, will ich ihm sagen. Doch ich kann nicht.

Langsam dreht er sich zu mir um. Zögerlich, als wisse er nicht, ob er das Richtige tut. »Du glaubst also, dass wir uns nicht wiedersehen werden?«, fragt er, und ich lese in seinem Gesicht, dass er das nicht glaubt.

Ich bin nicht fähig zu antworten. Senke meinen Blick, weiche seinem aus. Er nickt, als wüsste er, dass dies das Ende ist. Das Ende von etwas, das nie existiert hat.

Ich verschweige, dass er mein Herz höher schlagen lässt. Ich verrate ihm nicht, dass ich ihn mir nachts an meine Seite wünsche. Ich sage ihm nicht, dass ich ihn liebe. »Glaubst du, dass wir zu einer anderen Zeit, an einem anderen Ort eine Chance gehabt hätten?«, frage ich stattdessen.

Jetzt lächelt er. Endlich. »Ich weiß es nicht.«

»Aber ich ...«, stammle ich. Hole tief Luft. »Ich kann dich einfach nicht so gehen lassen. Ich will, dass du weißt ...«

»Ist schon in Ordnung«, unterbricht er mich. Das Lächeln auf seinen Lippen, in seinen Augen ist so zärtlich und warm. Ist das der echte Emilian?

»Mach's gut.« Er dreht sich um. Wendet sich von mir ab. Soll das alles gewesen sein? Meine Muskeln gehorchen mir nicht mehr. Ich will auf ihn zugehen, doch ich bin wie eingefroren.

Emilian setzt sich in Bewegung. Aber ich gehöre dir doch!, denke ich. Meine Lippen sind wie versiegelt. Lassen die Worte nicht hinaus. Plötzlich bleibt er stehen. Schnellt herum. Ist mit wenigen Schritten bei mir. Drückt seinen warmen Körper gegen meinen. Nimmt mein Gesicht in seine Hände und küsst mich. Küsst mich zum Abschied. Ich presse mich eng an ihn, will ihn noch näher bei mir spüren. Seine Wärme ist tröstend. Gibt mir Hoffnung. Ich will seinen Geruch in mir aufsaugen, damit ich ihn nie vergesse.

Doch er löst sich bereits von mir. Sieht mich an. Küsst mich auf die Stirn, so dass ich meine Augen schließen muss.

Als ich sie wieder öffne, ist er bereits fort. Verschwunden ohne einen Laut.

GEHORSAM

Er steht am Fenster. Die Arme hinter seinem Rücken verschränkt. Bald ist es so weit. Die Kräfte der Tauren werden verschwinden, um in neuer, besserer Form wieder aufzublühen. Wie er diesen Tag liebt. Wie eine Auferstehung.

Die Kette um seinen Hals hat sich in seinen schwarzen Haaren verfangen. Er löst sie, lässt sie durch seine Finger gleiten. Sogar jetzt, in dieser Sekunde, könnte er sie töten. Niemand könnte sich erklären, warum sie nicht mehr atmet. Aber nein. Sie ist *ihre* Tochter. Wie gerne er sie sich einmal genauer anschauen würde. Alles vergleichen würde. Die Wärme der Augen, den Schwung der Lippen, die sanfte Röte, die sich immer auf die Wangen ihrer Mutter schlich, wenn er sie in Verlegenheit gebracht hatte. Auf dem Ball war die Zeit so kurz gewesen. Hatte er sie nur flüchtig betrachten können. Ob sie ihr von der Art ähnlich ist? Noch dazu braucht er sie. Sie ist wertvoll, wertvoller als manch Taurer. Stärker. Etwas Besonderes.

Das Ziehen in seinem Kopf setzt wieder ein. Er beißt die Zähne zusammen, schmeckt Blut. Mit einem heftigen Schluck würgt er es hinunter. Einfach so tun, als wäre nichts. Er betrachtet die Tauren, die sich auf dem Platz tummeln. Unter ihnen Vincente, sein unfähiger Berater. Wobei er sich als sehr nützlich erwiesen hat. Äußerst nützlich.

Nur durch ihn hat er erfahren, dass Emilian gewiefter ist, als er dachte. Dass er die Macht sucht. Dafür seinen Weg geht. Und wenn es ihm tatsächlich gelingt, die Leonen auszuspionieren, muss er Vincente seine Mühen anerkennen. Denn ihm ist es gelungen, Emilians Absichten zu durchschauen. Zwar ist Vincente Emilian nur selten gefolgt, aber der Dummkopf hat herausgefunden, dass sich Emilian mit dem Mädchen und sogar mit den Leonen angefreundet hat. Ein Wolf im Schafspelz, der sich in ihre Mitte geschlichen hat. Wie überaus erfreulich.

Er lacht. Streicht sich über den schwarzen Mantel. Er sollte einmal lüften. Tageslicht verträgt er nicht mehr. Immer muss er auf die Nacht warten, um hinausgehen zu können. Er massiert sich die Stirn. Kreisende Bewegungen an seinen Schläfen. Hat die Heilerin der Leonen denn kein Mittel gegen diese Schmerzen? Vielleicht sollte er doch noch einmal eine ihrer Pasten fordern. Wenn sie nicht wirkt, wird die Alte umgebracht. Überhaupt, wo bleibt das Mädchen, nach dem er verlangt hat? Die Abgaben lassen auf sich warten. Er muss Vincente danach fragen.

Wie auf Kommando poltert der Tölpel die steinerne Treppe hinauf. Das Geräusch droht, seinen Kopf zum Platzen zu bringen. Heftig presst er sich die Hände auf die Ohren, beißt die Zähne zusammen.

Die Holztür wird aufgestoßen, und Vincente taumelt herein. »Herr! Die Abgagagaben sind zwei Tage im Verzzzzug!«

»Und deswegen kommst du extra hier heraufgestürmt und belästigst mich?«

»Verververzeiht, Herr. Ich dachte nur, dass ihr es als wiwi-wichtig erachtet«, entschuldigt sich Vincente und verzieht dabei sein Gesicht, so als würde er jeden Augenblick anfangen zu weinen.

»Nein. Es interessiert mich nicht im Geringsten.« Er will sich vom Fenster abwenden, doch in diesem Augenblick be-tritt Emilian den Platz. Selbst von hier oben kann er spüren, wie aufgewühlt er ist. Wie günstig! Es gefällt ihm, wie er seine Hände zu Fäusten ballt und seine Freunde einfach stehenlässt.

»Vincente«, beginnt er mit einem gierigen Grinsen. »Bring mir Emilian.«

Vincente verschluckt sich an seiner eignen Spucke. Hustet. Klopft sich auf seine Brust. Wieder muss er sich die Hände auf die Ohren pressen. Soll er ihn doch umbringen? Sieht er denn nicht, dass ihn sein Lärm schmerzt! Er kann sich kaum beherr-schen. Er spürt förmlich die Lust, die es ihm bereiten würde, sich auf ihn zu stürzen und ihm die Kehle abzudrücken.

»Sehr wohl, mein Hhherr!« Vincente verbeugt sich.

Gut. Dann lebt er halt noch einen Tag länger.

Es dauert eine Ewigkeit, bis Vincente unten auf dem Platz erscheint. Obwohl er rennt. Wie ein Versager steht er da, weiß nicht, wo er nach Emilian suchen soll. Er fragt einen seiner Freunde, der zuckt nur mit den Schultern. Dann hastet er auf die andere Seite der Siedlung, fragt wieder jemanden. Diesmal bekommt er eine Antwort. Man zeigt ihm die Richtung, in der er ihn finden kann.

Emilian spricht mit einem jungen Mädchen. Sie himmelt

ihn sichtlich an. Verführerisch, wie sie sich mit ihren Fingern durchs Haar fährt. Ihm ein Blatt von der Schulter zupft. Doch er sieht sie nicht einmal wirklich an. Der Junge gefällt ihm immer besser!

Vincente tritt zu den beiden hin. Emilian wendet sich genervt ab. Tut so, als müsse er bereits geschichtetes Holz noch einmal schichten. Das Mädchen bleibt eine Weile unschlüssig stehen, entfernt sich dann zögerlich. Vincente wird aufdringlich. Will Emilian an der Schulter mit sich ziehen. Ein Fehler. Emilian dreht sich um und bringt ihn mit einem einzigen Schlag in die Magengrube zu Fall.

So gut unterhalten wurde er schon lange nicht mehr. Vincente bleibt zitternd am Boden liegen. Er wimmert etwas und deutet mit dem Kinn in Richtung der Felsen. Emilian wirft einen Blick hinauf zu seinem Fenster. Er schüttelt mit dem Kopf. Will nicht zu ihm kommen. Doch er muss. Er hat keine Wahl.

Er lässt sich Zeit. Längst müsste er schon hier sein. Vincente hetzt die Treppen immer, so schnell er kann, hinauf. Doch Emilian lässt sich Zeit. Beweist seine Selbstbestimmtheit. Wie sehr ihm dieser Junge doch gefällt! Früher war er auch so. Als er noch kein Anführer war. Rebellisch. Sein eigener Kopf. Niemand konnte ihm auch nur in irgendetwas hineinreden. Bis zu diesem einen Tag. Dem Tag, an dem er sie verraten musste.

Wie ein Stromschlag durchfährt es ihn. Diesmal von seinem Kopf hinab bis zum Steißbein. Er geht in die Knie. Keucht. Presst sich die Daumen auf die Schläfen. Dieser Schmerz!

»Ihr habt mich rufen lassen?«

Schnell steht er wieder auf. Zieht sich seinen Mantel zurecht. An seinem Hemd ist Blut. Wo auch immer es herkommt. Gut, dass sein Hemd rot ist. So fällt es wenigstens nicht auf.

»Ich habe etwas auf dem Boden gesucht«, gibt er vor. Niemand darf erfahren, wie schwach er ist.

»Worum geht es?«, kommt Emilian gleich zur Sache.

Wie selbstsicher er am Türrahmen lehnt. Trotzig. Die Hände lässig in den Taschen seiner Jeans. Die Muskeln angespannt. Was für ein perfekter Körper! Ja, so sah er auch einmal aus.

Er geht hinüber zu dem kleinen Holztisch neben dem Kamin. Jeder Schritt tut ihm weh. Er schenkt sich ein Glas blutroten Wein ein. »Du auch?«

Emilian schüttelt den Kopf.

Mit einem Zug leert er das Glas. Gleich geht es ihm ein bisschen besser. »Setz dich«, sagt er. Er nickt in Richtung des Sessels vor ihm. Keine Bitte. Ein Befehl.

»Nein, danke. Ich stehe lieber.«

»Setz dich«, sagt er noch einmal. Diesmal mit Nachdruck.

Langsam, ganz langsam bewegt sich Emilian auf ihn zu. Er lässt sich in den Sessel sinken, krallt sich an den Lehnen fest.

»Ich rechne dir sehr hoch an, was dir gelungen ist. Ein wahrer Taurer!« Er schenkt sich erneut ein. Prostet Emilian zu. »Ich wusste, dass auf dich Verlass ist.«

Emilian schweigt. Sieht ihn mit diesem undurchdringlichen Blick an.

»Hast du schon einmal daran gedacht, mein Nachfolger zu werden?«

»Nein«, sagt Emilian schlicht. Doch das Interesse in ihm ist geweckt.

Birkaras lässt sich in den Sessel ihm gegenüber fallen, streicht über das schwarze Leder. Langsam zieht er die Kette über seinen Kopf. Legt sie auf den Tisch neben das Weinglas.

»Es ist an der Zeit, dass wir uns unterhalten.«

ANGRIFF

Die Sonne geht bereits blutrot unter, als ich auf meinem Bett sitze und meine Stiefel noch einmal neu schnüre. Fester. Ich werde guten Halt brauchen. Meine Lederjacke lasse ich auf meinem Bett liegen. Auch Laurins Herzkette lege ich auf mein Bett. Wenn ich mit ihr an einem Ast hängen bleibe, kann das mein Ende bedeuten. Jedes kleine Detail in meinem Haus präge ich mir ein. Meine Kommode, meinen Tisch, die Schüsseln und Tassen, mein Bett. Ich atme tief ein, nehme den Geruch wahr. Mein Zuhause.

Das Blutrot der Sonne blendet mich, als ich hinaustrete und mich zu den anderen begebe. Der Wald meint es gut mit uns. Der Boden ist trocken. Gibt uns guten Halt. Almaras und Marla stellen sich neben mich. Nehmen mich in ihre Mitte. Minna und Flora schmiegen sich an meine Beine. Meine Familie. Wir warten.

Als die Sonne verschwunden ist, wage ich es kaum, Almaras anzusehen. Jetzt ist es so weit. Er nimmt meine Hand, drückt sie. Jetzt nicke ich ihm zu. Er löst sich von uns. Geht einfach wortlos voraus. Die Männer küssen ihre Frauen. Streicheln über die Wangen ihrer Kinder. Vielleicht zum letzten Mal.

Als wir durch den Wald laufen, ist Laurin neben mir. Ich habe ihn gebeten, immer an meiner Seite zu bleiben. Sich keinen Schritt von mir zu entfernen. Falls er in Gefahr gerät, kann ich ihn so vielleicht retten. Ohne mich würde er in den sicheren Tod gehen. Denn auch wenn die Tauren ihre Gabe des Tötens in dieser Nacht verlieren, so haben sie trotzdem immer noch ungeheure Kräfte. Kräfte, die wir uns in der kurzen Zeit nicht antrainieren konnten.

Es ist stockdunkel, obwohl der Vollmond scheint. Meine Fingerspitzen kribbeln. Wie gerne würde ich Licht heraufbeschwören. Doch wir müssen darauf hoffen, dass die Nacht uns verschlingt. Wir zu Schatten werden. Ich spüre Laurins Nervosität neben mir. Sein leichtes Zittern. Einige Männer lösen sich aus der Gruppe. Unter ihnen Bob, Sepo, Jendrik. Fallen in einen leichten Trab. Verschwinden im Schwarz der Nacht. Sie teilen sich nun an den Auslösern auf.

Wenn sie die Auslöser erreicht haben, werden sie uns mit dem nachgemachten Ruf eines Käuzchens ein Zeichen geben. Dann wissen wir, dass sie die Grenze überschreiten und ein Teil der Tauren sich auf dem Weg zu ihnen macht. Bis dahin werden wir kurz vor der Grenze auf unseren Einsatz warten.

Als wir das Grenzgebiet erreichen, wagt es immer noch niemand, etwas zu sagen. Almaras reibt sich über sein fehlendes Auge. Er hat sich immer noch nicht an seine Behinderung gewöhnt. Wenn ihn jemand von der rechten Seite angreift, wird er es mit großer Wahrscheinlichkeit erst zu spät bemerken. Also noch jemand, den ich beschützen muss. Laurin auf der einen Seite, Almaras auf der anderen.

Neben mir keucht jemand. Es ist Titus. Auch er zittert, versucht, es zu verbergen. Die Nacht flimmert. Täusche ich mich, oder bebt sogar der Boden? Ich spüre den Blick aus den gelben Augen einer Eule auf mir ruhen. Irgendwo hinter mir ist sie versteckt, in einer der hohen Tannen. Ich drehe mich nicht zu ihr um.

Vor meinen Füßen entdecke ich eine unschuldige weiße Blüte. Sie leuchtet in der Dunkelheit. Verströmt einen lieblichen Duft. Ein Wunderwerk der Natur. Ich sehe sie an, schließe nicht einmal meine Augen. Zuerst sterben die Blütenblattränder ab, dann dringt das Schwarz bis in das Innere der Blume vor. Schließlich liegt nur noch ein verkohlter Haufen vor meinen Füßen. Ich habe also meine Kräfte in der Huldigungsnacht nicht verloren.

Zum ersten Mal wird mir wirklich bewusst, dass ich womöglich meinen Vater töten werde. Hoffentlich töten werde. Hoffentlich bald alles vorbei sein wird. Ich werde ihn töten und unseren Stamm befreien. Nicht meinen wahren Vater, sondern nur die Person, von der ich abstamme. Aber genau das ist es, was meinen Magen rebellieren lässt. Birkaras ist ein Teil von mir. Auch wenn ich ihn aus tiefstem Herzen hasse. Meine Mutter hat ihn einmal geliebt. So sehr, dass ein Kind daraus entstanden ist.

Ich.

Töten. Es wird das erste Mal sein, dass jemand durch mich sterben wird. Absichtlich. Gewollt. Ich werde jemanden umbringen. Ein Leben auslöschen.

Meinen Vater.

Der Drang, mich auf den Boden zu legen und mich zu-
sammenzurollen, ist nahezu überwältigend. Weinen, aus Verzweiflung schreien will ich. Mich an Almaras klammern wie
ein kleines Kind. Aber ich muss stark sein. Den Leonen Kraft
geben.

Allmählich müssten die Männer die Auslöser erreicht haben. Doch nichts geschieht. Kein Ruf. Nicht der leiseste Laut.
Laurin wirft mir einen fragenden Blick zu. Seine Augen leuchten trotz der Dunkelheit beinahe unnatürlich hell. Auch die
anderen Männer sehen unsicher in meine Richtung. Ihre Körper sind kaum in der Schwärze auszumachen. Nur Almaras
kniet stur auf dem Boden und wartet. Ich versuche ebenfalls,
ruhig zu werden. Schließe meine Augen. Will, dass meine
Ruhe sich auf die Männer überträgt. Will zeigen, dass alles in
Ordnung ist.

Doch die Zeit vergeht. Bald wird klar, dass gar nichts in Ordnung ist. Viel zu lange warten wir bereits. Schon längst müssten die Männer die Auslöser betätigt und die Grenze überschritten haben. Nichts.

Langsam erhebt sich Almaras vom Boden. Sein Körper ist
nur ein schwacher Umriss in der Dunkelheit. So viel bedroh-
licher sieht er aus, als er eigentlich ist. Ich stelle mich neben
ihn und warte auf seine Anweisung.

»Wir brechen jetzt auf«, beschließt er und überrascht damit
nicht nur mich.

»Aber die anderen haben noch nicht ...«, wirft Laurin ängstlich ein.

»Ich weiß«, unterbricht ihn Almaras ungewohnt streng. »Was auch immer vorgefallen sein mag, wir müssen unseren Teil des Plans erfüllen. Hoffen wir, dass sie es einfach nur vergessen haben.«

Titus schnauft verächtlich aus. »Vergessen? Das ist doch nicht dein Ernst!«

Wie ein Schutzschild stelle ich mich vor Almaras. Hat Emilian uns nicht ermahnt, uns keinesfalls zu streiten? Damals, als ich Laurins Kette von meinem Hals gerissen habe. Vor einer Ewigkeit, so kommt es mir vor.

»Trotzdem können wir die anderen nicht einfach im Stich lassen. Jetzt ist es schon zu spät. Wenn die Tauren sie wirklich erwischt haben, wissen sie jetzt, dass wir etwas planen. Dann werden sie uns angreifen. Ein Zurück gibt es nicht.«

»Sie haben sie bestimmt nicht erwischt. Vermutlich ...«, Almaras bricht ab, reibt sich mit der Hand über die Augen. »Trotzdem. Wir brechen jetzt auf.«

Laurin wirft mir einen flehenden Blick zu. *Lass das nicht zu!*, sagen seine Augen. Ich drehe ihm den Rücken zu. Der dicke Parl erhebt sich schwer schnaufend vom Boden. Klopft sich den Dreck von der Hose. Er reicht Laurin die Hand. Will ihm aufhelfen. Doch der ignoriert ihn nur.

Ich nicke Almaras aufmunternd zu. Wir sind die Ersten, die sich in Bewegung setzen. Wir drehen uns nicht um. Sehen nicht zurück. Ob er uns folgt oder ob er wieder nach Hause schleicht, soll jeder frei entscheiden können. Mir scheint, als wären die Schritte hinter uns auf einmal weniger geworden.

Laurin eilt neben mich. Seine Finger graben sich in meine Hand. Wie falsch sich das anfühlt. Trotzdem lasse ich es zu.

Vor uns taucht die Felswand auf, die ich inzwischen schon zweimal bezwingen musste. Ich klettere vor, zeige den anderen, wie sie am besten ihre Füße setzen. Almaras hilft Parl. Die anderen Männer schaffen es alleine. Flüchtig zähle ich, wie viele noch übrig sind. Vierzehn. Das bedeutet, einer fehlt. Keiner, der mir wirklich am Herzen liegt.

Der letzte Mann erreicht ebenen Boden. Ich sehe mich um. Wie friedlich die Nacht ist. Nichts, was bedrohlich oder zumindest verdächtig wirkt. Ich balle meine Hände zu Fäusten. Mein Instinkt warnt mich. Die Natur flüstert mir etwas zu, das ich jedoch nicht verstehe. Meine Füße kribbeln. Etwas geht von der Erde aus. Ein Warnruf. Unnatürlich leise ist es hier. Doch das wundert mich nicht im Gebiet der Tauren. Kein einziges Lebewesen, das einen Laut von sich gibt. Als wäre der Wald hier tot.

Almaras geht weiter. Stumm folgen wir ihm. Irgendwann erhellt ein unruhiges Flackern den Wald. Feuer. Wir werden langsamer, tauchen hinter den Tannen ab. Ich knie mich auf den Boden und lege meine Hände auf das weiche Moos. Bitte die Natur, mir zu sagen, was in der Siedlung der Tauren vor sich geht. Wärme. Ich spüre das Lodern des Feuers. Ansonsten ruhig. Nicht einmal ein leises Surren.

»Mehrere Feuer brennen. Fackeln und größere Flammen mitten in ihrer Siedlung. Seltsamerweise rührt sich nichts. Als würden sie alle schlafen.«

»Das kann sein«, antwortet Almaras. »Emilian hat mir erzählt, dass ein Teil der Zeremonie aus stummen Beschwörungen besteht.«

Ich weiche ein Stück zur Seite, damit ich zwischen den Baumstämmen hindurchsehen kann. Ein großer, dichter Zaun aus dicken Pfählen und Schilf. Zweimal so hoch wie ich. Das Tor aus glänzendem Eisen steht weit offen. Je zwei Fackeln zu beiden Seiten. Keine Wachen.

»Gut. Wenn wir uns leise anschleichen, können wir unbemerkt hineinkommen«, sage ich und warte auf Zustimmung.

Doch keiner sagt etwas. Also gehe ich vor. Herber Geruch von Weihrauch und verbrannten Kräutern liegt in der Luft. Er kitzelt mich in der Nase. Laurin muss niesen.

Wir erstarren alle in der Bewegung. Warten ab. Doch nichts rührt sich. Zornig sehe ich Laurin an, doch er hebt bereits entschuldigend die Hände.

Wir schleichen weiter. Die Rücken tief gebückt. Als wir das Tor erreichen, schlägt mein Herz so heftig, dass es schmerzt. Mein Atem geht viel zu schnell. Wie es dann wohl erst den anderen geht?

Ich schmiege meinen Körper an einen der Pfosten. Die anderen ducken sich hinter mir wie kleine Kinder. Bilder von Birkaras tauchen in meinem Kopf auf. Sein schwarzes, schulterlanges Haar. Die eingefallenen Wangenknochen. Sein magerer Körper. Bilder meines Vaters. Nein, wir haben rein gar nichts gemeinsam. Nicht einmal äußerlich.

Aber darf man seinen eigenen Vater töten? Auch wenn er

ein Scheusal ist? Abgrundtief böse? Bin ich nicht genau wie er, wenn er durch meine Hand stirbt? Durch die Hand seiner Tochter?

Doch für diese Gedanken ist es jetzt zu spät. Ich nehme all meinen Mut zusammen. Die Hand an den Messern. So ruhig wie möglich versuche ich, durchs Tor zu lugen. Nichts zu sehen. Nur ein Feuer, das knisternd Funken sprüht. Keine Menschenseele.

Ich zücke eines der Messer. So fühle ich mich sicherer. Auch wenn ich es nicht brauche. Denn stellt sich mir jemand in den Weg, so kann ich ihn auch ohne Waffe töten. In diesen Sekunden denke ich an meine Familie. An Flora und Minna. Und daran, dass sie vielleicht bald ein besseres Leben haben werden.

Plötzlich knackt ein Ast ganz in unserer Nähe, obwohl sich keiner der Männer bewegt hat. Hinter mir. Schritte. Schwere, schnelle Schritte. Keuchen. Noch bevor die Männer irgendetwas wahrnehmen, wirble ich bereits herum. Sehe Korfus. Er rennt direkt auf mich zu. Aber mir bleibt keine Zeit. Korfus rammt seinen wuchtigen Körper gegen meinen. Ich lande auf dem Boden, er direkt auf mir. Er greift nach meinem Kinn und zwingt mich, in seine engstehenden Augen zu sehen. »Es ist mir egal, was Birkaras mit dir vorhat. Aber so etwas wie du, das ist nicht normal.«

Aus den Augenwinkeln sehe ich, wie Almaras aus der Gruppe vortritt, mir zu Hilfe eilen will. »Nein!«, rufe ich. »Bleib weg!«

»Du hast kein Recht zu existieren ...« Korfus' Spucke landet auf meiner Nasenspitze. »Du musst verschwinden.«

»Im Gegensatz zu dir habe ich heute Nacht nicht meine Kräfte verloren«, gebe ich kalt zurück.

Korfus drückt fester zu. Presst seinen Unterarm gegen meinen Hals. Mir bleibt die Luft weg. »Ich werde es trotzdem schaffen ...«, presst er hervor.

Ich schließe meine Augen. Spüre das Kribbeln in meinen Fingern. Das intensive Schlagen meines Herzens. Spüre das Blut durch meinen Körper fließen. Lasse es einfach zu. Lasse zu, dass mein Körper es tut. Töten.

Vielleicht ist es schon zu spät. Vielleicht ist er schneller. Vielleicht bin ich schon tot und merke nur noch nichts davon. Weil man diese Art des Sterbens nicht merkt. Weil das Leben einfach aus einem weicht. Von einer Sekunde auf die nächste.

Doch der Druck auf meinen Hals lockert sich. Die Kraft, mit der Korfus mich auf den Boden gepresst hat, lässt nach. Ich öffne die Augen. Hole tief Luft, rolle mich zur Seite, so dass Korfus' lebloser Körper von mir rutscht. Seine Augen sind leer, starren blind in den sternenreichen Himmel.

Ich war also schneller. Habe jemanden getötet. Jetzt schon, obwohl wir doch noch nicht einmal richtig angefangen haben. Wie viele Leben werde ich heute noch auslöschen?

Almaras legt seine Hand auf meine Schulter. »Du musstest es tun.«

»Ich weiß«, keuche ich und schließe ein weiteres Mal meine Augen. Fühle in die Stille hinein, ob vielleicht noch ein Taurer in unserer Nähe ist. Doch nichts. Nicht die kleinste Bewegung. Aber wenn Korfus geahnt hat, dass wir heute Nacht hier auftauchen würden, so ahnt es vielleicht auch Birkaras. Aber für den Rückzug ist es zu spät. Ich sehe Almaras an, lese in seinen Augen, dass er dasselbe denkt.

Ich stehe auf. Presse meinen Körper gegen den Pfosten der Mauer. Hole tief Luft, sammle mich ein letztes Mal. Was auch immer uns da drinnen erwarten wird, umkehren werden wir nicht.

Entschlossen mache ich einen Schritt vor. Ich stehe in der Siedlung der Tauren. Prächtige Häuser. Kleine Villen. Die meisten haben etwas Verspieltes an sich. Säulen, Freitreppen. Balkone und Dachterrassen. Hellgelb, Dunkelorange, schlichtes Weiß. Die meisten Häuser haben prächtige Gärten. Große Autos stehen davor. Wie irrwitzig, dass sich so etwas mitten im Wald befindet! In unmittelbarer Nähe spüre ich einen See. Hier muss das Paradies sein.

Gleich hinter den Häusern erhebt sich die schwarze Felswand. Der Gegensatz könnte nicht größer sein. Hohe Glasfenster sind darin eingelassen. Dort wird Birkaras hausen.

Ich ducke mich. Immer noch niemand zu sehen. Gebe den anderen ein Zeichen, mir zu folgen. Umso besser, wenn alle in ihren Häusern sind. Vielleicht merkt niemand, dass wir uns zu ihrem Anführer schleichen.

Während ich an der Mauer der Siedlung kauere, schließe ich meine Augen. Flüstere eine kurze Beschwörungsformel. Die Sprache der Natur. Das Feuer erlischt. Mit einem Mal ist es stockdunkel. Selbst in den Häusern brennt kein Licht. Unsere Chance, ungesehen auf die andere Seite des Platzes zu gelangen.

Wir setzen uns in Bewegung. Schleichen wie Katzen durch die Nacht. Ich denke an den Luchs, stelle mir vor, ein bisschen mehr wie er zu sein. Wir haben schon beinahe die Mitte des Platzes erreicht, als auf einmal das Feuer wieder aufflammt. Der plötzliche Schein blendet mich. Kein natürliches Feuer. Das künstliche Werk der Tauren.

Jetzt ist es also so weit. Ich hätte es wissen müssen. Nicht nur Korfus hatte eine Ahnung. Wir sitzen in der Falle. Ich will es nicht wahrhaben, doch ich zittere. Almaras tritt neben mich. Ganz dicht rückt der Rest der Männer zu uns auf. Wie eine Gruppe verirrter Schafe stehen wir beisammen. Hinter uns die hohe Mauer. Vor uns die Felswand. Auch dort leuchten die Fackeln wieder auf. Beinahe golden glänzt der Stein im Schein des Feuers.

»Jetzt habt ihr es doch tatsächlich gewagt. Ich war mir ja nicht sicher ...«, hallt auf einmal eine Stimme in der Siedlung wider.

Es ist, als käme sie von überallher. Ein Echo, das in meinen Ohren donnert. Nervös sehe ich mich um. Stelle fest, dass sie uns eingekreist haben. Tauren überall. Sie bauen sich um uns auf wie eine zweite Mauer. Undurchdringbar. Auch wenn sie nicht durch ihre Magie töten können. Sie haben immer noch ihre körperliche Kraft. Gegen so viele von ihnen kommen wir niemals an.

Ich zucke vor Schreck zusammen, als Birkaras auf einmal aus dem Schatten vor der Felswand tritt. Ganz in Schwarz ist er gekleidet. Allein sein Hemd ist rot. Blasse, fast weiße Haut. »Um ehrlich zu sein, weiß ich jetzt gar nicht recht, was ich mit euch anfangen soll.«

»Wir hatten ohnehin nicht vor, uns hier lange aufzuhalten«, antworte ich so selbstsicher, wie es mir nur möglich ist. Mein Mund ist trocken. Mein Herz schlägt bis in meinen Hals.

Einige Tauren lachen. Sogar auf Birkaras' Lippen stiehlt sich ein Lächeln. Angewidert halte ich seinem Blick stand. Schlangenaugen. Wie kann dieses Geschöpf nur mein Vater sein?

»Mutig bist du ja. Aber zu vorlaut wäre ich an deiner Stelle nicht. Immerhin haben wir etwas, woran euch vermutlich viel liegt.«

Er gibt ein knappes Zeichen mit seiner Hand, und weitere Tauren treten aus dem Schatten. Jeder von ihnen zieht einen unserer Leonen hinter sich her. Ich erkenne Sepo. Seine Stirn blutet heftig. Die Arme haben sie ihm auf den Rücken gebunden. Ein Knäuel aus dreckigem Stoff steckt in seinem Mund. In seinen Augen lese ich, dass es ihm leidtut. Doch was tut ihm leid? Dass er uns nicht gewarnt hat? Niemand kann ihm dafür böse sein.

»Der Überfall war allein meine Idee«, ruft Almaras. »Lass die anderen frei.«

»Oh, das wäre natürlich nett von mir«, zischt Birkaras leise. Dennoch ist er deutlich zu verstehen. Gierig leckt er sich über seine Lippen, schlendert langsam auf uns zu. Das silberne

Licht des Mondes strahlt ihm ins Gesicht und lässt ihn noch blasser erscheinen. »Aber ich bin nicht nett.«

Wie eine Schlange schleicht er um uns herum. Bleibt hinter mir und Almaras stehen. Mit seinem Mund kommt er ganz dicht an Almaras Ohr. »Ich dachte, das wüsstest du, mein lieber Freund. Zumindest sollte dich deine Augenklappe daran erinnern.«

Er winkt ein paar Tauren herüber. Mit groben Bewegungen ergreifen sie die Männer hinter uns. Laurin schreit vor Schmerz auf, als sie ihm die Arme nach hinten reißen, um ihn zu fesseln.

»Ihr Bastarde!«, schreit er.

Der Taurer hinter ihm holt aus. Schlägt Laurin mit solcher Wucht seine Faust gegen den Kopf, dass er bewusstlos zusammensackt. Ich will zu ihm rennen, ihn beschützen, meinen zarten Laurin. Doch Almaras packt mich an meinem Unterarm und hält mich fest.

»Was macht ihr mit ihnen?«, frage ich. Ich könnte mir auf die Zunge beißen. Meine Stimme zittert. Sie darf nicht zittern. Darf keine Schwäche zeigen.

»Nun, wir werden uns etwas Schönes überlegen. Aber keine Angst, mein Mädchen. Wir lassen euch alle am Leben. Wir sind doch keine brutalen Mörder!« Er lacht.

Ein hohes, hysterisches Lachen. Schrill dröhnt es in meinen Ohren. Birkaras wirft vor Freude seinen Kopf in den Nacken und presst sich die Hände auf die Brust. Lange, spitze Fingernägel. Mir wird übel. Wie konnte meine Mutter nur etwas für diesen Mann empfinden? Ein paar der Tauren stimmen in sein Lachen ein.

Mein Mädchen. Als würde ich zu ihm gehören. Doch das tue ich nicht. Niemals.

»Herr«, sagt eine junge Männerstimme auf einmal hinter mir.

»Nicht jetzt«, sagt Birkaras wie in Trance.

»Ich denke aber, dass es wichtig ist«, beharrt die Stimme.

Birkaras sammelt sich, sieht an mir vorbei. Erst denke ich, dass er den Störenfried noch an Ort und Stelle bestrafen wird. Doch als er sieht, wer mit ihm gesprochen hat, verliert er jegliche Wut. Ich folge seinem Blick und entdecke einen jungen Taurer. Blondes, zurückgekämmtes Haar, stechend blaue Augen. Irgendwo habe ich ihn schon einmal gesehen, doch ich erinnere mich nicht wo.

»Sprich«, befiehlt Birkaras.

»Ich habe Korfus draußen vor dem Tor gefunden. Er ist tot. Ich bin mir sicher, dass sie ihn umgebracht hat.« Er zeigt auf mich.

Jetzt weiß ich, wo ich ihn schon einmal gesehen habe. Auf dem Sternenball. Kurz bevor ich aus dem Gebäude geflüchtet bin, hat er versucht, Emilian zu provozieren.

»Nein!« Ein Schrei voller Verzweiflung. Jemand löst sich aus der Menge der Taurer. Spitzgesicht. »Das kann nicht sein ...!«

Auch wenn ich es nicht will, ich kann nicht anders als hinzusehen. Sehe eine Frau, die ihr Gesicht in den Händen verbirgt und deren Körper vor Schmerz zittert. Die Mutter. »Nein ... nein, nicht mein Korfus!«

Ein kalter Schauer läuft mir den Rücken hinunter, als sie seinen Namen ausspricht. Ich will seinen Namen nicht hören, so tun, als hätte er ohnehin kein echtes Leben gehabt. Doch er hatte eine Mutter, er hatte Freunde ...

Spitzgesicht stellt sich an ihre Seite, legt einen Arm um ihre Schultern. Er versucht, es sich nicht anmerken zu lassen, doch auch er trauert. Und ich bin schuld daran.

»Tut mir leid«, sagt der junge Taurer an die Mutter gewandt, doch es ist offensichtlich, dass ihn seine Entdeckung kaltlässt.

»Interessant.« Birkaras macht einen Schritt auf mich zu. Fixiert dabei immer noch den jungen Taurer. »Irgendeine Wunde?«

»Nein. Er ist komplett unversehrt.«

»Danke, Melvin.« Ein Lächeln stiehlt sich auf Birkaras' Lippen. Es scheint ihm nicht besonders nahezugehen, dass er ein Stammesmitglied verloren hat. »Somit kommt tatsächlich nur ein einziger Leone in Frage. Oder sollte ich nicht besser sagen: eine einzige Leonin?« Er macht einen weiteren Schritt auf mich zu.

Ich will zurückweichen, unterdrücke jedoch den Impuls. Keine Schwäche zeigen. Spitzgesichts Blick bohrt sich in meine Augen. Korfus' Mutter blickt auf, ihr Hass frisst sich durch meine Haut.

»Wie schön, dass du dich mit deiner Gabe bereits angefreundet hast.« Birkaras sieht mir fest in die Augen. »Eine Gabe, die uns von den schwachen Leonen unterscheidet.«

»Es gibt kein *uns*«, sage ich entschieden, doch Birkaras überhört das.

Die Taurer schleifen den bewusstlosen Laurin und unsere Männer zu den anderen gefangenen Leonen hinüber.

Plötzlich wird mir bewusst, dass ich Emilian noch gar nicht gesehen habe. Schwindel packt mich. Die Bilder vor meinen Augen verschwimmen. Sie haben ihn getötet. Natürlich haben sie das. Ich sehe seinen leblosen Körper vor mir. Die aufgerissenen Augen. Keine einzige Wunde und dennoch tot.

Der Mond taucht die Siedlung in ein gespenstisches Licht. Birkaras breitet seine Arme aus, schließt seine Augen. Mir fällt der Stein an seinem Hals auf. Wunderlich, dass er so großen Schmuck trägt.

»Bald ist es so weit. Nur noch ein paar Minuten«, flüstert er.

»Was willst du von uns?«, fragt Almaras.

Doch Birkaras ignoriert ihn. Seine Fingerspitzen zucken nervös. Sein Mund klappt auf, die Augen immer noch geschlossen. Die Tauren fixieren ihren Anführer. Starren ihn an, als wäre er der Grund, dass sie atmen. Obwohl die Nacht so klar und ruhig ist wie schon lange nicht mehr, zuckt auf einmal ein Blitz durch den Himmel. Birkaras' Augenlider flattern.

Ich suche Almaras' Blick. Als er mich ansieht, stockt mir der Atem. In seinem verbliebenen Auge sehe ich, dass er bereits aufgegeben hat. Dabei wäre es so einfach. Ich könnte Birkaras töten. Meinen Vater. Jetzt. So einfach. Aber alles in mir widersetzt sich diesem Gedanken. Als wäre ich erstarrt. Die Tauren würde uns alle umbringen!, rede ich mir ein. Sie würden den

Tod ihres Anführers rächen. Doch ich weiß, dass es viel mehr eine Ausrede ist als der wahre Grund.

Birkaras zittert nun am ganzen Körper. Er hechelt wie ein wilder Hund, leckt sich mit der Zunge über seine Lippen. Wieder erhellt ein Blitz den gesamten Wald. Greller, gleißender, tiefer. Die Elektrizität lässt meine Haare abstehen, so nah ist das Gewitter.

Erschrocken weiche ich ein paar Schritte zurück, reiße Almaras mit mir. Eine Sekunde später schlägt ein dritter Blitz direkt vor Birkaras in den Boden ein. Er lacht nur, als sei nichts gewesen. Ich werfe meinen Körper auf den völlig gelähmten Almaras, der nicht einmal mehr wahrzunehmen scheint, was hier gerade passiert. Mir ist schlecht von der Wucht, die mich zu Boden gerissen hat. Die Luft knistert, zittert. Nein, das hier ist nicht natürlich.

»Es ist vorbei«, wimmert Almaras nur.

»Was?«, stoße ich hervor und streiche ihm nervös sein blondes Haar aus dem Auge. »Was ist vorbei?«

Doch ich weiß es längst. Will es nur nicht wahrhaben. Birkaras' Augen leuchten rötlich auf. Ich rede mir ein, dass es eine Täuschung ist. Ein Spiegelbild des Feuers.

»Es ist so weit!«, ruft er feierlich, und die Tauren applaudieren. »Unsere Kräfte sind wieder stark und rein!«

Ich versuche, Almaras vom Boden hochzuziehen, doch es gelingt mir nicht. Zitternd knie ich neben ihm. Warte darauf, dass es endlich vorbei ist.

»Dann beende es doch!«, schreie ich Birkaras an. Tränen

rinnen mir über die Wangen. Tränen des Hasses, der Wut, der Hoffnungslosigkeit. »Sag uns, wie du dich an uns rächen willst!«

Entzückt legt Birkaras seinen Kopf schief. »Nein, das wäre doch zu einfach. Aber eines lass dir gesagt sein: Du brauchst keine Angst zu haben, mein Kind.«

Ich würge. *Mein Kind?* Ob er weiß, wie viel Wahrheit darin steckt? Meine Knie beben, als ich mich vom Boden aufzwinge. Mein Herz schmerzt, weil ich Almaras einfach liegenlasse. Lebendig, aber doch irgendwie tot.

»Interessiert es dich denn überhaupt nicht, wie wir von eurem wunderbaren Plan erfahren haben?« Birkaras tänzelt langsam auf mich zu. Springt leichtfüßig über das verkohlte Loch, das der Blitz im Boden hinterlassen hat. Immer noch wandert das Gewitter am Himmel umher, doch nun weiter von uns entfernt.

»Nein«, antworte ich tonlos.

Almaras krallt sich an meinem Knie fest. Zieht sich nach oben. Ich wende all meine Kräfte auf, um seinem Gewicht standzuhalten. Er ist so verdammt schwer, doch ich darf nicht nachgeben. Mir kommen die Tränen, als ich erkenne, dass seine Augenklappe heruntergerutscht ist. Die leere Höhle scheint mich hilfesuchend anzustarren. Ich wische die Tränen fort, reiße ihn mit einem einzigen Ruck an seinem Kragen auf die Füße.

»Das ist schade. Aber ich werde es dir trotzdem verraten.«

Warum besteht er darauf? Mit einem Mal dämmert es mir.

Nein! Ich will es nicht wissen! Will es nicht hören. Auch, wenn ich es schon weiß. Aber es darf nicht sein! Es kann nicht ...

»Emilian? Würdest du uns bitte mit deiner Anwesenheit beehren?«

Dann geschieht es. Eine Eisentür in der Felswand öffnet sich. Die Fackeln zu beiden Seiten flackern. Werfen tanzende Schatten auf den schwarzen Stein. Emilian tritt hervor. Unversehrt. Kraftvoll. Die Andeutung eines Lächelns auf den Lippen. Blitzend grüne Augen. Betont langsam schlendert er auf sie zu. Legt seinen Kopf schief, grinst. Seine weißen Zähne blitzen nur so im Schein des Feuers. »Freut mich, dich wiederzusehen, Robin.«

Ein Schmerz durchfährt mich. Es ist, als hätte ein Stein meine Brust zerschmettert. Ich kann nicht mehr atmen. Almaras schließt neben mir einfach nur sein Auge und lässt den Kopf auf die Brust sinken. Sein Zeichen der Kapitulation. Die gefangenen Leonen sehen sich an. Pure Angst und Wut in ihren Gesichtern. Laurin ist wieder zu sich gekommen und sucht meinen Blick. Aber ich kann ihn nicht ansehen.

Starre nur Emilian an, sein gewinnendes Lächeln. Nein. Das kann nicht wahr sein.

Birkaras tätschelt ihm die Schulter. Seine langen Fingernägel fahren über den Saum von Emilians reinem weißen Hemd. Weiß wie die Unschuld.

»Ihr kennt euch ja bereits«, amüsiert sich Birkaras offensichtlich. Ich habe den Eindruck, dass er sich wirklich freut. »Dann beginnen wir mal mit dem Fest.«

Auf einmal sackt er in sich zusammen. Sein Oberkörper kippt einfach nach vorne. Die Enden seines langen, schwarzen Umhangs werden von einem heftigen Windstoß ergriffen und flattern wie die Flügel einer Fledermaus. Emilian kann gerade noch seine schlaffen Arme packen, bevor er auf den Boden prallt.

»Alles in Ordnung, Herr?«

Birkaras zwingt sich ein verzerrtes Lächeln auf. »Für dich doch einfach nur Birkaras, nicht wahr?«

Ich bin kurz davor, mich zu übergeben. In meinem Kopf dreht sich alles.

Emilian sieht zu Boden, beißt sich auf die Unterlippe. »Was ist, Birkaras?«

»Nichts, weshalb man sich Sorgen machen müsste. Zieh mich ein wenig hoch.«

Emilian folgt den Anweisungen seines Anführers. Oder besser gesagt, den Anweisungen seines Freundes. Kann es sein, dass alles nur gespielt war? Von Anfang an? Alles falsch? Die Nähe, die er immer wieder zu mir gesucht hat? Sein Freundschaftsangebot? Das Training? Der Kuss? Ich zittere. Alles hätte ich dafür gegeben, mit ihm eine Chance zu haben. Vielleicht war das auch der Grund, weshalb er mich schließlich zurückgewiesen hat. Das schlechte Gewissen? Wohl kaum. Viel mehr die Gewissheit, dass ich mich dann nicht mehr würde konzentrieren können. Dass meine Gedanken nur noch um ihn kreisen würden.

Ein neues Gefühl steigt in mir auf. Nein, nicht Hass. Den

kenne ich bereits zu gut. Es ist das Gefühl, als würden mir bei lebendigem Leib die Gedärme herausgerissen. Als hätte man mich von einem Fels gestoßen und ich befände mich im freien Fall. Der erlösende Boden in unerreichbarer Tiefe. Keine Hoffnung mehr. Keine Lebenslust.

Er war der Grund, weshalb ich nicht aufgegeben habe. Weshalb ich weitergemacht habe. Sogar so etwas wie Zuversicht in mir aufgekeimt ist. Ohne ihn hätte ich mich vielleicht wirklich schon längt vom Fels hinuntergestürzt oder zu viele von Salomés Beruhigungskräutern gekaut.

Nein, hätte ich nicht. Allein wegen Minna und Flora nicht. Ich zwinge mich, wieder klar zu denken.

Birkaras steht nun wieder auf seinen Beinen. Auch wenn er immer noch leicht von Emilian gestützt wird. Sind seine Kräfte nach der Erneuerung doch noch nicht vollständig zurück?

»Lass die anderen gehen«, fordere ich. »Der ganze Plan ist allein meine Idee. Die anderen können nichts dafür.«

Birkaras lacht. Legt seine Hand auf seine Brust, als hätte er dort wirklich ein Herz. »Wer ist denn nun verantwortlich?« Er zeigt auf Almaras. »Er oder du?«

Gnadenlos zieht er Almaras am Kragen seines Hemdes ein paar Schritte nach vorne.

»Der Rest darf gehen, von mir aus.« Birkaras winkt mit einer Hand in Richtung des großen Tors, durch das wir gekommen sind. Die Tauren sehen sich erstaunt an. Sagen nichts. Laurin wehrt sich. Will hierbleiben. Bei mir. Es zieht schmerzhaft in meiner Brust. Wie sehr ich ihn doch verletzt habe.

Brutal schieben die Tauren jetzt den kläglichen Haufen Leonen zum Tor. Ich sehe ihnen nicht nach. Eine Falle? Ich bin mir nicht sicher. Vielleicht töten sie alle draußen. Aber ich habe die Verwirrung im Gesicht der Tauren gesehen. Birkaras scheint seine Worte ehrlich zu meinen.

»Und jetzt rennt, ihr Bastarde!«, zischt einer der Tauren. Ich meine die Stimme von Spitzgesicht zu erkennen. Birkaras lächelt, als wäre er besonders stolz auf ihn.

Ein kurzes Beben geht durch den Boden. Das schwere Eisentor ist zurück ins Schloss gefallen. Jetzt sind nur noch Almaras und ich hier. Gut so. Nur zwei Leben. Ich mache mir einzig Sorgen um Marla und das ungeborene Kind in ihrem Bauch. Irgendwie wird sie weitermachen müssen. Ohne uns.

»Kommen wir endlich zum schönen Teil des Abends. Der Opferung«, Birkaras klatscht in die Hände. Die Tauren im Hintergrund geben grunzende Laute der Freude von sich.

Birkaras wendet sich an mich. »Damit das klar ist. Du gehörst mir, mein Mädchen. Uns wird schon noch etwas Schönes einfallen.«

Ich spucke auf den Boden. Ihm direkt vor die Füße. Spitzgesicht tritt sofort nach vorne, um die Geste zu rächen. Doch Birkaras hält ihn auf. Lächelt. »Ganz mein Mädchen, was?«

Jetzt wendet er sich wieder an alle. »Aber trotzdem brauchen wir heute noch ein Opfer.«

Emilian meidet meinen Blick. Er wirkt erschrocken. Angespannt. Warum zur Hölle? Als wüsste er etwas, das ich nicht weiß. Seine Muskeln zucken. Ich lege all die Verachtung, die ich aufbringen kann, in meinen Blick. Stirb!, denke ich mir. Ich könnte es. Und wie ich es könnte. Ihn mit meiner Macht töten. Doch das würde nur mein Ende bedeuten.

»Almaras, knie dich auf den Boden«, befiehlt Birkaras.

Almaras tut, was Birkaras vom ihm verlangt. Ohne mit der Wimper zu zucken. Das verbliebene Auge leer. Hoffnungslos. Auf einmal dämmert es mir.

»Nein!«, schreie ich. »Nein, das könnt ihr nicht!«

»Emilian, würdest du bitte?«, fährt Birkaras fort.

Das Grunzen der Tauren wird lauter.

»Nein!«, schreie ich noch einmal, als Emilian tatsächlich einen Schritt auf Almaras zu macht. Auf seine gebückte, ergebene Gestalt.

Ich stelle mich vor Almaras, will ihn schützen. Doch Emilian schiebt mich gnadenlos zur Seite. Eine Kraft, gegen die ich nichts ausrichten kann.

»Wir haben nicht die ganze Nacht Zeit«, drängt Birkaras.

Emilian sieht erst mich an, dann Almaras, dann wieder mich. Sein Blick verschlossen. Undurchdringbar. »Nein.«

»Wie bitte?« Birkaras räuspert sich, wiederholt seine Frage. »*Wie bitte?* Ich glaube, ich habe nicht richtig verstanden.«

»Es macht keinen Sinn, ihn zu töten. Wenn wir ihn am Leben lassen, dann ...«, versucht Emilian sich herauszureden. Leere Hülsen. Selbst ich erkenne das. Aber um gutzumachen, was Emilian getan hat, ist es jetzt zu spät.

Für ein paar Sekunden weiß Birkaras nicht, was er sagen soll. Er schwankt, kurz davor, erneut zu fallen. Doch diesmal fasst er sich rechtzeitig. »Gut. Dann werde ich es wohl selbst machen müssen.«

Es geht ganz schnell. Birkaras muss nicht einmal seine Augen schließen. Hebt nicht einmal seine Hand. Sieht ihn nur an, und Almaras' Körper erschlafft. Kippt zur Seite. Liegt da, das eine Auge weit aufgerissen. Gegangen. Ich falle auf die Knie. Greife seine Hand. Eine Hand, die so oft über mein Haar gestrichen hat. Die mich angenommen hat, ohne zu zögern. Die mich gelehrt hat, mit Messern umzugehen und Fallen aufzustellen. Eiskalt. Muss ich Birkaras dankbar sein, weil er es so schnell gemacht hat? Ohne Folter?

Birkaras legt seine Hand auf Emilians Schulter. »Das nächste Mal wirst du tun, was ich dir sage, mein Junge.«

Mein Junge. Ich presse mein Gesicht an Almaras' Brust. Doch nicht einmal mehr sein Geruch ist vorhanden. Nichts.

»Jetzt lasst das Mädchen gehen«, befiehlt Birkaras.

»Aber sie hat versucht, uns zu hintergehen ...«, wirft einer der Tauren ein.

»Keine Sorge. Ich weiß genau, was ich mit ihr vorhabe. Doch dafür muss sie erst einmal zurück in ihre Siedlung gehen« beruhigt Birkaras die aufgebrachten Tauren. Er macht ein Zeichen mit der Hand, so dass sich zwei besonders muskulöse Exemplare aus der Menge lösen. »Deinem Stamm wird nichts geschehen. Das verspreche ich. Aber wir sehen uns wieder«, sagt er zu mir. Dann legt er seinen Arm um Emilians Schultern und geht mit ihm auf die Felswand zu.

Ich weiß, dass er es ernst meint.

LAST

Alles, was ich wahrnehme, ist mein Herzschlag. Regelmäßig. Nicht die leiseste Anstrengung. Und trotzdem bekomme ich keine Luft mehr. Kann nicht mehr atmen. Breche zusammen. Falle auf die Knie. Falle nach vorneüber. Bleibe auf dem Boden liegen. Almaras' Körper immer noch auf meinem Rücken. Sein blondes Haar neben meinem Gesicht. Unversehrt. Und wieder frage ich mich, ob ich Birkaras dankbar dafür sein muss, dass er es so schnell gemacht hat. Ihn nicht hat leiden lassen.

Und dann denke ich an Emilian. Ohne ihn wäre Almaras noch am Leben. Er hat uns verraten. Alles zerstört. Er ist schuld, dass Almaras nie wieder seine Kinder in die Arme schließen wird. Er ist schuld, dass Almaras nicht bei der Geburt seines dritten Kindes dabei sein wird. Er ist schuld, dass eine Leiche auf meinem Rücken liegt.

Ich will nie wieder aufstehen. Will hier für immer liegen. Ich kann nicht weinen. Das Gewicht auf meinem Rücken schmerzt. Wie soll ich nur jemals in die Siedlung zurückkehren?

Ich versuche, mich aufzurichten. Breche wieder zusammen. Almaras' Haar gleitet vor meine Augen. Auch sein Haar riecht nach nichts.

Ich drehe mich auf die Seite, so dass der Körper von meinem

Rücken rollt. Wie in Zeitlupe stehe ich auf. Kann meine Augen nicht von Almaras' totem Körper lösen. Wie gerne würde ich mich danebenlegen und ebenfalls sterben.

Ganz langsam scheint die Sonne aufzugehen. Ich bin also tatsächlich schon seit Stunden unterwegs mit meiner Last. Langsam wuchte ich mich auf die Knie, umfasse Almaras' Arme, ziehe ihn wieder auf meinen Rücken. Weit kann es nicht mehr sein. Auch, wenn ich meinen Orientierungssinn und mein Zeitgefühl verloren habe.

Sie haben mich wirklich laufenlassen. Keine Tricks, keine Verfolgungsjagd. Ich bin einfach gegangen. Jetzt habe ich Angst davor, was mich in der Siedlung erwartet. Tod? Ich, die einzige Überlebende? Aufgerissene Augen, überall Blut?

Nein. Birkaras hat es anders versprochen. Auch wenn mir schlecht bei dem Gedanken wird. Aber ich glaube ihm.

Auf einmal fällt mir ein, was Almaras kurz vor unserem Aufbruch zu mir gesagt hat. Dass ich mich um die Leonen kümmern solle, falls ihm etwas zustößt. Dass ich die neue Anführerin sein werde. Nein. Niemals werde ich dazu fähig sein.

Ich mache einen Schritt. Noch einen. Almaras' Haar, das mir über die Schulter hängt. Sein schlaffer Körper. Seine leblosen Beine, die über den Boden schleifen. Und noch einen Schritt. Der süße Duft des Frühlings. Wildrosen. Feuchtes Moos. Junge Knospen. Almaras' Hose verfängt sich in einer Wurzel. Ich ziehe ihn einfach weiter. Keine Pause. Seine Hose reißt am Saum. Dabei zuckt sein Bein kurz so, als hätte er es selbst bewegt.

Ich kann kein Anführer sein. Almaras war der geborene Anführer. Ihm haben die Leonen vertraut, sie haben auf ihn gehört und sind ihm gefolgt. Er kann es nicht ernstgemeint haben, als er mir gesagt hat, dass ich diese Rolle einnehmen soll.

Ein Eichhörnchen springt direkt über meinem Kopf von einem Ast zum nächsten. Ich spüre es, blicke aber nicht zu ihm auf. Die Angst des kleinen Geschöpfes wittere ich bis hierher. Die Leiche auf meinem Rücken ist wie eine unausgesprochene Drohung. Keine zwei Sekunden hält es auf dem Ast aus, bis es so schnell wie möglich das Weite sucht.

Stimmen. Ganz in meiner Nähe. Ich habe nicht einmal gemerkt, dass ich die Siedlung der Leonen schon fast erreicht habe. Feuer knistert. Vermutlich sitzen sie alle auf dem Platz und warten auf ihren geliebten Anführer.

»Da kommt jemand! Ich spüre Schritte!« Das ist Sepos Stimme.

Wie erleichtert er klingt. Mir wird schlecht.

»Aber ...? Nur eine Person und ...« Marla klingt aufgeregt.

Jetzt rennt jemand. Der Boden flüstert mir, dass ich sie bald erreicht habe. Der Wald lichtet sich. Selbst den Rauch des Feuers kann ich schon riechen. Ich mache einen Schritt. Noch einen Schritt. Jetzt verlassen mich meine Kräfte. Ich habe unsere Siedlung erreicht. Sehe sie alle vor mir. Die entsetzten Gesichter. Marla, wie sie die Hände vors Gesicht schlägt. Donia, wie sie die kleine Flora an ihr Bein presst. Minna, wie sie sich durch die Menge kämpft, um zu sehen, was vor sich geht.

Almaras gleitet von meinem Rücken. Sein Körper prallt auf den Boden. Bleibt regungslos liegen.

Dann wird alles schwarz vor meinen Augen. Das Letzte, was ich wahrnehme, ist Laurins Stimme. Direkt neben meinem Ohr. Warm und doch so voller Angst.

Ich weiß nicht, wie lange ich schlafe. Ich weiß nur, dass ich irgendwann aufwache und mir wünsche, einfach nur tot zu sein. An Almaras' Stelle. Eine ganze Gruppe Leonen steht um mich herum. Ich in ihrer Mitte. Auf einer Liege aus Holz mit Fellen bedeckt.

Eine ganze Weile lang starren sie mich einfach nur an. Marla beugt sich als Erste zu mir herab. »Wie geht es dir?«

Laurin schiebt sich vor sie. »Wie soll es ihr schon gehen!«

Ja, wie soll es mir schon gehen? Ich weiß nicht einmal genau, wo ich bin. Die Lichtkugel über meinem Kopf blendet mich. Ich kneife meine Lider zusammen, schlucke, schmecke Blut. Meine Zunge ist ganz rau. Wie ein trockener Lappen liegt sie in meinem Mund.

»Wird Robin wieder gesund?« Floras Stimme.

Ich zwinge mich, meine Augen wieder zu öffnen. Sogar ein Lächeln ringe ich mir ab. Jämmerlich.

»Na klar wird sie das. Aber jetzt bringt dich deine Schwester erst einmal hinaus«, beruhigt Marla ihre Tochter.

»Aber ...«

»Keine Widerrede.«

Ich richte mich etwas auf. Stütze mich auf meine Ellenbogen. Irgendjemand schiebt ein Kissen unter meinen Rücken. Der herbe Geruch nach verbrannten Kräutern und Weihrauch kann nur bedeuten, dass sie mich in Salomés Hütte gebracht haben. Als sich meine Augen etwas besser an das Licht gewöhnt haben, kann ich es sehen. Holzschalen, schwere Töpfe, Tiegel voller Salben. Wurzeln, die von der Decke herabhängen. Dornige Kräuter und feine Moose.

»Geht es dir wenigstens ein bisschen besser?«, fragt Laurin.

Ich antworte nicht, versuche stattdessen herauszufinden, wer sich alles in Salomés Hütte drängt. Sepo, Jendrik, Donia, Bob, ein paar Frauen, die mich sonst nicht einmal grüßen. Natürlich Marla und die beiden Kleinen, die jetzt murrend nach draußen verschwinden.

Wie geht es mir? Ich versuche, in mich hineinzuhören. Doch da ist nichts. Kein Echo. Kein Hall. Nichts. Jetzt erinnere ich mich. Deutlich sogar. An Emilians eiskalte Augen. Dunkelgrün. Wie er dasteht, nichts unternimmt. Uns in die Falle lockt. Ich sehe, wie wir auf dem Sternenball tanzen. Sehe, wie er mich im Fluss küsst. Alle diese Bilder ziehen vor meinem inneren Auge vorbei. Wie Birkaras sich nicht einmal bewegen muss, um das Leben aus Almaras zu löschen. Ich sehe Almaras auf meinem Rücken. Sehe, wie er in der Siedlung der Tauren auf die Knie fällt. Sehe die Hoffnungslosigkeit in seinem unversehrten Auge.

Wie geht es mir?

Ich schiebe das Fell von meinem Körper. Will meine Füße auf den Boden setzen, doch jemand legt seine Hand auf meine Schulter. Es ist Jendrik. »Du musst uns ganz genau sagen, was vorgefallen ist. Es ist wichtig ...«

»Jendrik, lass sie«, geht Marla dazwischen.

Mein Blick huscht zwischen ihr und Jendrik hin und her. Erst jetzt fällt mir auf, wie blass sie ist. Rote Augen. Geschwollen. Dunkle Ringe darunter.

»Aber es ist wichtig! Was, wenn Birkaras ihr gesagt hat, dass er uns alle umbringen wird?«

»Hat er nicht«, antworte ich und erschrecke im selben Augenblick.

In den Augen der anderen lese ich das, was ich selbst auch spüre. Angst. Etwas hat sich verändert. Das ist nicht meine Stimme. So kalt. So emotionslos. Und trotzdem kamen die Worte aus meinem Mund.

»Er wird uns nichts tun«, fahre ich fort. »Das hat er versprochen.«

»Versprochen! Wie kannst Du das sagen? Kein einziges Wort aus seinem Mund entspricht der Wahrheit!«, fährt Jendrik mich an.

Ich zucke nicht einmal zusammen. Erwidere seinen Blick so stur, dass er aufgibt und einen Schritt zurückweicht.

»Fahr Robin nicht so an. Siehst du denn nicht, dass sie noch unter Schock steht?«, verteidigt mich Laurin.

Ich kann ihm nicht einmal dankbar sein. Nicht einmal das. Ich sehe diese Leute vor mir, höre ihre Fragen, spüre ihr Verlangen, von all dem zu erfahren, was ich erleben musste. Doch es lässt mich kalt.

Sepo schiebt sich vor Jendrik. »Robin, du weißt, wie gerne ich dich mag. Aber in diesem Punkt muss ich Jendrik recht geben. Du musst uns sagen, was mit Almaras passiert ist. Was Birkaras gesagt hat und ...«

»Birkaras hat Almaras umgebracht«, unterbreche ich ihn. Nicht einmal dieser Satz berührt mich. »Und Birkaras wird sich an sein Wort halten. Ich bin mir sicher, dass er weitere Forderungen stellen wird. Aber er wird uns nichts antun.«

Marla schluchzt. Ihr Körper bebt vor innerem Schmerz. Laurin schlingt seine Arme um sie, versucht, sie zu trösten. Ich hingegen sitze nur da und beobachte.

Wie schön sich das anfühlt. Als würde mich all das nichts angehen. Als wäre ich eine andere Person. Fremd. Für ein paar Sekunden schließe ich meine Augen. Sehe wieder die Bilder. Den silbernen Mond. Den Blitz, der vor Birkaras in den Boden einschlägt. Almaras' leblosen Körper auf meinem. Emilian. Wie wunderschön er ist. So kalt. Da ist er wieder, der Schmerz. Also zwinge ich mich, meine Augen zu öffnen. Verdränge, was ich gesehen habe.

»Ihr entschuldigt mich«, sage ich nur und stehe vom Bett auf.

Niemand hält mich auf. Ich bin nicht mehr ich. Das macht mir Angst. Aber es fühlt sich so gut an. So unglaublich gut. Dann wird mir bewusst, was ich hier gerade tue. Mein Vater, mein richtiger Vater, der Mann, der mich all die Jahre durchs Leben geführt hat, ist gestorben. Emilian hat alles zerstört. Wie sehr ich ihm vertraut habe. Das Schicksal unseres ganzen Stammes habe ich in seine Hände gelegt. Hände, die ich küssen wollte. Almaras ist tot. Mit ihm ist etwas in mir gestorben. Ich fange an zu rennen. Renne in die Dunkelheit des Waldes. Renne der bereits wieder untergehenden Sonne entgegen.

Renne und finde keinen Halt. Ich weiß nicht, wo mich meine Füße hintragen. Nicht weit fort. Das wissen die Grenzen der Tauren zu verhindern. Dennoch fühle ich mich frei. Befreit. Als würden meine Füße sich jeden Augenblick vom Boden lösen und ich durch die Luft schweben.

Irgendwann ist es stockdunkel um mich herum. Das Mondlicht schafft es nicht, durch die dicke Wolkendecke hindurchzubrechen. Kein Glühwürmchen, das mich mit seiner Anwesenheit beschenkt. Ich werde langsamer. Bleibe stehen. Spüre die Nacht, die mich umgibt. Gelbe Augen, die mich aus dem Dickicht anstarren. Für einen kurzen Moment verschwimmen sie, wechseln ihre Farbe. Grüne Augen, die auf mich gerichtet sind. *Seine* Augen. Emilians Augen.

Rascheln. Die gelben Augen verschwinden. Ich werde verrückt. Ein harmloser Fuchs. Erst jetzt wird mir bewusst, wie schnell mein Herz schlägt. Mein Atem geht viel zu schnell. In der Kälte der Nacht gefriert er vor meinem Mund zu einer Wolke. Ich zittere. Der Boden unter meinen Füßen vibriert. Dumpf. Vorsichtig. Gefährlich. Irgendwo in meiner Nähe streift ein Rudel Wölfe durch die Gegend. Wenn ich schlau bin, suche ich das Weite.

Ich will umkehren, doch ich stelle fest, dass ich nicht die leiseste Ahnung habe, wo ich mich befinde. Die Dunkelheit raubt mir meinen Orientierungssinn. Meine Fingerspitzen kribbeln, als ich ein Licht heraufbeschwöre. Ein schwaches, flackerndes Licht. Überhaupt nicht so, wie es sein sollte. *Was zur Hölle ist nur los?* Das Licht bringt mir überhaupt nichts. Gerade einmal die Bäume um mich herum kann ich erkennen. Hohe Tannen. Und die gibt es überall im Wald.

Ein Heulen, erfüllt von Einsamkeit. Wieder sendet mir die Erde eine Warnung. Wie kleine Stromstöße gleitet sie über meine Füße in meine Knie. Die Wölfe sind noch näher gekommen. Suchen Beute. Aber dieses Heulen ist so wunderschön. Als würden sie mich verstehen ...

Irgendwie schaffe ich es, mich loszureißen. Ich fange an zu laufen, vertraue nun ganz meinen Instinkten. Die Lichtkugel erlischt auf meiner Hand. Ich schließe meine Augen und lasse mich leiten. Rechts von mir eine große Wurzel, flüstert mir der Boden. Gleich daneben ein Fels. Direkt vor mir ein hoher Baum. Vermutlich eine Tanne. Ich weiche nach links aus, fange an zu rennen.

Wieder das Heulen. So unendlich schwer fällt es mir, nicht einfach umzudrehen und mit den Wölfen zu heulen. Mich von ihrem Schmerz mitreißen zu lassen.

Aber ich renne weiter. Wohin, weiß ich nicht. Wenn ich Glück habe, bleiben die Wölfe, wo sie sind, und ich kann einen Baum hinaufklettern, um dort zu schlafen. Morgen in der Früh werde ich erkennen, wo ich gelandet bin, und zurückfinden.

Der Boden verrät mir, dass sich direkt vor mir eine große Felswand befindet. Nicht die Felswand, die sich kurz vor der Siedlung der Tauren befindet. Nein, diese ist anders. Steiler. Ich bleibe stehen. Höre in mein Innerstes. Moosbewachsener Stein. Fast senkrecht geht er nach oben. Scharfe Kanten. Und dort oben ist eine Höhle. Genau richtig, um die Nacht zu verbringen. Ein Stromschlag, der mein rechtes Bein hinaufschleicht. Die Wölfe nähern sich. Rennen. Sie haben mich gewittert.

Ich zögere nicht lange und beginne zu klettern. Meine Hände sind schon bald mit blutigen Kratzern übersät, meine Hose an den Knien aufgerissen. Keine Sekunde habe ich Angst, dass ich fallen könnte. Vorsichtig kralle ich mich in dem Stein fest, ziehe mich immer weiter nach oben.

Nicht die leiseste Erschöpfung verspüre ich, als ich die Höhle erreiche. Nicht das schwächste Zucken meiner Muskeln. Nur Durst habe ich. Die Höhle muss groß sein. So groß, dass ich mühelos stehen kann. Ich will erneut versuchen, eine Lichtkugel zu zaubern, als sich etwas hinter mir bewegt.

Ich bin nicht alleine.

TRENNUNG

Ganz langsam drehe ich mich um. Ich habe keine Angst. Angst ist etwas für Feiglinge. Egal wer es ist, ich werde mit ihm umzugehen wissen.

Für ein paar Sekunden taucht in meinem Kopf ein Gedanke auf. Ein Gedanke, den ich sofort zu verdrängen versuche. Aber er lässt sich nicht verscheuchen. *Was, wenn es Emilian ist?* Auch dann fürchte ich mich nicht. Und obwohl ich ihn so sehr hasse, ist es trotzdem Hoffnung, die mich für einen kurzen Moment erfüllt.

»Wer ist da?«, presse ich mit fester Stimme hervor.

Wie gerne würde ich jetzt wieder eine Lichtkugel heraufbeschwören, doch jede kleinste Bewegung könnte meinen unsichtbaren Gegner provozieren. Also verharre ich ruhig, warte auf ein Geräusch, das von den Wänden der Höhle widerhallt.

Ich bekomme keine Antwort. Natürlich nicht. Alle meine Sinne richte ich darauf aus, irgendein Zeichen wahrzunehmen. Das leiseste Geräusch, eine Bewegung, ein Geruch. Nichts.

Wenn mein Gegenüber mir etwas antun wollte, dann hätte er die Chance bereits genutzt. Zitternd strecke ich meine Hand aus, schließe meine Augen. Die Lichtkugel, die sich auf meiner Hand bildet, ist jämmerlich. Aber ich erkenne genug.

Erkenne ihn. Den Verräter. Die Person, die meinen Vater wissentlich in den Tod geschickt hat. Er steht einfach ein paar Schritte vor mir entfernt und sieht mich an. Mit diesen eiskalten grünen Augen.

»Du«, sage ich nur. Versuche dabei, abweisend zu klingen.

Ich will diese Person hassen. Ihn mit all meiner Kraft verachten. Er war es, der mich ausgenutzt hat. Mich von meinem Weg abgebracht hat. Es geschafft hat, dass ich mich vergesse. Dass ich ihm beinahe blind vertraut und die Leonen in einen von vornherein verlorenen Krieg geschickt habe. Alles offenbar perfekt geplant. Aber wozu, ist mir ein Rätsel. Ich muss ihn hassen. Und doch fällt es mir so verdammt schwer. So wie er vor mir steht, kann ich nicht anders, als mich allein an die guten Tage mit ihm zu erinnern.

Emilian macht einen Schritt auf mich zu. Ich mache einen zurück. »Lass mich es dir erklären ...«, bittet er mich. Doch weiter sagt er nichts. Wartet darauf, dass ich etwas sage.

Mit einem Mal ist es mir unmöglich zu atmen. Meine Brust ist wie zugeschnürt. Alles, was ich verabscheue, ist in dieser Person vereint. Und trotzdem stehe ich hier und wünsche mir so sehr, dass er seinen Verrat tatsächlich erklären kann. Dass es eine gute Begründung gibt für das, was er getan hat.

Ich mache einen weiteren Schritt zurück. Spüre, dass ich nur noch wenige Zentimeter vom Abgrund entfernt bin. »Ich will deine Erklärung nicht.«

Wieder nähert er sich mir. Ich muss mich zwingen, ebenfalls ein Stück zurückzuweichen. Und ich weiß, es liegt nicht am

Abgrund hinter mir, obwohl ich mit meiner Ferse bereits in der Luft hänge.

»Ich hatte dich gefragt, ob du mir vertraust. Und du hast gesagt, du tust es.«

»Ja. Das habe ich auch. Entscheidender Fehler.«

Emilians Blick gleitet von meinen Augen hinunter zu meinen Füßen bis hin zu der Felskante. Er streckt mir seine Hand entgegen. Eine Geste, die mich mehr verwirrt als alles andere.

»Bitte«, sagt er einfach nur.

»Eher stürze ich mich hier hinunter und sterbe.«

»Dann ist alles umsonst gewesen.«

Ich verstehe nicht, was er mir damit sagen will. Sehe nur, dass sich etwas in seinem Blick verändert. Die Härte verschwindet, stattdessen taucht etwas auf, das ich noch nie bei ihm gesehen habe. Etwas, das mich verwirrt. Mich aus der Bahn wirft. Ich weiß nicht, was es ist. Aber es saugt den winzigen Rest Stolz aus mir heraus. Nur er und ich.

»Wie meinst du das?«, presse ich hervor.

»Er wollte dich töten, Robin. Er hat mir gedroht, dich umzubringen, wenn ich ihm nicht sage, was ihr vorhabt ...«

Ich kann ihm nicht mehr folgen. Stehe nur da, balle meine Hände zu Fäusten. Es wäre so viel einfacher, Emilian zu hassen. Aber es gelingt mir nicht. »Ich verstehe nicht ...«

»Es ist der Stein an seiner Kette. Ich weiß nicht wie, aber wenn er ihn zerstört, dann wirst du sterben. Birkaras hatte irgendwie herausgefunden, dass wir uns treffen. Wahrscheinlich war ich einfach zu unvorsichtig, und sein speichelleckender Berater ist mir gefolgt.« Er atmet tief ein, fährt sich über den Nacken. »Ich konnte nicht ...«

»Almaras ist tot«, unterbreche ich ihn.

»Ich weiß«, antwortet er nur und wirkt dabei so verletzlich, wie ich ihn noch nie gesehen habe.

»Du hättest uns warnen können. Nur ein kleiner Tipp, und wir hätten alles abgebrochen.«

»Birkaras hat mich keine Sekunde mehr aus den Augen gelassen. Wäre ich auch nur für eine Minute aus seinem Blickfeld verschwunden, hätte ihn das nur noch misstrauischer gemacht. Dann war auch schon Nacht, und alles ging los, ohne dass ich etwas unternehmen konnte.«

Er überzeugt mich nicht. »Du meinst misstrauisch dir gegenüber? Wie schrecklich. Dann nimmst du natürlich lieber in Kauf, dass gleich ein ganzer Stamm ausgelöscht wird.«

»Es war ein Fehler, das weiß ich. Aber ich hatte die Hoffnung, dass ich euch besser schützen kann, wenn Birkaras mir weiterhin vertraut. Dann noch die Angst, dass er dich sofort tötet, wenn er irgendwie erfährt, dass ich euch gewarnt habe ...«

»Also hast du ihm unseren Plan verraten, um mich zu schützen?«, sage ich etwas milder.

Er antwortet nicht, weicht meinem Blick aus. Eine Zeitlang schweigen wir beide. Emilian hat das Leben von über hundert Leonen in Gefahr gebracht, um ein einziges zu schützen. Zwar haben fast alle überlebt, doch meinen Vater werde ich nie wieder in die Arme schließen können. Weil Emilian mein Leben über das von Almaras gestellt hat.

Die Lichtkugel beginnt zu flackern. Wenn mein Herz weiter so heftig schlägt, dann werden das hier meine letzten Sekunden sein. »Bist du mir gefolgt?«

»Ich musste dich sehen ... und dann habe ich gehofft, dass du die Höhle findest. Wenn Birkaras uns vorher ausspioniert hat, wird er es jetzt erst recht tun. Aber hier dürften sie uns nicht so schnell finden.« Er macht eine Pause, schließt für einen Moment seine Augen. »Wir dürfen uns nicht mehr sehen.«

Auf einmal wird mir bewusst, dass sich sein Blick verändert hat. Dass da etwas Neues ist. Das ich nicht kenne. Ich wurde noch nie so angesehen. Aber ich weiß sofort, was es ist.

Liebe. Ehrliche, wahrhaftige Liebe.

Niemals hätte ich geglaubt, dass mich Emilian einmal so ansehen würde. Zögerlich streckt er mir ein zweites Mal seine Hand entgegen. Er sagt nicht, dass er mich liebt. Sagt stattdessen etwas anderes. »Wenn du dich jetzt immer noch hier hinabstürzen willst, bitte. Aber ich werde mit dir springen.«

Ich kann nichts dagegen tun. Kann nicht anders. Dieses Mal nehme ich seine Hand an. Spüre die Wärme, die er verströmt. Sehe, wie seine Finger meine umschließen. Ein Gefühl der Sicherheit, wie ich es schon lange nicht mehr verspürt habe, durchflutet meinen Körper. Natürlich kann es sein, dass er lügt. Er ist ein Taurer. Die Wahrscheinlichkeit, dass er mich ein weiteres Mal hintergeht, ist groß. Aber ich kann nichts dagegen tun. Ich glaube ihm.

»Lass mich nicht allein ...«, flüstere ich.

Jetzt lächelt er. »Du bist nicht allein. Du hast noch Marla, Flora, Minna. Und Laurin.«

»Aber ich brauche doch dich ...«

Ich verstumme, als er seinen Zeigefinger auf meinen Mund legt. Auch, als er mich an sich zieht, sage ich nichts. Ich lasse es zu, dass er mich küsst. Bin so erleichtert, dass er es tut. Wenigstens für diese wenigen Sekunden scheint alles gut. Ich vergesse, dass Almaras tot ist. Dass Emilian die Schuld daran trägt. Dass er Almaras in den Tod geschickt hat, um mich zu beschützen. Vergesse, dass Birkaras mir jederzeit mit Hilfe seiner Kette das Leben rauben könnte. Vergesse, dass ich Emilian vielleicht zum letzten Mal sehe. Zum letzten Mal seine Lippen berühren darf.

Er hält mich so fest, als hätte er Angst, dass ich mich in Luft auflöse. Ich atme seinen Duft ein. Will ihn nie vergessen.

Draußen heulen die Wölfe. Sie tragen meinen Schmerz in den Himmel. Als Emilian sich von mir löst, reißt es mir mein Herz aus der Brust. Er nimmt mein Gesicht in seine Hände, sieht mich an. Küsst mich auf die Stirn. Ein letztes Mal. Mein Schmerz spiegelt sich in seinen Augen. Er beißt sich auf die Lippe. Ich will ihm über die Wange streichen und ihn beruhigen, doch er weicht mir aus. Jetzt ist es also so weit.

»Warum hast du den Plan mit uns Leonen begonnen?«, frage ich, obwohl ich mir nun endlich sicher bin, dass ich die Antwort kenne.

»Weil ich mich im ersten Augenblick in dich verliebt habe« sagt er.

Es ist so bitter und unendlich süß zugleich, jetzt von ihm diese Worte zu hören.

Er macht einen Schritt zurück, dann noch einen. »Wer weiß, Robin. Vielleicht irgendwann ...«, sagt er mit zitternder Stimme.

»Ja. Vielleicht irgendwann«, antworte ich und versuche, dabei zu lächeln. Doch ich weine. Schmecke die Tränen, die sich einen Weg über meine Lippen bahnen.

»Ich werde diesen Tag herbeisehnen.«

Dann geht er. Ich drehe mich nicht um. Sehe ihm nicht dabei zu, wie er aus der Höhle verschwindet und hinabklettert. Die Lichtkugel flackert. Erlischt. Ich atme tief ein. Versuche, mich zu beruhigen. Beschwöre erneut eine Lichtkugel. Stark, sicher. Voller Kraft.

Ja, Emilian. Wir werden uns wiedersehen.

Irgendwann.

Lies jetzt schon das erste Kapitel vom 2. Buch!

Roman

ab Oktober 2015 im Handel

Ich habe etwas Schreckliches getan. Ich weiß nicht, ob sie noch lebt. Aber manchmal meine ich, ihr Herz schlagen zu hören. Nie wieder werde ich von ihrer Seite weichen. Jeden Tag werde ich hier wachen, hier, in dieser finsteren Höhle, mit dieser mich verzehrenden Sehnsucht, ihr noch einmal in die Augen sehen zu dürfen.

Ganz sanft hat sie ihre Lider geschlossen. Als würde sie schlafen. So bezaubernd sieht sie aus. Das weiche Haar, das warme Blond mit den dunklen Strähnen darin. Die schönen Wangen, die fast durchsichtige Haut. Lippen, so rot, als hätte sie noch eben Kirschen gegessen.

Alles in mir verzehrt sich nach ihr. Ohne sie bin ich hoffnungslos verloren, und dennoch trage ich die Schuld daran, dass sie hier liegt und vielleicht nie mehr ihren geliebten Sonnenaufgang wird bewundern können. Die Gier nach Macht hat mich überwältigt. Schwach, viel zu schwach war ich und habe damit zerstört, was so wundervoll gewesen ist ...

BLUTRÜNSTIG

Meine Knöchel sind blutig von all den Sträuchern, die gegen meine Beine schlagen. Ich renne. Barfuß laufe ich über das dunkelgrüne Moos und die vom Tau immer noch feuchten Wurzeln. Eine ganze Weile schon hetze und treibe ich mich selbst durch den eisigen Wald, aus dem jedes Sonnenlicht verschwunden zu sein scheint. Minuten sind für mich Sekunden. Der Messergürtel schlägt im Takt meiner Schritte gegen meinen Oberschenkel. Bäume fliegen an mir vorbei. Äste peitschen meinen Körper. Eine warme Flüssigkeit rinnt meine Wange hinab. Gleich unter meinem Auge brennt es verräterisch. Kurze Zeit später schmecke ich, dass sich das Blut seinen Weg bis zu meinen Lippen gebahnt hat.

Ich bleibe nicht stehen. Renne, fühle meine Kraft, spüre meine Füße. Den Boden unter mir. Will an nichts anderes denken.

Freiheit. Fühlt sich so Freiheit an? Alles zu vergessen? Einmal nur bei sich zu sein? Ich denke nicht an das, was mich in der Siedlung erwartet. Hier im Wald bin ich mit mir alleine.

Wie selbstverständlich tragen mich meine Füße immer tiefer in den Wald hinein. Ein Lächeln stiehlt sich auf meine Lippen. Ich spüre, dass ich immer noch dicht hinter ihm bin. Es ist nicht einfach, ihm zu folgen. Er flüchtet, schlägt Haken, hat Angst vor mir. Diesmal hat *er* Angst. Diesmal flüchtet *er* und nicht ich. Ich bin ein Monster, und er spürt es.

Ich springe über einen umgefallenen Baumstamm. Federleicht komme ich auf und sprinte im selben Augenblick bereits weiter. Jetzt taucht er in meinem Blickfeld auf. Er grunzt. Strauchelt. Doch es gelingt ihm, sich gerade noch zu fangen. Ich weiche einer Tanne aus und ziehe im Rennen bereits mein Wurfmesser aus meinem Gürtel. Mein Zopf löst sich, und der Wind schlägt mir meine Haare ins Gesicht, doch das stört mich nicht. Ich bleibe stehen, um in aller Ruhe zu beobachten, wie der Eber sich herumwirft und in die Richtung flüchtet, aus der er gerade gekommen ist. Ich straffe meine Schultern und schließe meine Finger fest um den Griff des Messers.

In mir ist alles still. Ich konzentriere mich. Im nächsten Augenblick schwirrt das Messer wie ein Pfeil durch die Luft und trifft in das rechte Auge des Ebers.

Almaras. Warum kommen mir gerade jetzt diese Bilder in den Kopf? Almaras, wie er zu Boden stürzt. Almaras' lebloser Körper auf meinem Rücken. Almaras' Beerdigung. Die leeren Blicke seiner Kinder.

Alles, was mir wichtig war, habe ich verloren. Die Hoffnung, die Tauren in ihrer Huldigungsnacht zu besiegen, schmeckte zu süß. Jetzt fürchten wir Leonen täglich Birkaras' Rache.

Der Eber taumelt. Es dauert quälend lange, bis die kurzen Beine des mächtigen Tieres einknicken und sein Körper schließlich auf den Boden kracht. Er zuckt. Ich ziehe ein weiteres Messer aus meinem Gürtel. Mein zweites Wurfmesser.

Ich habe es aus Almaras' Hinterlassenschaft bekommen. Konzentriere mich wieder. Mein Körper ist so angespannt wie der einer Raubkatze kurz vor dem Sprung. Zielsicher bohrt sich die Waffe in das andere Auge des Ebers.

Birkaras. Sein hässliches Grinsen. Seine langen, spitzen Fingernägel. Wie Nadeln stechen die Erinnerungen in meine Brust. Ein weiteres Messer saust durch die Luft. Diesmal kein Wurfmesser, sondern ein größeres, besonders scharfes Exemplar für den Zweikampf. Mit aller Kraft schmettere ich es in die Flanke des Ebers. Das Tier bewegt sich nicht mehr. Leblos liegt es mit drei Messern in seinem Körper auf dem Boden. Blut tropft von seiner Schnauze und färbt seine Flanke dunkelrot.

Emilian. Seine grünen Augen. Seine Worte des Abschieds. Wieder spüre ich einen schmerzhaften Stich in meiner Brust. Denke daran, wie er die Leonen verraten hat. Um mich zu schützen. Ein weiteres Messer zischt durch die Luft. Normalerweise gerade einmal gut genug, um damit Tiere auszunehmen. Doch mit der nötigen Wucht ... Diesmal treffe ich den Eber in den Bauch.

Der Geruch von Blut umgibt mich. Blut gemischt mit einem Hauch von würzigem Harz, kaltem Stein und moosbewachsener Erde. Donia wartet vermutlich schon sehnsüchtig auf mich, um mit dem Kochen anfangen zu können. Eberfleisch ist zäh und schmeckt eigentlich nur, wenn man es mit vielen Kräutern zubereitet. Doch wir Leonen müssen froh sein, wenn wir überhaupt unsere leeren Mägen gefüllt bekommen.

Langsam gehe ich auf das Tier zu. Lege meine Finger um

den Holzgriff des Messers in seinem linken Auge und ziehe es heraus. Anschließend reiße ein Büschel Moos aus dem Boden und wische damit das Blut von dem Messer, um es dann im Gürtel an meiner Hüfte zu verstauen. Das Gleiche tue ich mit den anderen drei Messern. Ich schnappe mir die beiden Hinterläufe des Ebers. Mache mich auf den Weg zurück. Schleife das Tier hinter mir her durch den Wald, bis ich auf dem Platz inmitten der Siedlung ankomme.

Die wenigen Leonen, die sich gerade hier aufhalten, plaudernd ihren Arbeiten nachgehen, halten inne. Starren mich an, als sei die Welt für einen Moment lang stehengeblieben. Ich entdecke Marla und Laurin unter ihnen. Marla presst ihre Hand vor den Mund. Laurin braucht ein paar Sekunden, um sich zu fangen. Dann eilt er auf mich zu. Seine braunen, schulterlangen Haare wehen hinter ihm her, so schnell läuft er.

Ich schüttle fassungslos den Kopf. Verstehe nicht, was alle wieder haben. Betreten nehmen sie die Arbeiten wieder auf, die sie wegen mir unterbrochen haben. Alle außer Jendrik.

»Davon habe ich gesprochen, Marla. Genau davon«, hallt seine Stimme über den Platz. Er sagt es nicht allein zu Marla, sondern zu allen.

»Sei still!«, brüllt Laurin ihn an, als er bei mir ankommt. Er legt einen Arm um meine Schultern, doch auch sein Blick ist anders. Besorgt. Beinahe ängstlich.

»Gut! Dann tun wir so, als wäre alles bestens. In ein paar Tagen ist das Ganze vergessen, und wir tanzen alle lustig ums Lagerfeuer!«, stichelt Jendrik weiter.

Ich verstehe immer weniger. Laurin zieht mich an sich und drückt mich so fest, dass meine Schulter schmerzt. Es ist erstaunlich, wie auf einmal alle so tun, als seien sie ganz in ihre Arbeit vertieft. Gleichzeitig wird es auf dem Platz immer voller. Alle wollen das Spektakel sehen. Ein Spektakel, in dem ich offenbar mitspiele, aber nicht verstehe, worum es eigentlich geht.

Marla hebt beschwichtigend ihre Hände und wendet sich Jendrik zu. Ihr Bauch ist gewachsen. Ein neues Leben. Seit Tagen hat sie dunkle Schatten um die Augen, ist ihre Haut beinahe so weiß wie die Blütenblätter eines Gänseblümchens Selbst ihr sonst so jugendlicher Pony und ihre frechen Sommersprossen lassen ihre Fröhlichkeit vermissen. »Lass uns später darüber reden, Jendrik. Nicht jetzt.«

»Natürlich!«, fährt Jendrik sie an.

Auch er hat sich in den letzten Tagen verändert. Jendrik zählte zu den besten Freunden von Almaras. Mit seiner unbeirrbar aufmunternden Art und seinem Sinn für die Gemeinschaft. Aber seit jener Nacht habe ich ihn nicht mehr lachen sehen. Sein Gesicht ist wie eingefroren. Kantig und verschlossen.

»Worum geht es hier eigentlich?«, rufe ich laut. So laut, dass mich erneut alle anstarren.

Laurin will mich beruhigen. Flüstert mir etwas ins Ohr, das ich jedoch nicht verstehe. Aus den Augenwinkeln sehe ich, wie die kleine Flora auf Marla zu rennt. Minna ist dicht hinter ihr, um sie aufzufangen, falls sie stürzt. Minna wirft einen kurzen Blick zu mir herüber, wagt es jedoch nicht, mir in die Augen zu schauen. Es ist, als würde sie sich für mich schämen. Oder schlimmer: als hätte sie Angst vor mir.

Flora lächelt. Sie hat mich noch nicht bemerkt. Als sie Marla erreicht, will sie ihr aufgeregt etwas erzählen, doch selbst sie spürt die Veränderung, die die Siedlung auf einmal erfasst hat. Sie dreht sich um und entdeckt mich. Fast rechne ich damit, dass sie wie sonst immer auf mich zugelaufen kommt, ihre kleinen, dünnen Arme um meine Beine schlingt und mich bittet, ihr einen Zopf zu flechten.

Aber nicht heute. Als sie mich sieht, verschwindet ihr Lächeln. Ihre blauen Augen sehen mich an und verstehen nicht. Sie versteckt sich hinter Marlas Beinen. Verkriecht sich vor mir, weil sie Angst hat. Ich bin so entsetzt, dass ich keuche.

»Mama, was ist mit Robin?«, höre ich ihre kleine Stimme fragen. Doch Marla antwortet ihr nicht.

»Kann mir bitte jemand mal erklären, was hier vor sich geht?«, rufe ich noch einmal.

Laurin will sich wie ein Schutzschild vor mich stellen, stolpert dabei aber über den Eber und reißt mich fast zu Boden. Er kann nichts dafür. Für das alles hier. Er ist sogar der Einzige, der auf meiner Seite ist. Dennoch stoße ich ihn von mir fort, als er seinen Arm um mich legen will.

»Du willst wissen, was los ist? Sieh dich doch an, Robin!«, antwortet Jendrik mit fester Stimme. Mit einer Stimme, die nicht bereit ist zu schweigen.

Jetzt suche ich Laurins Blick, doch diesmal weichen mir seine Augen aus. In diesem Moment habe selbst ich Angst vor dem, was mich erwartet. Ich sehe an mir herab. Sehe mein weißes Leinenhemd. Voller Blut. Meine nackten Füße. Dreckig. Ebenfalls mit Blut beschmiert. Selbst auf meiner Lederhose finden sich Spuren meines Mordes. Mit meinen Fingern ertaste ich die Wunde unter meinem Auge. Sie ist wieder aufgeplatzt. Blut rinnt warm mein Gesicht hinab.

»So willst du den Stamm der Leonen anführen?«, nutzt Jendrik mein Schweigen. »Aber nein. Wie mir scheint, willst du es gar nicht. Denn wenn du es wirklich wollen würdest, dann wärst du hier bei uns und würdest dich darum kümmern, dass unser Leben weitergeht. Aber du streifst durch den Wald und kommst zurück, als seist du im Blutrausch gewesen. So sieht kein Anführer aus.«

»Sei endlich still!«, brüllt Laurin ihn an. Ungewohnt, dieser scharfe Ton.

»Ich habe gejagt. Damit ihr etwas zu essen habt und wir den Tauren etwas bieten können bei den nächsten Abgaben«, versuche ich, mit fester Stimme zu sprechen. Doch ich zittere, weil sich Flora immer noch hinter Marla versteckt. Weil Minna immer noch zu Boden starrt, um mich nicht ansehen zu müssen. Weil immer noch dieses Schweigen über der Siedlung liegt.

»Ich würde sagen, dass wir das ein andermal ...«, mischt sich Marla erneut ein.

Doch Jendrik lässt ihr nicht mal die Zeit auszureden. »Wir brauchen jemanden, der fähig ist, unseren Stamm zu führen!«

»Jawohl!«, ruft jemand in der Menge. Es ist Titus. Er reißt einen Arm in die Luft, um Jendrik anzufeuern. Schon in den letzten Tagen hat er jedem zu verstehen gegeben, dass er sich in der Rolle des neuen Anführers sieht.

»Robin ist fähig, uns zu führen«, antwortet Laurin bestimmt.

Eigentlich wäre es meine Aufgabe, Jendrik und Titus in ihre Schranken zu weisen, die Leonen zusammenzuhalten und ihr Anführer zu sein. Aber die Wahrheit ist, dass sich alles in mir sträubt. Dass ich Angst davor habe. Nicht nur Angst davor, dem Ganzen nicht gewachsen zu sein. Nein, Angst davor, Almaras endgültig zu verlieren. Denn wenn ich die Anführerin der Leonen werde und Almaras' Platz einnehme, dann ist es, als ob ich seinen Geist vollends vertreibe.

Ich blicke an mir herunter und betrachte den Dreck unter meinen Fingernägeln und die Erde auf meiner Haut. Verschwommen nehme ich das Blut auf meinem weißen Hemd wahr. Wieder taucht Almaras vor meinem inneren Auge auf, wie er auf dem Boden kniet und schon alle Hoffnung aufgegeben hat. Seine Augenklappe ist verrutscht, was ihn noch hilfloser und gebrochener aussehen lässt. Ich sehe, wie ich meinen toten Vater durch den Wald trage. Sein langes blondes Haar hängt über meine Schulter. Sein Arm baumelt bei jedem meiner Schritte. Leblos.

Ich schließe meine Augen, weil ich die Bilder verbannen möchte. Doch sie haben sich in meinen Kopf und in meine Seele eingebrannt. Ich sehe Emilian, wie er vor mir in der Höhle steht und mein Herz zu zerspringen droht, weil ich hin- und hergerissen bin zwischen Hass und einem mir bis dahin unbekannten Gefühl. Bedingungslose Liebe. Jedes einzelne seiner

Worte donnert klar und deutlich durch meinen Kopf. *Wir dürfen uns nicht mehr sehen.*

»Braucht sie jetzt schon ihren kleinen Freund, um sich zu verteidigen?«, ruft Titus laut und holt mich damit zurück in die Gegenwart.

Er versteckt sich in der Menge. Vorzutreten, sich vor mich zu stellen und mir in die Augen zu schauen, traut er sich dann doch nicht.

»Halt du dich da raus!« Laurin macht einen Schritt vor. Seine Hände sind zu Fäusten geballt. Noch nie habe ich ihn so erlebt.

»Ein toller Anführer! Seht sie euch an, wie sie dasteht! Blutverschmiert und dreckig! Wie ein Mon...«

»Sprich ja nicht weiter!«, schreit Laurin.

Minna zuckt vor Schreck zusammen. Die kleine Flora beginnt zu weinen. Laurin macht noch einen Schritt nach vorne, will zu Titus. Seine Wangen glühen vor Wut. Ich greife nach seiner Hand und halte ihn zurück.

»Lass gut sein«, beruhige ich ihn.

Ich weiß ohnehin, was Titus sagen wollte. *Monster. Wie ein Monster.* Er hat recht. Ich bin ein Monster. Damit muss ich mich abfinden. Zu Beginn hatte ich noch Emilian. Er hat mir gezeigt, wie ich mit meiner dunklen Seite leben und sie kontrollieren kann. Jetzt hilft mir niemand mehr.

Ohne noch etwas zu sagen, wende ich mich ab und steige über den blutverkrusteten Körper des Ebers. Die Stille legt sich auf meine Brust wie ein Felsbrocken. Niemand wagt es, etwas zu sagen oder auch nur, sich zu bewegen. Keinen Atemzug mache ich. Erst, als ich mein Haus erreiche und keine Blicke mehr auf mir spüre, kann ich Luft holen. Als hätte mein Leinenhemd Feuer gefangen, reiße ich es mir von meinem Körper. Ich schreie, raufe mir die Haare, trete nach der Schale Wasser auf dem Boden, so dass sie gegen die Wand knallt und sich ihr Inhalt durch den ganzen Raum ergießt.

Dann falle ich auf mein Bett und weine. Endlich weine ich. Das erste Mal seit jener Nacht. Die Tränen beruhigen mich. Irgendwann schlafe ich ein.

Als ich am nächsten Morgen aufwache, bin ich nicht allein. Jemand schlingt seinen Arm um mich, so fest, dass ich mich kaum rühren kann. Ein Bein hat er über meine Beine gelegt. Ich habe keine Chance, unbemerkt zu entkommen. Wenn ich schon nicht aufstehen kann, drehe ich mich wenigstens ein wenig in seine Richtung.

So friedlich liegt Laurin neben mir. Die langen Wimpern fein geschwungen, das braune Haar wild zerzaust. Seine sonst so zarten Lippen sind jetzt derart rau, dass die Haut an manchen Stellen aufgerissen ist. Wenn er ausatmet, kann ich den feinen Luftzug an meinem Hals spüren. Laurin hat an Gewicht verloren. Er ist inzwischen noch schlaksiger, als er es ohnehin schon war. Es schmerzt mich zu sehen, wie sehr er leidet. Uns alle plagt die Ungewissheit. Nicht zu wissen, wie und wann sich die Tauren an uns rächen werden. Vielleicht werden wir alle sterben, vielleicht tötet Birkaras auch nur ein paar von uns, weil er die restlichen Leonen als Arbeitskräfte braucht.

Laurin schluckt schwer im Schlaf und hustet einmal. Wenn ich ehrlich bin, dann weiß ich, dass es auch noch einen weiteren Grund gibt, weshalb er in einer so schlechten Verfassung ist. Auch wenn ich nicht weiß, wie er wirklich zu mir steht. Ob seine Gefühle für mich tatsächlich über Freundschaft hinausgehen. Ich muss an das hölzerne Herz denken. Laurin hat es mir zusammen mit einer Kette geschenkt. Ich will nicht darüber nachdenken. Will verdrängen, das alles nicht in meinem Kopf haben.

Ich weiß, dass wir dringend miteinander reden müssen. Doch wir tun es nicht. Wie auch? Seit Tagen lasse ich niemanden mehr an mich ran. Aber das, was Laurin gestern für mich getan hat, hat eine neue Seite an ihm gezeigt. Eine starke, mutige. Und es hat etwas in mir verändert.

Es ist seltsam, Laurin auf einmal wieder so nah zu sein. Früher war es selbstverständlich, uns hin und wieder zum anderen ins Bett zu schleichen. Als Kinder waren wir eigentlich immer zusammen. Haben gemeinsam im Fluss gebadet, sind danach Arm in Arm am Ufer eingeschlafen. Haben uns nachts in meiner Hängematte die Sterne angeschaut, die Körper so dicht aneinander wie nur möglich. Jetzt fühlt es sich merkwürdig an. Merkwürdig, aber gut. Vertraut. Ein Gefühl, wie nach einer großen Anstrengung endlich zu Hause angekommen zu sein. Mir wird bewusst, wie sehr ich das vermisst habe.

Laurin beißt sich im Schlaf auf seine Unterlippe. Sie beginnt leicht zu bluten. Seine Wimpern flattern, selbst seine Nase zuckt aufgeregt im Schlaf.

»Robin ...«, murmelt er gepresst, als hätte er im Schlaf die Luft angehalten.

Ich streichle ihm über die Wange und versuche, ihn auf diese Weise zu beruhigen. Er schrickt sofort hoch. »Was? Was ist? Ist was passiert? Wo bin ich?«

»Du bist bei mir. In meinem Haus.«

Er setzt sich auf. Schaut mich an. Erst jetzt ist er richtig wach. »Robin, entschuldige. Hab ich mich vielleicht erschreckt! Ich dachte, es ist sonst was passiert«, sagt er müde und reibt sich die Augen.

Ich richte mich auf und lehne mich mit dem Rücken gegen die Wand. »Hast du schlecht geträumt?«

»Ich träume nur noch schlecht. Jede Nacht irgendetwas anderes. Dass sie Minna holen oder die kleine Flora oder dich ... und ich kann nichts dagegen tun.«

»Laurin ...« Ich rücke näher an ihn heran, so dass ich ganz dicht neben ihm sitze. »Warum hast du mir nichts davon gesagt?«

»Wie denn? Du hast doch schon genug mit dir selbst zu tun«, platzt es aus ihm heraus. Er erschrickt vor seinen eigenen Worten, versucht, ihnen die Schärfe zu nehmen. »Aber das ist auch gut so, weil du die Zeit brauchst, um mit all dem fertig zu werden«, rudert er zurück.

Doch er hat ausgesprochen, was er wirklich denkt. Seine Worte kann er nicht mehr zurücknehmen.

»Wollen wir frühstücken?«, frage ich.

Es geht nicht. Ich kann nicht darüber reden. Will nur fort

von hier. Muss irgendwo anders hin, nur um dieses Gespräch nicht zu führen. Flüchte wieder, so wie ich in letzter Zeit vor allem flüchte. Aber ich kann nicht anders.

Ich weiche Laurins Blick aus. Sehe an mir herunter. Zucke zusammen. Ich habe immer noch die Hose an, mit all dem Blut darauf. Ich bin ein Monster.

Laurin seufzt. Streicht sich die zerzausten Haare aus dem Gesicht. Eine hellbraune Wimper hängt unter seinem rechten Auge. Früher hätte ich sie mir auf die Spitze meines Zeigefingers gelegt, und Laurin hätte sich erst etwas gewünscht und sie dann fortgepustet. Jetzt lasse ich die Wimper, wo sie ist.

»Gut. Frühstücken wir«, antwortet er schließlich und schält sich aus meinem Bett. Als er sich bückt, um sein Hemd vom Boden aufzuheben, zeichnen sich seine Rippen deutlich ab. »Du solltest dich vielleicht mal um deine Krönungsfeier kümmern. Marla scheint damit etwas überfordert zu sein«, sagt er, während er sich sein Hemd überzieht.

»Helfen ihr denn nicht die anderen Frauen?«, frage ich und kenne die Antwort bereits.

Laurin antwortet nicht auf meine Frage. Er blickt zu Boden. Fährt sich durchs Haar. »Ich geh schon mal vor.«

Julie Heiland
BLUTWALD
Roman

Dieses Werk wurde vermittelt durch die Literaturagentur Kai Gathemann
© S. Fischer Verlag GmbH, Frankfurt am Main 2015
ISBN 978-3-8414-2109-8